Diogenes Taschenbuch 24159

detebe

Die schönsten Katzengeschichten

Ausgewählt von Daniel Kampa

Diogenes

Nachweis am Schluss
des Bandes
Umschlagillustration von René Gruau

Originalausgabe

www.diogenes.ch
150/12/8/1
ISBN 978 3 257 24159 4

»Wenn ich mit meiner Katze spiele, wer weiß, ob sie sich nicht mit mir mehr amüsiert als ich mit ihr?«

Michel de Montaigne

Inhalt

Elke Heidenreich

Liebe Klara

Sainte Luce,
10. September 1989

Liebe Klara,
so weit und so lange waren wir noch nie getrennt, und noch weiß ich nicht, ob Du mir fehlst. Es ist gar nicht schlecht, sich nachts im Bett in alle Richtungen strecken zu können – wenn Du auf der Decke liegst, kriege ich dafür stets ein so böses Knurren und ein so giftiges Fauchen, dass ich mich schon längst nicht mehr traue, bequem zu liegen. Es ist auch angenehm, beim Frühstück Zeitung lesen zu können – Du hast ja so eine Art, Dich immer gerade auf das Blatt zu legen, das ich lesen will, und dass nicht alles, was ich auf meinem Teller habe, mit dieser Mischung aus Neid und Missfallen angeglotzt wird, das genieße ich auch.

Ich will damit nicht etwa sagen, dass ich froh wäre, Dich für eine Weile los zu sein, liebe Klara. Aber in letzter Zeit hast Du mich zunehmend an Mutter erinnert, und das ist nicht erfreulich, weißt Du. Als ich Dich damals nach ihr nannte: Klara – da habe ich mir nicht viel dabei gedacht. Deinen richtigen Namen hast Du mir ja leider nie verraten, als Du in mein Leben tratest – schon bejahrt, schon ziemlich dick, und nach Deinem Zahnstein und Deiner etwas langweiligen Art zu schließen, nach einem Leben mit Trockenfutter und Sofakissen. Fünf Tage lang saß ich vor Dir und sagte alle Katzennamen auf, die nur denkbar sind – Mizzi? Maunz? Pussi? Bella? –, und Du hast mich stumm und streng angeschaut und gedacht: »An was für eine Wahnsinnige bin ich denn jetzt geraten.« Reagiert hast Du nur, als ich entnervt schrie: »Ja, heißest du denn vielleicht Rumpelstilzchen?« Da hattest Du auf einmal diese aufgerissenen Augen, wie Mutter, wenn ich als Kind mal in Zorn geriet, kühl: »Wir wollen es nun doch aber nicht übertreiben.« So habe ich Dich Klara genannt, nach ihr.

Dass Du ihr nun immer ähnlicher wirst, ist eine Deiner Tücken. Ich meine nicht nur Deine Figur – weiß der Himmel, warum Du immer runder wirst! Ich stelle Dir Teller mit gesunder Kost in ausgetüftelten Mengen hin, aber in der Nähe muss eine Rentnerin wohnen, die Dir täglich Heilbutt in Butter dünstet – Du kommst ja oft genug satt und mit hochmütigem Gesicht nach Hause: »Woanders wird man noch geschätzt …«

Du hast Dir auch diese Art zugelegt, alles zu kritisieren, was ich mache. Öffne ich ein Fenster, musst Du das Zimmer mit erhobenem Schwanz verlassen, weil es angeblich zieht. Hole ich den Staubsauger, fliehst Du aus dem Haus mit dem Satz: »Kann man denn nirgends etwas Ruhe haben?« Lege ich mich in die Badewanne, so hockst Du Dich auf den Rand, starrst angewidert ins Wasser und denkst: »So eine Afferei.« Ich kann Dir nichts recht machen. Mutter tut heute noch so, als hätte ich ihr emanzipiertes Frauenleben zerstört durch meine bloße Existenz. Und Du tust so, als seist Du bei mir von verlorenen Paradiesen in eine Hölle gekommen oder sagen wir: in unzumutbare Wildnis. Du verzeihst es mir nicht, dass ich einen Garten habe und dass Du Deine Würstchen jetzt da legen musst und nicht mehr in eine Kiste mit weißem Sand, wie Du es wohl gewohnt warst. Ich sehe Dich durch das nasse Gras staksen, zimperlich, die Pfoten hochziehend, damit es ja nicht pikt, und Du legst die Ohren an und wirfst mir vor, dass das Leben gefährlich für Dich geworden ist mit so viel *Natur*. Einmal habe ich gesehen, wie Du Dich glücklich in der Sonne gewälzt und den Vögeln nachgeschaut hast. »Na, Klara«, habe ich gesagt, »nun gefällt es dir ja doch.« Du hast Dich umgedreht und bist böse ins Haus gegangen. Auch Mutter hasste es, wenn man sie dabei ertappte, dass ihr doch einmal etwas Freude machte.

Es ist nicht einfach, mit Dir zu leben, liebe Klara. Warum zum Beispiel legst Du Dich nur dann quer über meinen Schreibtisch, wenn Du klatschnass aus dem Regen kommst? Ich habe immer das Gefühl, dass Du damit Deine Missachtung für meine Arbeit ausdrücken willst. Oder ist das Deine verkorkste Art, doch eine Art Zuneigung zu zeigen? Einmal bin ich in Tränen ausgebrochen, weil Du mir ein so wichtiges Manuskript ruiniert hast – da bist Du auf meinen Schoß gesprungen, hast mich gekratzt und gesagt: »Mein Gott, bist du empfindlich, so war es doch nicht gemeint.« Wie Mutter. Als ich ein Kind war, habe ich ihr manchmal Briefchen, kleine Gedichte, Geschichten geschrieben. Sie sah sie an, nickte kurz, und dann ritschratsch weg damit – so machst Du es, wenn ich Dir ein Spielzeug mitbringe oder einen Wollball bastele: ein Blick, ein Tupfen mit der Pfote und dann ein Hieb, dass das Ding in die hinterste Ecke fliegt, nie mehr beachtet wird: Schnickschnack. Brauchen wir nicht. Sentimentalitäten. Dummes Zeug.

Liebe Klara, und wie Du Dich aufgespielt hast, als Rosa zu uns kam! Rosa, die so still und bescheiden ist, die sich nie auf Deine Plätze legt, die nie von Deinem Teller frisst, die einen weiten Bogen um Dich macht und froh ist, dass sie bei uns wohnen kann – und Du? Du fauchst sie an, wenn sie heimkommt, Du legst Dich auf ihren Platz, Du vertreibst sie vom Sessel, wenn sie tief schläft, erschrickst sie zu Tode und hast Deinen Spaß daran. Du bist launisch, neidisch, unberechenbar. Man weiß nie, ob Du zu einer zärtlichen Geste oder zu einer gezielten Ohrfeige ausholst. Du bist kleinlich, leicht und ausdauernd beleidigt, und ich sehe Dich oft an, wie ich Mutter früher angeschaut habe, wenn sie mich stundenlang nicht beachtete, und denke: »Ob sie mich überhaupt mag?«

Ich würde Rosa gern grüßen lassen, aber Du richtest es ja doch nicht aus. Rosa zu schreiben hat keinen Zweck, sie kann ja nicht lesen, sie zerträumt den Tag im Garten, während Du schon längst auf dem Briefkasten sitzt und nachschaust, wer geschrieben hat. Einmal habe ich Dich vor meinem Tagebuch sitzen sehen. Mutter hat auch immer in meinen Tagebüchern gelesen, und Du hast mich mit ihrem klaren kühlen Blick angeschaut, als ich ins Zimmer kam: »Du findest dich wohl sehr, sehr wichtig, was?«

Ich habe hier eine schmale graue Katze kennengelernt, die niemandem gehört. Ich nenne sie Lina und stelle ihr zu essen hin, aber anfassen darf ich sie nicht. Am Nachmittag liegen wir zusammen auf der Terrasse, ich im Liegestuhl und Lina auf den warmen Fliesen, und dann schauen wir aufs Meer hinaus, und ich erzähle von Dir. Solche Katzen wie Dich kennt sie nicht – so selbstbewusst, so streng, so wichtig.

Sie ist es nicht gewohnt, dass der Tisch immer gedeckt ist. Hier sind die Winter hart, die Steinwürfe nach streunenden Katzen zahlreich, hier schleicht man sich rasch und lautlos an den Küchen vorbei. Du schleichst nie. Du bist als Königinmutter geboren, Du hast den Gang, der alle strammstehen lässt, Königin Klara die Erste, danach kommt lange nichts, dann ich – als Dienstmädchen.

Einmal, als ich wirklich krank war, bist Du Tag und Nacht nicht von meinem Bett gewichen. Ich träumte von früher und dass Mutter mir einmal besorgt die Hand auf die heiße Stirn gelegt hat, aber als ich danach greifen wollte, zog sie sie zurück. Und Du, Klara, hast plötzlich mit Deiner rauen Zunge meine Hand geleckt, und dabei hast Du geschnurrt. Ich habe fest die Augen zugekniffen und so getan, als merkte ich nichts. Du erträgst es ja nicht, dass man Dich bei Deiner Zuneigung erwischt. Das kenn' ich schon, Klara, damit kann ich leben.

Du, die Du mir die Liebste bist.

Ich bringe Dir ein sehr schönes geflochtenes Körbchen mit. Du wirst es verstimmt ansehen und Dich nur hineinlegen, wenn ich nicht da bin. Ich werde es merken an den schwarzweißen Haaren auf dem Kissen – unsere Rosa ist rot. Du wirst das Körbchen jedoch niemals auch nur beachten, wenn ich im Zimmer bin. Es ist gut so.

Liebe Klara, es geht mir gut. Die Sonne scheint, das Meer rauscht, ich esse exotische Früchte. Ab heute noch eine Woche, dann bin ich zurück.

Du fehlst mir so sehr.

Donna Leon
Gastone, der Arbeitskater

Irgendwo im protestantischen Teil eines deutschsprachigen Landes lebt eine Frau, die – so fürchte ich – aus Venedig geflohen ist vor Entsetzen über von ihr beobachtete unheimliche, finstere Formen religiöser Verehrung, die von italienischen Katholiken praktiziert werden. Sollte sie in einem Ort wie Dübendorf wohnen, möchte ich sie hiermit beruhigen und ihr erklären, wie alles gekommen ist.

Vor einigen Monaten brachte das französische Ehepaar, das unter mir wohnt, einen Kater nach Hause, der die Aufgabe hatte, die Ratten zu beseitigen, die aus dem Kanal hinter unserem Haus hereinschlüpfen und unerwünscht viel Zeit damit verbringen, in den verschiedenen Abstellkammern um unseren gemeinsamen Innenhof herum zu nisten. Es sollte ein Arbeitskater sein; er sollte nicht ins Haus dürfen; er sollte gefüttert, aber sonst ignoriert werden; wir sollten ihn nicht als Haustier betrachten, sondern als einen gedungenen Mörder, einen Killer mit dem Auftrag, Ratten umzubringen.

Der erste Fehler war, ihm einen Namen zu geben: Gastone. Dann kam ein Korken an einem Bindfaden hinzu – um seinen Jagdinstinkt zu wecken, Sie verstehen, nicht etwa um ihn zu unterhalten –, dann ein erstes Streicheln, ein gedankenloses Kratzen hinter den Ohren. Weil es im Wesen des Universums liegt, dass Gastones Gattung die unsere seit Jahrtausenden zu sklavischer Unterwürfigkeit zwingt, fühlte er sich bald schon in beiden Häusern vollkommen daheim und zeigte eine klare Vorliebe für Lachs- und Huhn-Nuggets.

An einem Grundsatz hielten wir freilich eisern fest: Auf keinen Fall durfte Gastone unseren großen Hof verlassen und sich auf die Straßen von Venedig wagen. Dies zwang uns zu komplizierten Eintritts- und Austrittsritualen, jedes Mal wenn wir den großen *portone* der *calle* zum Innenhof öffneten. Doch da Gastone nicht kastriert ist, und weil gerade *il mese delle gatte* war, entwischte er vor einem Monat durch ein Fenster und verbrachte zwei Nächte außer Haus, bis er von den *animalisti,* die an seinem Halsband Adresse und Telefonnummer gefunden hatten, zurückgebracht wurde.

Von einer langen Zugreise etwas unaufmerksam geworden, öffnete ich heute Nachmittag den *portone* – und sah nur etwas Braunes unten durchwitschen. Gastone verschwand um die Ecke in die nächste *calle*. Ich stellte meine Tasche im Hof ab, schloss das Tor, lief ihm nach und säuselte in jenem falschen Tonfall, den wir verwenden, wenn wir ein Tier, das uns überlistet hat, anlocken wollen: *»Gastone, Gastone, vieni qua, Gastone.«* Er kam auf mich zu, wich aus und rannte auf die Brücke zu, die zum Campo dei Miracoli hinunterführt. Ich verfolgte ihn, wobei ich den Leuten, die sahen, was ich tat, ein falsches Lächeln zuwarf.

Die Restauration der Kirche am Campo dei Miracoli, die viele für die schönste der Stadt halten, ist abgeschlossen, weshalb die Kirche für Touristen wieder offen ist. Und für Katzen. Sechs, sieben Leute standen Schlange, um Eintrittskarten zu kaufen. Ohne anzuhalten, um zu erklären, dass er Stadtbewohner und sein Eintritt somit frei sei, rannte Gastone an ihnen vorbei durch den Mittelgang. Ich hielt genauso wenig an, um zu erklären, dass ich Stadtbewohnerin sei, sondern schlenderte, falsch säuselnd, den Mittelgang entlang. Gastone sah die Tür zur Krypta und ging durch. Ich folgte ihm, um meinerseits vom Eintrittskartenverkäufer verfolgt zu werden, der wütend fragte, was mir einfalle. Meine Erklärung erübrigte sich, als Gastone an uns vorbei zurück in die Kirche lief.

Rasch hatte er die Stufen zum Hochaltar erklommen. Ich folgte ihm. Ohne die Touristen zu beachten, streunte er herum, schnüffelte, verharrte, glitt bald hier-, bald dorthin und entwischte mir die ganze Zeit. Lächelnd nickte ich den Leuten, die in den vorderen Kirchenbänken saßen und sich auf den Stufen drängten, zu und verfolgte ihn weiter. Er kam näher. Ich kniete mich hin, säuselte und wisperte falsche Versprechungen von Lachs. Er kam näher. Mit einem Sprung packte ich ihn am Genick.

Just in diesem Augenblick trat die Frau aus Dübendorf mit ihrem Venedig-Führer in die Kirche. Sie blieb hinten stehen, erstarrt ob des Anblicks einer vollkommen schwarzgekleideten Frau, die vom Hauptaltar der Kirche I Miracoli her durch den Mittelgang gelaufen kam, in der einen Hand eine Katze gepackt hielt und auf Italienisch vor sich hin murmelte. Der Himmel weiß, was für sonderbare Vorstellungen von bizarren Riten, die diese Papisten praktizieren, sie nach Hause gebracht hat.

Patricia Highsmith

Mings fetteste Beute

Ming lag gemütlich am Fuß der Koje seiner Herrin, als der Mann ihn am Nacken ergriff, draußen absetzte und die Kabinentür schloss. Vor Schreck und kurzfristigem Zorn weiteten sich Mings blaue Augen, schlossen sich aber angesichts des gleißenden Sonnenlichts wieder zu Schlitzen. Er war nicht zum ersten Mal unsanft aus der Kabine hinausbefördert worden, und er wusste, dass der Mann es dann tat, wenn Mings Herrin Elaine gerade nicht hersah.

Auf dem Segelboot gab es jetzt keinen Schutz vor der Sonne, doch noch war es Ming nicht zu warm. Gewandt sprang er auf das Kabinendach und betrat die Taurolle gleich hinter dem Mast. Diese Taurolle passte Ming gut als Sofa, weil er von dort oben alles im Blick hatte, vor starken Winden geschützt war und seine Unterlage in der Mitte der Yacht obendrein das Schwanken und die plötzlichen Kurswechsel der White Lark dämpfte. Doch jetzt war das Segel eingeholt worden, weil Elaine und der Mann ihren Lunch gehabt hatten und wie oft nach dem Lunch eine Siesta hielten, und während dieser Zeit wollte der Mann ihn nicht in der Kabine haben, das wusste Ming. Gegen die Lunchzeit hatte Ming nichts. Er selbst hatte soeben köstlichen gegrillten Fisch und ein bisschen Hummer gespeist. Jetzt lag Ming entspannt in die Taurolle geschmiegt, riss gähnend das Schnäuzchen auf und blickte dann aus seinen gegen die grelle Sonne beinahe ganz geschlossenen Augenschlitzen zu den hellbraunen Bergen und den weißen und rosafarbenen Häusern und Hotels, die die Bucht von Acapulco umschlossen. Zwischen der White Lark und dem Strand, wo Badende unhörbar planschten, blinkte die Sonne auf der Wasseroberfläche wie Tausende winziger elektrischer Lichter, die an- und ausgingen. Ein Wasserskifahrer flitzte vorbei, eine weiße Gischtspur hinter sich herziehend. Welcher Aufwand! Ming döste fast und spürte, wie die Hitze der Sonne sich in sein Fell grub. Er stammte aus New York und betrachtete Acapulco als gewaltigen Fortschritt gegenüber der Umgebung in seinen ersten Lebenswochen. Er erinnerte sich an eine lichtarme Kiste, mit Stroh ausgelegt, und drei oder vier weitere junge Kätzchen und ein Fenster, hinter dem riesige Gestalten für einen Augenblick stehenblieben, klopften, um seine Aufmerksamkeit zu erregen, und weitergingen. An seine Mutter erinnerte er sich überhaupt nicht. Eines Tages kam eine junge Frau, die nach etwas Angenehmem roch, herein und nahm ihn mit – weg von dem scheußlichen, erschreckenden Geruch nach Hunden, Medikamenten und Papageienkot. Dann fuhren sie mit etwas, das, wie Ming inzwischen wusste, ein Flugzeug war. Inzwischen war er an Flugzeuge gewöhnt und konnte sie gut leiden. Im Flugzeug saß und schlief er auf Elaines Schoß, und wenn er Hunger hatte, gab es immer etwas zu naschen.

Elaine verbrachte jeden Tag viel Zeit in einem Laden in Acapulco, wo an allen Wänden Kleider und Hosen und Badeanzüge hingen. Dort roch es sauber und frisch, vor dem Laden waren Blumen in Töpfen und Blumenkästen, und der

Boden bestand aus kühlen blauen und weißen Fliesen. Ming konnte nach Belieben in den Hof hinter dem Laden spazieren oder in seinem Körbchen in einer Ecke schlafen. Vor dem Laden war mehr Sonne, aber freche Jungen hatten es oft auf Ming abgesehen, wenn er vor dem Laden saß, und deshalb konnte er sich dort nicht ausruhen.

Am liebsten lag Ming zusammen mit seiner Herrin auf einem der Liegestühle auf ihrer Terrasse zu Hause. Weniger lieb waren ihm die Menschen, die sie manchmal einlud, die über Nacht blieben, zu Dutzenden bis tief in die Nacht aufblieben und aßen und tranken und Grammophon oder Klavier spielten – die ihn von Elaine trennten. Menschen, die ihm auf die Pfoten traten, die ihn manchmal von hinten hochhoben, bevor er sich wehren konnte, so dass er sich sträuben und winden musste, um sich zu befreien, die ihn ungeschickt streichelten, die irgendwelche Türen schlossen und ihn dabei einsperrten. *Menschen!* Ming verabscheute Menschen. Auf der ganzen Welt konnte er nur Elaine leiden. Elaine liebte ihn und verstand ihn.

Vor allem diesen Mann namens Teddie verabscheute Ming in letzter Zeit. Teddie war seit neuestem dauernd anwesend. Ming gefiel es nicht, wie Teddie ihn beäugte, wenn Elaine nicht zusah. Und manchmal murmelte Teddie, wenn Elaine nicht zuhörte, Worte, die, wie Ming wusste, eine Drohung waren. Oder ein Befehl, den Raum zu verlassen. Ming nahm das gelassen. Es galt die Würde zu wahren. Und war seine Herrin etwa nicht auf seiner Seite? Der Eindringling war der Mann. Wenn Elaine zusah, tat der Mann manchmal, als möge er Ming, doch Ming ging ihm stets graziös, aber unmissverständlich aus dem Weg.

Mings Nickerchen wurde vom Geräusch der sich öffnenden Kabinentür unterbrochen. Er hörte Elaine und den Mann lachen und sprechen. Die große orangerote Sonne näherte sich dem Horizont.

»Ming!« Elaine trat zu ihm. »Herzchen, was machst du in dieser Hitze? Ich dachte, du wärst drinnen!«

»Das dachte ich auch!«, sagte Teddie.

Ming schnurrte, wie immer beim Aufwachen. Elaine hob ihn sanft hoch, schmiegte ihn in ihre Arme und trug ihn hinunter in den mit einem Mal kühlen Schatten der Kabine. Sie sprach zu dem Mann, in nicht gerade freundlichem Ton. Sie setzte Ming vor seiner Wasserschüssel ab; obwohl er nicht durstig war, trank er ihr zuliebe ein bisschen. Von der Hitze war ihm schwindelig, und er taumelte leicht.

Elaine nahm ein nasses Handtuch und wischte Ming das Gesicht, die Ohren und die Pfoten ab. Dann legte sie ihn behutsam auf die Koje, die nach ihrem Parfum roch, aber auch nach dem Mann, den Ming verabscheute.

Jetzt stritten seine Herrin und der Mann, das hörte Ming an ihrem Tonfall. Elaine blieb bei Ming auf der Kante der Koje sitzen. Und endlich hörte Ming das Platschen, das bedeutete, dass Teddie ins Wasser gesprungen war. Ming hoffte, dass er dort blieb, hoffte, dass er ertrank, hoffte, dass er wegblieb. Elaine machte in dem Aluminiumspülbecken ein Handtuch nass, wrang es aus, breitete es auf die Koje und setzte Ming darauf. Sie holte Wasser, und Ming, der jetzt durstig war, trank. Während er einschlief, spülte sie das Geschirr und räumte es weg. Es waren gemütliche Geräusche, die Ming gern hörte.

Doch schon bald ertönte ein neues Platschen und das

Tappen von Teddies nassen Füßen auf Deck, und Ming wurde wieder wach.

Das Streiten hob wieder an. Elaine ging die paar Stufen zum Deck hinauf. Angespannt, das Kinn jedoch weiterhin auf dem feuchten Handtuch, behielt Ming die Kabinentür im Blick. Er hörte Teddies Schritte herunterkommen. Ming hob leicht den Kopf; er wusste, dass es keinen zweiten Ausgang gab, dass er in der Kabine gefangen war. Der Mann blieb stehen, ein Handtuch in Händen, und starrte Ming an.

Ming entspannte sich, als wollte er gähnen, und dabei schielte er ein wenig, und dann glitt ihm die Zunge ein Stück aus dem Mund. Der Mann wollte etwas sagen, sah aus, als wollte er das zusammengerollte Handtuch nach Ming werfen, doch dann zögerte er, behielt für sich, was er hatte sagen wollen, warf das Handtuch in das Spülbecken und beugte sich darüber, um sich das Gesicht zu waschen. Ming hatte Teddie nicht zum ersten Mal die Zunge herausgestreckt. Die meisten lachten, wenn er das tat, bei Partys beispielsweise, und Ming fand das recht amüsant. Aber er spürte, dass Teddie es als Akt der Aggression auffasste, und deshalb streckte er Teddie absichtlich die Zunge heraus, während es ihm bei anderen Leuten eher versehentlich passierte.

Der Streit nahm kein Ende. Elaine machte Kaffee. Ming fühlte sich allmählich besser und ging wieder auf Deck hinaus, denn die Sonne war inzwischen untergegangen. Elaine hatte den Motor angeworfen; sie glitten langsam dem Strand entgegen. Ming fing Vogelgesang auf, sonderbare Rufe wie schrille Sätze, geäußert von Vögeln, die erst bei Sonnenuntergang die Stimme erhoben. Ming freute sich auf das Adobeziegelhaus auf den Klippen, das sein und seiner Herrin Zuhause war. Er wusste, dass sie ihn nicht zu Hause ließ (wo es für ihn bequemer gewesen wäre), wenn sie mit dem Boot hinausfuhr, weil sie befürchtete, man könnte ihn einfangen oder sogar umbringen. Ming verstand das. Man hatte ihn fast vor Elaines Augen zu stehlen versucht. Einmal war er in einem Wäschesack weggeschafft worden, und obwohl er sich aus Leibeskräften gewehrt hatte, bezweifelte er, dass er sich hätte befreien können, wenn Elaine nicht dem Jungen eine heruntergehauen und ihm den Sack entrissen hätte.

Ming hatte vorgehabt, wieder auf das Kabinendach zu springen, doch nach einem Blick hinauf beschloss er, seine Kräfte zu schonen, und kauerte sich mit eingezogenen Pfoten auf das warme, leise schaukelnde Deck und schaute dem näher kommenden Strand entgegen. Jetzt konnte er Gitarrenmusik vom Strand herwehen hören. Die Stimmen seiner Herrin und des Mannes verstummten. Einen Augenblick lang war das lauteste Geräusch das *Tschak-tschak-tschak* des Schiffsmotors. Dann hörte Ming die nackten Füße des Mannes die Stufen vor der Kabine heraufkommen. Ming drehte nicht den Kopf zu ihm um, doch seine Ohren zuckten unwillkürlich zurück. Er schaute auf das Wasser, das vor und unter ihm in Entfernung eines kurzen Sprungs lag. Merkwürdigerweise war von dem Mann hinter ihm kein Laut zu vernehmen. Die Haare in Mings Nacken sträubten sich, und Ming warf einen Blick über die rechte Schulter.

Im gleichen Augenblick beugte der Mann sich vor und stürzte sich mit ausgebreiteten Armen auf Ming.

Ming war sofort auf den Beinen und sprang auf den Mann zu, in die einzige sichere Richtung auf dem Deck ohne Geländer, aber der Mann holte mit dem linken Arm aus und traf Ming vor die Brust. Ming wurde zurückgeschleudert, seine Krallen scharrten über Deck, und mit den Hinterbeinen rutschte er über Bord. Mit den Vorderpfoten klammerte er sich an das glatte Holz, das ihm wenig Halt bot, während seine Hinterpfoten sich abmühten, ihn auf Deck zurückzubugsieren, sich auf der Seite des Bootes abmühten, die in einem für Ming ungünstigen Winkel geneigt war.

Der Mann trat vor, um Mings Pfoten mit dem Fuß wegzustoßen, doch in diesem Augenblick kam Elaine die Treppe herauf.

»Was ist los? *Ming!*«

Nach und nach manövrierten Mings kräftige Hinterbeine ihn zurück auf Deck. Der Mann war niedergekniet, als wollte er helfen. Elaine hatte sich ebenfalls auf die Knie geworfen und hielt Ming jetzt am Nacken gepackt.

Ming entspannte sich, auf Deck gekauert. Sein Schwanz war nass.

»Er ist über Bord gefallen!«, sagte Teddie. »Ungelogen, das macht der Sonnenstich. Er hat das Gleichgewicht verloren und ist runtergefallen, als das Boot einen Hopser gemacht hat.«

»Das kommt von der Sonne. Armer Ming!« Elaine hielt die Katze an die Brust gedrückt und trug sie behutsam in die Kabine. »Teddie, kannst du bitte das Steuer übernehmen?«

Der Mann kam in die Kabine herunter. Elaine hatte Ming auf die Koje gesetzt und sprach leise zu ihm. Mings Herz klopfte noch heftig. Er war auf der Hut vor dem Mann am Steuer, obwohl Elaine bei ihm war. Ming war sich dessen gewahr, dass sie in die kleine Bucht eingefahren waren, die sie immer ansteuerten, bevor sie von Bord gingen.

Hier befanden sich Teddies Freunde und Verbündete, die Ming aus diesem Grund verabscheute, obwohl es lediglich mexikanische Jungen waren. Zwei, drei Jungen in Shorts riefen »Señor Teddie!« und streckten die Hand aus, um Elaine zum Dock hochzuhelfen, ergriffen das Tau vorn am Boot und boten an, »Ming! Ming!« zu tragen. Ming sprang aus eigener Kraft auf das Dock und wartete geduckt auf Elaine, bereit, wegzuspringen, sobald eine andere als ihre Hand ihn berühren sollte – und es waren viele braune Hände da, die nach ihm griffen, so dass Ming nicht zur Ruhe kam. Gelächter, Ausrufe, das Getrappel nackter Füße auf Holzplanken. Doch gleichzeitig Elaines beruhigende Stimme, die sie wegscheuchte. Ming wusste, dass Elaine damit beschäftigt war, die Plastiktaschen einzusammeln und die Kabinentür abzuschließen. Mit Hilfe eines der mexikanischen Jungen spannte Teddie jetzt die Segeltuchplane über die Kabine. Elaines sandalenbekleidete Füße tauchten neben Ming auf. Ming folgte ihr. Ein Junge nahm Elaine die Sachen ab, die sie trug, und sie hob Ming auf.

Sie stiegen in den großen Wagen ohne Dach, der Teddie gehörte, und fuhren die gewundene Straße zu Elaines und Mings Haus hinauf. Einer der Jungen saß am Steuer. Der Ton, in dem Elaine und Teddie sich unterhielten, war jetzt ruhiger und friedlicher. Der Mann lachte. Ming saß angespannt auf dem Schoß seiner Herrin. Daran, wie sie ihn streichelte und seinen Nacken kraulte, konnte er spüren, dass sie um ihn besorgt war. Der Mann streckte die Hand aus, um Mings Rücken zu berühren, und Ming ließ ein leises, unruhiges Knurren hören, zuerst tief, dann hoch, dann wieder tief.

»Na, na«, sagte der Mann mit gespielter Heiterkeit und zog die Hand zurück.

Elaines Stimme verstummte mitten im Satz. Ming war müde und wünschte sich nichts sehnlicher, als auf dem großen Bett zu Hause ein Nickerchen zu halten. Auf dem Bett lag eine dünne Wolldecke mit roten und weißen Streifen.

Kaum hatte Ming den Gedanken zu Ende gedacht, befand er sich schon in der kühlen, wohlriechenden Atmosphäre seines Zuhauses und wurde behutsam auf das Bett mit der weichen wollenen Decke gesetzt. Seine Herrin küsste ihn auf die Wange und sagte etwas, worin das Wort »hungrig« vorkam. Ming hatte verstanden. Er sollte ihr Bescheid sagen, wenn er hungrig war.

Ming döste und erwachte erst, als er in einigen Metern Entfernung auf der Terrasse hinter den offenen Glastüren Stimmen hörte. Inzwischen war es dunkel. Ming konnte ein Ende des Tischs sehen, und an der Art des Lichts erkannte er, dass Kerzen auf dem Tisch standen. Concha, das Hausmädchen, das im Haus wohnte, räumte den Tisch ab. Ming hörte ihre Stimme und dann die Stimmen Elaines und des Mannes. Er roch Zigarrenrauch. Er sprang auf den Boden und blieb einen Augenblick sitzen, den Blick durch die Tür zur Terrasse gerichtet. Er gähnte, machte einen Buckel, streckte sich und lockerte seine Muskeln, indem er die Krallen in den dicken Sisalteppich grub. Dann schlüpfte er zur Rechten auf die Terrasse und glitt lautlos die breiten Steinstufen in den Garten hinunter. Der Garten war wie ein Dschungel oder ein Wald. Avocado- und Mangobäume reichten bis zur Terrasse empor, an der Mauer wuchsen Bougainvilleen, in den Bäumen Orchideen, und es gab Magnolien und einige Kamelienbüsche, die Elaine gepflanzt hatte. Ming hörte Vögel zwitschern und sich in ihren Nestern regen. Manchmal erkletterte er Bäume, um an die Nester zu gelangen, doch danach stand ihm heute Abend nicht der Sinn, obwohl er nicht mehr müde war. Die Stimmen seiner Herrin und des Mannes verstörten ihn. Heute Abend war seine Herrin auf den Mann nicht gut zu sprechen, so viel war ihm klar.

Concha war wahrscheinlich noch in der Küche; Ming beschloss, sie aufzusuchen und um etwas zu essen zu bitten. Concha konnte ihn gut leiden. Ein Hausmädchen, das ihn nicht leiden konnte, war von Elaine entlassen worden. Ming dachte sich, dass gegrilltes Schweinefleisch mit Barbecuesauce nicht übel wäre. Das hatten seine Herrin und der Mann vorhin gegessen. Eine frische Brise blies vom offenen Meer herein und zauste sacht Mings Fell. Ming hatte sich vollständig von dem schrecklichen Erlebnis erholt, bei dem er beinahe ins Meer gestürzt wäre.

Jetzt war die Terrasse menschenleer. Ming ging nach links, in das Schlafzimmer zurück, und spürte sofort die Gegenwart des Mannes, obwohl es dunkel war und Ming ihn nicht sehen konnte. Der Mann stand neben dem Toilettentisch und öffnete eine Schatulle. Wieder ließ Ming unwillkürlich ein leises Knurren hören, das stieg und fiel, und verharrte in der Körperhaltung, in der er auf den Mann aufmerksam geworden war, die rechte Vorderpfote für den nächsten Schritt ausgestreckt. Jetzt hatte er die Ohren zurückgelegt, bereit, in jede Richtung loszuspringen, obwohl der Mann ihn noch nicht gesehen hatte.

»Psst! Blödes Vieh!«, flüsterte der Mann und stampfte leise auf, um die Katze zu verscheuchen.

Ming regte sich nicht. Er hörte das leise Klirren der weißen Halskette, die seiner Herrin gehörte. Der Mann steckte sie in die Tasche und bewegte sich dann nach rechts, zu der Tür hinaus, die in das große Wohnzimmer führte. Jetzt hörte Ming das Klirren von Flasche und Glas, hörte, wie eine Flüssigkeit eingeschenkt wurde. Ming ging durch dieselbe Tür und wandte sich dann nach links der Küche zu.

Dort miaute er und wurde von Elaine und Concha begrüßt. Concha hatte in ihrem Radio Musik laufen.

»Fisch? – Schwein. Er mag Schwein«, sagte Elaine mit den eigenartigen Worten, die sie Concha gegenüber verwendete.

Ohne große Schwierigkeiten gelang es Ming, seine Vorliebe für Schweinefleisch auszudrücken, und er bekam das Gewünschte, über das er sich mit Heißhunger hermachte. Concha rief: »Ahiii!«, während seine Herrin ihr ausgiebig etwas berichtete. Dann bückte Concha sich, um ihn zu streicheln, und Ming ließ es sich gefallen, den Blick auf seine Schüssel gerichtet, bis Concha ihn in Ruhe ließ und er seine Mahlzeit beenden konnte. Dann verließ Elaine die Küche. Concha gab ihm ein wenig von der Kondensmilch, die er liebte, in seine geleerte Schüssel, und Ming leckte sie auf. Dann rieb er sich zum Dank an Conchas nacktem Bein und verließ die Küche, betrat vorsichtig das Wohnzimmer auf dem Weg zum Schlafzimmer. Doch Elaine und der Mann waren jetzt draußen auf der Terrasse. Ming hatte das Schlafzimmer gerade betreten, als er Elaine rufen hörte: »Ming! Wo bist du?«

Ming ging zur Terrassentür, blieb stehen und setzte sich auf die Türschwelle.

Elaine saß seitlich am Ende des Tischs; das Kerzenlicht fiel hell auf ihr langes blondes Haar und ihre weiße Hose. Sie klopfte sich auf den Schenkel, und Ming sprang ihr auf den Schoß.

Der Mann sagte leise etwas, was nicht nett klang.

Elaine erwiderte etwas im gleichen Ton. Aber sie lachte dabei.

Dann klingelte das Telefon.

Elaine setzte Ming ab und ging ins Wohnzimmer.

Der Mann trank sein Glas aus, murmelte etwas, an Ming gerichtet, und stellte sein Glas auf dem Tisch ab. Er stand auf und versuchte, um Ming herumzugehen oder an den Rand der Terrasse zu treten, wie Ming auffiel – und Ming fiel außerdem auf, dass der Mann betrunken war und sich deshalb langsam und ein wenig linkisch bewegte. Der Terrasse entlang verlief ein etwa hüfthohes Geländer, an drei Stellen von Gitterwerk unterbrochen, dessen Stäbe genug Zwischenraum boten, dass Ming hindurchschlüpfen konnte, obwohl er das nie tat, sondern lediglich ab und zu hindurchblickte. Ming zweifelte nicht daran, dass der Mann ihn durch eines der Gitter jagen oder ihn packen und über die Terrassenbrüstung werfen wollte. Nichts leichter für Ming, als ihm zu entwischen. Dann ergriff der Mann einen Stuhl und warf ihn und traf Ming an der Hüfte. Ein kurzer, heftiger Schmerz. Ming nahm den nächsten Fluchtweg über die Treppenstufen, die in den Garten führten.

Der Mann kam hinter ihm die Treppe herunter. Ohne zu überlegen, flitzte Ming die Stufen wieder hinauf und hielt sich eng an die Wand, die im Schatten lag. Der Mann hatte ihn nicht gesehen. Ming sprang auf die Terrassenbrüstung, setzte sich und leckte sich kurz die Pfote, um sich zu beruhigen und zu sammeln. Sein Herz klopfte so heftig wie bei einem Kampf. Und Hass pulste durch seine Adern. Hass brannte in seinen Augen, als er auf die Schritte des Mannes lauerte, die unsicher die Treppe weiter unten hinaufstiegen. Dann kam der Mann in sein Blickfeld.

Ming duckte sich und schnellte dann mit aller Kraft vor, landete mit allen vier Pfoten auf dem rechten Ärmel des Mannes in Schulternähe. Ming hielt sich an dem Stoff der weißen Jacke des Mannes fest, doch beide stürzten. Der Mann stöhnte. Ming ließ sich nicht abschütteln. Zweige splitterten. Ming wusste nicht, wo unten und oben war. Er sprang von dem Mann fort, merkte zu spät, in welcher Richtung sich der Boden befand, und landete auf der Seite. Fast gleichzeitig hörte er den dumpfen Aufprall, mit dem der Mann zu Boden ging, dann das Geräusch, mit dem sein Körper weiterrollte, und dann trat Stille ein. Ming musste mit offenem Schnäuzchen hecheln, bis seine Brust nicht mehr schmerzte. Aus der Richtung des Mannes erschnupperte er Alkohol, Zigarrenrauch und den scharfen Geruch, der Angst bedeutet. Aber der Mann bewegte sich nicht.

Ming konnte inzwischen ganz gut sehen. Spärliches Mondlicht schimmerte. Ming machte sich zu den Treppenstufen auf, musste lange durch das Gebüsch gehen, über Steine und Sand, bis er die Treppe erreichte. Dann glitt er die Stufen empor und gelangte wieder auf die Terrasse.

Elaine trat gerade aus dem Zimmer auf die Terrasse.

»Teddie?«, rief sie. Sie ging ins Schlafzimmer zurück und

schaltete eine Lampe ein, ging weiter in die Küche. Ming folgte ihr. Concha hatte das Licht angelassen, aber sie war jetzt in ihrem eigenen Zimmer, wo das Radio lief.

Elaine öffnete die Haustür.

Der Wagen des Mannes stand noch in der Einfahrt, wie Ming sah. Mings Hüfte begann zu schmerzen, oder er bemerkte die Schmerzen erst jetzt. Er hinkte leicht. Elaine sah es, berührte seinen Rücken und fragte ihn, was los sei. Ming schnurrte nur.

»Teddie? – Wo steckst du?«, rief Elaine.

Sie nahm eine Taschenlampe und leuchtete in den Garten hinunter, zwischen die großen Stämme der Avocadobäume, zwischen die Orchideen und den Lavendel und die rosa Blüten der Bougainvilleen. Ming, in Sicherheit neben ihr, folgte dem Lichtstrahl mit den Augen und schnurrte voll Behagen. Der Mann war nicht hier unten, sondern weiter rechts. Elaine ging zur Treppe; vorsichtig – denn an dieser Stelle gab es kein Geländer, sondern nur die breiten Stufen – richtete sie den Lichtstrahl nach unten. Ming schaute nicht einmal hin. Er saß am Rand der Terrasse, wo die Stufen begannen.

»Teddie!«, sagte Elaine. *»Teddie!«* Dann lief sie die Treppe hinunter.

Ming folgte ihr noch immer nicht. Er hörte, wie sie die Luft einsog. Dann schrie sie: *»Concha!«*

Elaine rannte die Treppe hinauf.

Concha war aus ihrem Zimmer gekommen. Elaine redete auf sie ein. Dann wurde Concha ganz aufgeregt. Elaine ging zum Telefon und sprach dort einen Augenblick, und dann ging sie zusammen mit Concha die Treppe hinunter.

Ming machte es sich mit eingezogenen Pfoten auf der Terrasse bequem, die noch Reste der Sonnenwärme abstrahlte. Ein Wagen fuhr vor. Ming hielt sich auf der Terrasse im Hintergrund, in einem schattigen Winkel, während drei, vier fremde Männer die Terrasse betraten und die Treppe hinunterstapften. Unten wurde laut geredet, Füße trampelten, Zweige brachen, und dann stieg der Geruch von ihnen allen nach oben, der Geruch von Tabak und Schweiß und der vertraute Blutgeruch. Das Blut des Mannes. Ming war erfreut, wie er es war, wenn er einen Vogel tötete und mit den eigenen Zähnen diesen Blutgeruch erzeugte. Das hier war fette Beute. Unbemerkt von den anderen richtete Ming sich zu voller Größe auf, als die Gruppe mit der Leiche vorbeikam, und atmete mit erhobener Nase den betäubenden Duft seines Sieges ein.

Und auf einmal war das Haus leer. Alle waren fort, sogar Concha. Ming trank ein wenig Wasser aus seiner Schüssel in der Küche, ging dann zum Bett seiner Herrin, schmiegte sich gegen die aufeinandergetürmten Kissen und schlief schnell ein. Ihn weckte das *Rr-rr-r* eines unvertrauten Wagens. Dann wurde die Haustür geöffnet, und er erkannte Elaines und dahinter Conchas Schritte. Ming blieb, wo er war. Elaine und Concha unterhielten sich leise ein paar Minuten lang. Dann kam Elaine in das Schlafzimmer. Die Lampe war noch eingeschaltet. Ming sah zu, wie Elaine langsam die Schatulle auf ihrem Toilettentisch öffnete und mit leisem Klirren die weiße Halskette hineingleiten ließ. Dann schloss sie die Schatulle. Sie begann ihre Bluse aufzuknöpfen, doch bevor sie damit fertig war, warf sie sich auf das Bett und streichelte Ming den Kopf, nahm seine linke Vorderpfote in die Hand und drückte sie sacht, so dass die Krallen sichtbar wurden.

»O Ming – Ming«, sagte sie.

Ming hörte den Klang der Liebe.

Italo Calvino

Der Garten der eigensinnigen Katzen

Die Stadt der Katzen und die Stadt der Menschen liegen zwar beisammen, sind aber zwei verschiedene Orte. Nur wenige Katzen erinnern sich noch der Zeit, da es keinen Unterschied gab: Damals waren die Straßen und Plätze der Menschen auch die Straßen und Plätze der Katzen, wie auch die Wiesen und Höfe und Balkons und Brunnen, damals lebten alle in einem weiten und abwechslungsreichen Raum. Jetzt aber sind die Hauskatzen schon seit Generationen Gefangene einer unbewohnbaren Stadt: Über die Straßen braust pausenlos der Verderben bringende Verkehr katzenmordender Autos; auf jedem Quadratmeter Boden, wo sich früher ein Garten öffnete oder ein leeres Grundstück oder die Trümmer eines abgerissenen Hauses, erheben sich nunmehr Gemeinschaftssiedlungen, Mietskasernen, nigelnagelneue Wolkenkratzer; jeder Zugang ist von parkenden Autos verbarrikadiert; die Höfe werden, einer nach dem andern, mit kleinen Flachdächern überzogen und in Garagen oder Kinos oder Warenlager und Werkstätten verwandelt. Und wo sich einst eine wellige Hochebene von niedrigen Dächern, Firsten, gedeckten Dachgärten, Wasserreservoiren, Balkons, Dachluken und Blechdächern erstreckte, erhebt sich nun das Einerlei aller nur irgend ausbaufähigen Flächen: die Zwischendistanzen zwischen dem allerniedrigsten Straßenboden und dem allerhöchsten Himmel der Über-Überbauten verschwinden, die Katzen aus den jüngsten Würfen suchen vergeblich nach den Wegen ihrer Väter, den Ansatz zu weichem Sprung von der Brüstung zu Fries und Regenrinne, als Auftakt zum federnden Klettern auf die Dachziegel.

Doch innerhalb dieser vertikalen, zusammengepressten Stadt, wo jedes Vakuum die Tendenz hat, sich zu füllen, und jeder Zementblock bestrebt ist, sich mit andern Zementblöcken zu vereinigen, tut sich eine Art Antistadt auf, eine Art negativer Stadt, die aus den Leerstellen zwischen Mauer und Mauer besteht, aus Mindestabständen zwischen den einzelnen Bauten, wie sie von der Baubehörde verlangt werden, zwischen Rückfront und Rückfront zweier Gebäude; eine Stadt der Zwischenräume, Lichtschächte, Belüftungskanäle, Durchfahrten, Innenhöfe, Kellerzugänge, wie ein Netz ausgetrockneter Kanäle auf einem Planeten aus Teer und Verputz, und über dieses Netz an den Mauern entlang läuft noch immer das alte Geschlecht der Katzen.

Ab und zu folgte Marcovaldo zum Zeitvertreib dem Weg einer Katze. Das geschah in der Mittagspause zwischen halb eins und drei, wenn, Marcovaldo ausgenommen, das gesamte Personal zum Essen heimging und er – der sein Essen in der Tasche mitnahm – seinen Tisch zwischen den Kisten im Lager deckte, seine Bissen kaute, seine halbe Toscano-Zigarre rauchte, ein bisschen herumschlenderte, allein und untätig, und auf den Arbeitsbeginn wartete. In solchen Stunden war eine Katze, die zu einem Fenster herausschaute, stets eine willkommene Gesellschafterin und Führerin auf immer neuen Streifzügen. Er hatte sich mit einer graugestreiften Katze angefreundet, die wohlgenährt war, mit einem hellblauen Schleifchen um den Hals, gewiss war sie bei einer wohlhabenden Familie zu Hause. Diese graugestreifte Katze teilte mit Marcovaldo die Gewohnheit, gleich nach Tisch einen Spaziergang zu machen, und es war nur natürlich, dass eine Freundschaft daraus wurde.

Seiner graugestreiften Freundin folgend, hatte Marcovaldo begonnen, alle Örtlichkeiten gleichsam mit den runden Augen einer Katze zu betrachten, und wenn es auch die vertraute Umgebung seiner Firma war, so sah er sie jetzt doch in einem anderen Licht, als Kulisse zu Katzengeschichten mit Passagen, die nur leichten Samtpfoten zugänglich waren. Obwohl die Gegend äußerlich katzenarm schien, machte Marcovaldo auf seinen Spaziergängen doch täglich die Bekanntschaft eines neuen Katzengesichts, und ein Mauzen, Fauchen, Haarsträuben auf dem gekrümmten Buckel genügte, um ihn ihre Freundschaften, Intrigen, Rivalitäten erraten zu lassen. In solchen Augenblicken bildete er sich ein, in das Geheimnis der Katzengesellschaft eingedrungen zu sein, und schon fühlte er sich von Pupillen beobachtet, die sich zu schmalen Schlitzen verengten, überwacht von den Antennen gesträubter Schnurrhaare, und alle Katzen um ihn herum saßen da wie undurchdringliche Sphinxe, das rosa Dreieck der Nase traf sich mit dem schwarzen Dreieck der Lippen, und das Einzige, was sich rührte an ihnen, waren die Ohrenspitzen, in ruckartigem Vibrieren wie Radargeräte. Man war bis ans Ende eines schmalen Zwischenraums zwischen armseligen, blinden Wänden gelangt, und als Marcovaldo sich umsah, bemerkte er, dass die Katzen, die ihn bis hierher begleitet hatten, alle miteinander verschwunden waren und ihn allein zurückgelassen hatten, auch seine graugestreifte Freundin, er wusste nicht, in welche Richtung. Ihr Reich hatte Gebiete und Zeremonien und Bräuche, die zu entdecken ihm nicht vergönnt war.

Andererseits taten sich von der Stadt der Katzen unvermutet Ausblicke auf die Stadt der Menschen auf; und eines Tages war es eben die Graugestreifte, die ihm die Entdeckung des Luxusrestaurants Biarritz vermittelte.

Wer das Restaurant Biarritz sehen wollte, brauchte nur die Gestalt einer Katze anzunehmen, das heißt, sich auf alle viere niederzulassen. Katze und Mensch gingen solcherart um eine Art Kuppel, an deren Füßen niedrige, rechteckige Fensterchen angebracht waren. Dem Beispiel der Graugestreiften folgend, blickte Marcovaldo hinunter. Es waren Oberlichter mit geöffneten Lamellenscheiben, die dem luxuriösen Raum da unten Luft und Licht gaben. Beim Klang von Zigeunergeigen kreisten vergoldete Rebhühner und Wachteln auf silbernen Tabletts, die von den weißbehandschuhten Händen der befrackten Kellner im Gleichgewicht gehalten wurden. Oder genauer gesagt, über den Rebhühnern und den Fasanen drehten sich die Tabletts und über den Tabletts die weißen Handschuhe und, freischwebend über den Lackschuhen der Kellner, das glänzende Parkett, von dem Zwergpalmen herabhingen in Töpfen und Tischtücher und Kristallgeschirr und Kübel wie Glocken mit einer Champagnerflasche als Klöppel: alles auf den Kopf gestellt, weil Marcovaldo aus Angst, entdeckt zu werden, den Kopf nicht durch das Fensterchen stecken wollte und sich damit begnügte, den Raum im umgekehrten Spiegelbild des schrägen Glases zu betrachten.

Die Katze hingegen interessierte sich mehr für die Küchenfensterchen als für die Saalfenster: Wenn man in den Saal hinunterschaute, sah man von weitem und wie verklärt, was sich in der Küche – recht konkret und fast mit Pfoten zu greifen – als gerupfter Vogel oder frischer Fisch präsentierte. Eben zu dieser Küche hin wollte die Graugestreifte Marcovaldo führen, sei es aus uneigennütziger Freundschaft oder vielmehr, weil sie, um eindringen zu können, auf die Hilfe des Menschen angewiesen war. Marcovaldo seinerseits wollte sich nicht von seinem Aussichtsturm über dem großen Speisesaal trennen: zunächst, weil er ganz fasziniert von der Eleganz des Lokals war, dann, weil irgendetwas dort unten seine Aufmerksamkeit magnetisch angezogen hatte. So sehr, dass er zuletzt alle Angst, entdeckt zu werden, völlig vergaß und den Kopf ununterbrochen nach unten steckte.

Mitten im Raum, genau unter dem Fensterchen, stand ein kleines gläsernes Fischbecken, fast wie ein Aquarium, in dem große Forellen schwammen. Ein respektabler Gast, mit kahlem glänzendem Schädel, schwarzgekleidet und mit schwarzem Bart, trat hinzu. Ein alter befrackter Kellner folgte ihm, ein kleines Netz in der Hand, als ginge er auf Schmetterlingsjagd. Der schwarzgekleidete Herr sah ernst und gesammelt auf die Forellen, dann hob er die Hand und deutete mit feierlicher Gebärde auf einen Fisch. Der Kellner tauchte das Netz ins Becken, jagte die bezeichnete Forelle, fing sie und begab sich in die Küche, wobei er das Netz mit dem zappelnden Fisch wie einen Speer vor sich trug. Der schwarze Herr, würdevoll wie ein Richter, der soeben ein Todesurteil verkündet hatte, nahm wieder Platz und wartete auf die nach Müllerinnen-Art gebackene Forelle.

Wenn ich's fertigbrächte, von hier oben eine Angel herunterzulassen, und dann eine dieser Forellen anbeißen würde, dachte Marcovaldo, könnte man mich nicht des Diebstahls beschuldigen, sondern allenfalls des unerlaubten Fischfangs. Und ohne auf das Maunzen zu achten, das ihn zur Küche locken wollte, ging er fort, um sein Angelzeug zu holen.

Kein Mensch im überfüllten Esssaal des Biarritz bemerkte die dünne, lange Schnur mit Angelhaken und Köder, die sich bis ins Fischbecken hinabsenkte. Die Fische aber sahen den Köder und stürzten sich darauf. In dem Getümmel gelang es einer Forelle, den Wurm zu schnappen: Und augenblicks stieg sie in die Höhe, kam silbrig sich schlängelnd aus dem Wasser, schwebte aufwärts über die gedeckten Tische und die Tischchen mit den Vorspeisen, über die blaue Flamme der Spiritusbrenner für die Crêpes Suzette und verschwand im Himmel des Kuppelfensterchens.

Marcovaldo hatte die Angel mit dem Ruck und der Energie des erprobten Anglers angeschlagen, sodass der Fisch schließlich hinter seinem Rücken landete. Kaum hatte die Forelle festen Boden berührt, als die Katze sich darüber stürzte. Das bisschen Leben, das dem Fisch verblieben war, hauchte er zwischen den Zähnen der Graugestreiften aus. Marcovaldo, der eben die Angelrute hingeworfen hatte, um den Fisch zu ergreifen, sah gerade noch, wie er ihm mitsamt dem Angelhaken vor der Nase weggeschnappt wurde. Rasch setzte er einen Fuß auf die Angelrute, doch der Ruck war so stark, dass ihm nur die Rute verblieb, während die Graugestreifte mit dem Fisch Reißaus nahm, der seinerseits die Angelschnur hinter sich herschleifte. Falsche Katze! Weg war sie.

Doch diesmal entkam sie ihm nicht: Da war die lange

Schnur, die ihr folgte und ihm den Weg zeigte, den sie genommen hatte. Obwohl Marcovaldo die Katze aus den Augen verloren hatte, konnte er dem Schnurende folgen: Da rutschte es eine Mauer hinauf, überkletterte einen Balkon, schlängelte sich durch einen Hauseingang, war in einem Kellerloch verschwunden … Marcovaldo, der in immer kätzischere Gefilde vordrang, auf Dächer kletterte, über Brüstungen stieg, konnte doch stets mit dem Blick – wenn auch nur für Sekundenschnelle, ehe sie verschwand – jene bewegliche Spur erhaschen, die ihm den Weg der Diebin zeigte.

Jetzt glitt die Schnur über den Bürgersteig einer Straße, mitten durch den Verkehr, und Marcovaldo, der ihr hinterherrannte, hätte sie um ein Haar erwischt. Er warf sich bäuchlings auf die Erde: Da, er hatte sie gepackt! Er hatte das Schnurende gerade noch erwischt, ehe es durch die Eisenstangen eines Tores schlüpfte.

Hinter einem halbverrosteten Tor und zwei von Kletterpflanzen überwucherten Mauerstücken lag ein ungepflegtes Gärtchen und dahinter ein kleines, verlassen wirkendes Haus. Ein Teppich von welkem Laub bedeckte die Auffahrt, und welkes Laub lag überall unter den Zweigen der beiden Platanen, häufte sich zu kleinen Bergen auf den Beeten. Eine Blätterschicht schwamm auf dem grünen Wasser eines Beckens. Ringsum ragten riesige Gebäude auf, Wolkenkratzer mit Tausenden von Fenstern wie lauter Augen, die sich missbilligend auf das kleine Viereck mit den zwei Bäumen, die paar Dachziegel und die vielen gelben Blätter richteten, auf diesen Fleck, der mitten im verkehrsreichen Stadtteil überlebt hatte.

Und in diesem Garten, hockend auf Kapitellen und Brüstungen, ausgestreckt auf dem welken Laub der Beete, auf Baumstämme oder Regenrinnen geklettert, auf allen vieren stehend mit zum Fragezeichen erhobenem Schwanz, sitzend und sich das Gesicht putzend, gab es getigerte Katzen, schwarze Katzen, weiße Katzen, gefleckte Katzen, gestromte Katzen, Angorakatzen, Perserkatzen, Familienkatzen und streunende Katzen, parfümierte Katzen und räudige Katzen. Marcovaldo begriff, dass er endlich mitten ins Katzenreich geraten war, mitten in ihre geheime Insel. Und vor Aufregung hätte er seinen Fisch fast vergessen.

Der Fisch hing an der Angelschnur über einem Ast, außer Sprungweite für die Katzen; er musste seiner Entführerin aus dem Maul gefallen sein, vielleicht bei einer ungeschickten Bewegung, als sie ihn vor den anderen schützen oder vielleicht auch als außergewöhnliche Beute herzeigen wollte; die Schnur hatte sich verfangen, und sosehr Marcovaldo auch daran zerrte, er konnte sie doch nicht freibekommen. Inzwischen war unter den Katzen ein erbitterter Kampf um diesen unerreichbaren Fisch entbrannt oder auch nur um die Berechtigung zum Versuch, ihn zu erreichen. Jede wollte der anderen den Sprung verwehren: Sie stürzten sich aufeinander, packten einander in der Luft, drehten sich in wechselseitiger Umklammerung mit Geschrei, Klagen, Fauchen, fürchterlichem Mauzen, und schließlich kam es zu einer allgemeinen Rauferei in einem Wirbel raschelnder welker Blätter.

Nach vielem vergeblichem Zerren spürte Marcovaldo, dass die Angelschnur sich gelöst hatte, doch hütete er sich, sie anzuziehen: Die Forelle wäre genau ins Gewimmel der wild gewordenen Katzen gefallen.

In diesem Augenblick kam ein sonderbarer Regen über die Gartenmauer herab: Gräten, Fischköpfe, Schwänze, auch Lungenstückchen und Innereien. Im Nu ließen die Katzen von der hängenden Forelle ab und stürzten sich auf die neuen Bissen. Für Marcovaldo war das der richtige Augenblick, die Schnur herunterzuziehen und endlich seinen Fisch einzuheimsen. Doch ehe er diese Absicht in die Tat umsetzen konnte, streckten sich aus einem Fensterladen des kleinen Hauses zwei gelbe, verknöcherte Hände heraus: Die eine schwang eine Schere, die andere eine Bratpfanne. Die Hand mit der Schere hob sich über die Forelle, die Hand mit der Bratpfanne streckte sich darunter. Die Schere zerschnitt die Schnur, die Forelle glitt in die Pfanne, Hände, Schere und Bratpfanne zogen sich zurück, der Laden schloss sich: dies alles in Sekundenschnelle. Marcovaldo wusste überhaupt nicht mehr, wie ihm geschah.

»Sind Sie auch ein Katzenfreund?« Eine Stimme hinter seinem Rücken ließ ihn herumfahren. Er war von lauter alten Weiblein umringt, einige uralt schon, mit Hüten auf dem Kopf, die längst aus der Mode waren, andere jünger und wie alte Jungfern aussehend, und sie alle trugen in Händen oder Taschen Fleisch- oder Fischreste, einige sogar ein Schüsselchen mit Milch. »Würden Sie mir das Päckchen übers Tor werfen für die armen Tierchen?«

Alle Katzenfreundinnen gaben sich zu dieser Stunde vor dem Garten mit dem welken Laub ein Stelldichein, um ihren Schützlingen Futter zu bringen.

»Aber sagen Sie bloß, warum in aller Welt versammeln sich die vielen Katzen ausgerechnet hier?«, erkundigte sich Marcovaldo.

»Wo sollten sie denn sonst hin? Dieser Garten ist unsere letzte Zufluchtsstätte! Hierher kommen auch die Katzen aus anderen Stadtteilen, oft kilometerweit...«

»Und die Vögel«, warf eine andere ein, »müssen sich nun zu Hunderten und Aberhunderten mit diesen paar Bäumen begnügen...«

»Und sämtliche Frösche haben sich in diesen Brunnen zurückgezogen, und nachts quaken sie und quaken... Man hört sie in den umliegenden Häusern sogar noch im siebenten Stock...«

»Wem gehört denn das Haus hier?«, fragte Marcovaldo. Jetzt standen vor dem Tor nicht nur die alten Weiblein, auch andere Leute hatten sich eingefunden: der Tankwart von gegenüber, Lehrlinge aus einer Fabrik, der Briefträger, der Gemüseverkäufer, ein paar Passanten. Und sie alle, Frauen und Männer, ließen sich nicht lange bitten, ihm Bescheid zu geben: Ein jeder wollte seine Ansicht vorbringen, wie stets, wenn es sich um ein geheimnisvolles und umstrittenes Thema handelt.

»Da drinnen wohnt eine Marquise, aber man bekommt sie nie zu Gesicht...«

»Millionen und Abermillionen haben ihr die Bauunternehmer für dieses Grundstück angeboten, sie aber verkauft nicht...«

»Was sollte sie denn auch mit all den Millionen anfangen, so ein altes Frauchen, ganz allein auf der Welt? Da bleibt sie doch lieber in ihrem Haus, auch wenn's ihr bald über dem Kopf zusammenfällt, um nur ja nicht umziehen zu müssen...«

»Es ist das einzige unbebaute Grundstück im Stadtzen-

trum … Von Jahr zu Jahr steigt es im Wert … Sie hat schon Angebote bekommen …«

»Angebote nur? Einschüchterungen, Drohungen, Nachstellungen … Haben Sie eine Ahnung! Bauunternehmer!«

»Und sie wehrt sich, seit Jahr und Tag wehrt sie sich …«

»Eine Heilige ist sie … Wo sollten denn die armen Tierchen hin ohne sie?«

»Als ob die sich das Geringste aus den Tierchen machte, das geizige Weib! Haben Sie schon mal gesehen, dass sie ihnen etwas zu essen gegeben hätte?«

»Was soll sie denn den Katzen geben, wo sie selber nichts zu beißen hat? Sie ist der letzte Spross einer aussterbenden Familie!«

»Sie hasst die Katzen! Ich habe mit eigenen Augen gesehen, wie sie mit dem Regenschirm auf sie losging!«

»Weil sie die Blumen auf den Beeten zertreten!«

»Was für Blumen, wenn ich fragen darf? Den Garten hier habe ich nie anders gesehen als in Unkraut erstickt!«

Marcovaldo begriff, dass die Meinungen über die alte Marquise sehr geteilt waren: Die einen sahen in ihr ein himmlisches Wesen, die andern hingegen eine geizige alte Vettel.

»Mit den Vögeln hält sie's genauso: nicht ein winziges Brotkrümchen!«

»Sie erweist ihnen Gastfreundschaft: Meinen Sie etwa, das sei wenig?«

»Gerade wie die Mücken, wollten Sie wohl sagen. Alle finden sich hier ein, am Brunnen. Im Sommer fressen uns die Mücken bei lebendigem Leibe, daran ist nur die Marquise schuld!«

»Und erst die Mäuse! Ein wahres Mäuseloch, dieses Haus. Unter dem welken Laub haben sie ihre Löcher, und nachts kommen sie zum Vorschein …«

»Um die Mäuse kümmern sich schon die Katzen …«

»Hat sich was! Ihre Katzen! Wenn wir uns auf die verlassen wollten …«

»Warum? Was haben Sie denn gegen die Katzen?«

An dieser Stelle ging die Diskussion in einen allgemeinen Streit über.

»Die Behörden müssten einschreiten! Das Haus beschlagnahmen!«

»Mit welchem Recht denn?«

»In einem Stadtteil wie dem unsern so ein Mäusestall … Das müsste verboten werden …«

»Wo ich mir doch eigens hier meine Wohnung ausgesucht habe wegen der Aussicht auf das bisschen Grün …«

»Ach was, Grün! Der schöne Wolkenkratzer, den man hier bauen könnte!«

Auch Marcovaldo hätte etwas zu sagen gehabt, aber er kam nicht zu Wort. Endlich rief er in einem Atemzug: »Die Marquise hat mir eine Forelle gestohlen!«

Diese unerwartete Kunde lieferte den Feinden der Alten neuen Gesprächsstoff, ihre Freunde indes nahmen es als Beweis für die dürftigen Verhältnisse, in denen die unglückliche Edeldame lebte. Die einen wie die andern waren sich jedoch darüber einig, dass Marcovaldo bei der Marquise anklopfen und Rechenschaft einfordern müsse.

Es war nicht ersichtlich, ob das Tor verschlossen war oder nicht: Jedenfalls gab es auf den Druck mit klagendem Kreischen nach. Marcovaldo bahnte sich durch Blätter und

Katzen hindurch einen Weg, stieg die überdachten Stufen empor und klopfte laut an der Haustür.

An einem Fenster (demselben, in dem sich die Bratpfanne gezeigt hatte) hob sich die Klappe des Fensterladens, und in diesem kleinen Winkel sah man ein rundes blaues Auge, eine gefärbte Haarsträhne von undefinierbarer Farbe und eine völlig ausgedörrte Hand. Eine Stimme ließ sich vernehmen: »Wer ist da? Wer klopft?«, und mit der Stimme drang eine Duftwolke heißen Öls heraus.

»Ich bin's, Frau Marquise, und ich wäre der mit der Forelle«, erklärte Marcovaldo. »Ich will Sie ja nicht belästigen, ich wollte Ihnen bloß sagen, falls Sie es nicht wissen sollten, dass die Forelle mir von der Katze gestohlen wurde und dass ich derjenige wäre, der sie gefischt hat, Beweis ist die Angel…«

»Immer diese Katzen! Immer diese Katzen!«, antwortete die Marquise, hinter ihrem Fensterladen verborgen, mit schriller und ein wenig nasaler Stimme. »Diese Katzen sind mein Verderben! Das kann sich kein Mensch vorstellen! Tag und Nacht Gefangene dieser Ungeheuer! Und dann der ganze Abfall, den mir die Leute über die Mauern werfen, um mich zu ärgern.«

»Aber meine Forelle…«

»Ihre Forelle! Was habe ich mit Ihrer Forelle zu schaffen!« Die Stimme der Marquise war angeschwollen, als wollte sie damit das Brutzeln des Öls in der Pfanne übertönen, das aus dem Fenster drang, zusammen mit einem Düftchen nach gebratenem Fisch. »Wie soll ich überhaupt noch irgendetwas begreifen bei all dem Zeug, das mir ins Haus kommt?«

»Haben Sie die Forelle genommen oder nicht?«

»Bei all dem Schaden, den die Katzen mir zufügen! Das wäre ja noch schöner! Ich übernehme keine Verantwortung! Wenn ich Ihnen sagen wollte, was ich schon alles eingebüßt habe! Mit den Katzen, die seit Jahren mein Heim und meinen Garten besetzt halten! Mein Leben ist auf Gedeih und Verderb diesen Viechern ausgeliefert! Wer findet da schon die Besitzer heraus, um Schadenersatz zu verlangen? Jawohl, Schaden! Ein verpfuschtes Leben: Eine Gefangene bin ich und kann keinen Schritt tun!«

»Verzeihung, wer zwingt Sie denn hierzubleiben?«

Aus dem Schlitz des Fensterladens leuchtete einmal ein rundes blaues Auge, dann wieder ein Mund mit zwei vorstehenden Zähnen; einen Augenblick lang sah man das ganze Gesicht, und Marcovaldo meinte, einige Ähnlichkeit mit einem Katzengesicht darin zu entdecken.

»Sie halten mich hier gefangen, diese Katzen! Oh, wenn ich nur fortkönnte! Was würde ich geben für eine kleine Wohnung, die mir gehört, in einem modernen, sauberen Haus! Aber ich kann nicht fort... Sie verfolgen mich, laufen mir vor die Füße, lassen mich stolpern!« Ihre Stimme erstarb zum Flüstern, als vertraue sie ihm ein Geheimnis an: »Sie haben Angst, ich könnte das Grundstück verkaufen... sie lassen es nicht zu... sie erlauben es nicht... Wenn Bauunternehmer kommen, um mir einen Vertrag zu unterbreiten, da sollten Sie mal die Katzen sehen! Sie werfen sich dazwischen, sogar die Krallen zeigen sie! Auch einen Notar haben sie schon in die Flucht geschlagen! Einmal hatte ich einen Vertrag vor mir liegen und wollte gerade unterschreiben, da kamen sie zum Fenster hereingestürzt, warfen das Tintenfass um, zerfetzten die Blätter...«

Marcovaldo besann sich plötzlich auf die Zeit, das Lager, den Abteilungsleiter. Er entfernte sich auf Zehenspitzen über die welken Blätter, während die Stimme, eingehüllt in die Wolke von Bratöl, durch den Fensterladen immer weiter auf ihn einredete: »Gekratzt haben sie mich ... Ich habe noch eine Narbe davon ... Ich bin auf Gedeih und Verderb diesen Teufelsviechern ausgeliefert ...«

Der Winter war gekommen. Blüten aus weißen Flocken verzierten Zweige und Kapitelle und die Schwänze der Katzen. Unter dem Schnee vermoderte das welke Laub. Katzen sah man nur noch selten ringsumher, die Katzenfreundinnen noch seltener; Päckchen mit Gräten wurden jetzt nur noch den Katzen gegeben, die sich vor der Wohnungstür zeigten. Eine ganze Weile schon hatte niemand mehr die Marquise gesehen. Aus dem Schornstein des kleinen Hauses stieg kein Rauch mehr.

Eines Nachts, es schneite gerade, waren plötzlich alle Katzen wieder im Garten versammelt, als sei es schon Frühling geworden, und mauzten wie in einer Mondnacht. Die Nachbarn ahnten, dass etwas geschehen sein müsse: Sie klopften an die Tür der Marquise. Sie gab keine Antwort: Sie war gestorben.

Im Frühjahr hatte eine Baufirma auf dem Gartengrundstück eine große Baustelle angelegt. Die Räumbagger hatten den Boden tief ausgeschachtet, um Platz für die Fundamente zu schaffen, Zement floss in die Eisenverstrebungen, ein riesengroßer Kran reichte den Arbeitern Stangen für die Verschalungen. Aber wie sollte ein Mensch hier überhaupt arbeiten? Katzen liefen über alle Gerüste, warfen Ziegelsteine und Eimer mit Mörtel um, rauften sich mitten auf den

Sandhaufen. Wollte man ein Gerüst errichten, hockte ganz oben bestimmt ein wild fauchendes Tier. Gewitztere Miezen kletterten den Maurern schnurrend auf die Schultern, und es war ganz unmöglich, sie abzuschütteln. Und die Vögel nisteten weiter im Gebälk, das Führerhäuschen des Krans war die reinste Voliere … Und keinen Wassereimer konnte man ergreifen, ohne quakende und hüpfende Frösche darin zu finden …

Kurt Tucholsky

Brief an einen Kater

Lieber Mingo, Du liegst gerade, ein weißes Knäul, unter dem Sofa, im Zimmer des blonden Engels, und wartest auf Konrad, der dir aus seiner Fabrik etwas mitbringen wird; einen Wurstzippel oder einen Knochen vom Kalbskotelett oder sonst etwas Eingewickeltes. Hättest du die Freundlichkeit, einmal zuzuhören? Komm heraus! He! Komm! Mies – mies – mies! Mingo! Mingo!

Du wärst keine richtige Katze, wenn du kämst. Und so muss ich mich denn vor das Sofa legen, platt auf den Boden, und dir unter die geschweiften Beine des Möbels herunterflüstern, was ich dir zu sagen habe … Hör zu.

Dass du in die Malerei eingegangen bist, weißt du ja. Die Japaner … Ja, mach die Augen zu und schnurre im traumlosen Schlaf – es ist nicht neu. Aber in der Literatur, da muss man dich schon suchen; so viele gute Katzenbücher gibt es nicht. Wenn ein Sohn einmal promoviert, kannst du ihn ja eine Dissertation schreiben lassen: ›Die Katze in der Geschichte der Völker mit besonderer Beziehung auf die Literatur des achtzehnten Jahrhunderts‹. Sieh, was ich hier habe! Du siehst kaum auf. Fauler. Atmendes Kissen. Es ist ein kleines Buch, weiß wie du, heißt ›Katzen‹ und ist von Axel Eggebrecht. Und – zerkratz den Deckel nicht – und ist bei Herbert Stuffer in Berlin erschie– – du sollst die Pfoten vom Deckel nehmen! Untier! Drache! Geschöpf! Mingo, das ist das allerreizendste Buch, das mir seit langem unter die Kritikerkrallen gekommen ist.

Der muss dich sehr lieb haben, der Eggebrecht – der muss dich sehr genau kennen, dich und die ganze Katzenfamilie. Er versteht dich, weil er zugibt, dich nicht zu verstehen. Deine Zähigkeit, mit der du am Leben hängst; die Sinnlosigkeit dieses Lebens… Und wie noch eine verwilderte Katze eine Dame ist, bis in die letzte Schwanzspitze, und wie man eigentlich immer ein bisschen Angst vor dir haben muss, solche Angst, wie man sie vor einer Pistole hat, von der man nicht weiß, ob sie geladen ist oder nicht… Man weiß nicht. Mingo, was denkst du? Ach, lach mich nicht aus.

Ja, großmütig bist du, voll von einer stillen Verachtung für uns alle. In einem seiner ersten Romane hat Max Brod entdeckt, wie sich die Tiere über die Menschen heimlich lustig machten… Du verschmähst sogar das. Du siehst uns gar nicht mehr. Wie du ins Leere schaust! Wohin blickst du? In welcher Zeit lebst du? In deiner eigenen – in unserer nur, wenn du etwas zu fressen haben willst. Übrigens sehe ich dich nicht gern essen; die kleinen ruckenden, bösen Bewegungen, mit denen du schluckst… Verzeih. Und hör mal, Eggebrecht schreibt da zwei Dinge, die ich ihm gar nicht glauben will, du weißt das ja besser… Lieben sich Katzen auf dem Frühstückstisch? Am hellerlichten Tag? Und läuft eine Katze von ihren noch nassen Jungen fort, nach einem Tag? Sag mal – Mingo! Schläft. Nein, schläft nicht – blinzelt durch den dünnsten Spalt der Augenlider mich an, ich kann doch den Kopf nicht dauernd auf den Fußboden legen, wenn man auch von ihm – natürlich – essen könnte… Mingo! Komm heraus. Kommt nicht.

Mingo, du kannst lesen, ich weiß es, du zeigst es nur nicht. Dieses Buch. Es ist so unsüßlich, so gar nicht verniedlicht, so unheimlich – und es ist in der Form so edel, wie du es bist. Es muss wohl Katzenmenschen und Hundemenschen geben. Magst du den Hund? Ich auch nicht. Er brüllt den ganzen Tag, zerstört mit seinem unnützen Lärm die schönsten Stillen und wird in seiner Rücksichtslosigkeit nur noch von der seiner Besitzer übertroffen. (Protest des Reichsbundes Deutscher Hundefreunde. Kusch.) Man kann dich nicht fangen, ich weiß. Aber bist du in diesem Satz nicht ganz enthalten? »Die Katze ist eine anarchistische Aristokratin, mit gesundem proletarischem élan vital.« Das bist du.

So, nun stehe ich wieder auf. Und sitze plötzlich in dem silbergrauen Paris und denke an dich, an dich und den blaugrauen Angorakater, der so klein war, dass er nicht einmal einen Namen hatte; er konnte einem grade entgegenwackeln, wenn man ins Zimmer kam, und dann aß er nichts mehr und dann starb er, und nun liegt er in meinem Garten a. D. von Fontainebleau.

Einen Gruß, Mingo! An dich und an alles, was schön ist und rätselhaft, überflüssig und geschwungen, unergründlich und einsam und ewig getrennt von uns: also an die Katzen und an das Feuer und das Wasser und an die Frauen.

Mit einem herzlichen Fellgestreichel
und Grüßen an die Herrschaften, die bei dir wohnen,
Dein Peter Panter

Jules Renard

Der Kater

Meiner frisst keine Mäuse; das mag er nicht. Manchmal fängt er sich eine zum Spielen. Wenn er genug mit ihr gespielt hat, schenkt er ihr das Leben und lässt sich, ganz Unschuld, in seinem geringelten Schwanz verträumt woanders nieder mit einer Miene wie eine geschlossene Faust.

Es lag nur an seinen Krallen, dass die Maus tot war.

Ian McEwan

Der Kater

Wenn Peter morgens erwachte, hielt er die Augen immer so lange geschlossen, bis er die Antwort auf zwei einfache Fragen wusste. Sie fielen ihm stets in derselben Reihenfolge ein. Zuerst einmal: Wer bin ich? Stimmt, ich bin Peter, zehneinhalb Jahre alt. Und zweitens, immer noch mit geschlossenen Augen: Welchen Wochentag haben wir? Und da war sie auch schon, eine Tatsache, so fest und unverrückbar wie ein Berg: Dienstag. Wieder ein Schultag. Dann zog er sich die Decke über den Kopf, schmiegte sich tiefer in die eigene Bettwärme und ließ sich von dem freundlichen Dunkel verschlucken. Er konnte sich fast so stellen, als existiere er gar nicht. Aber er wusste, er musste sich zum Aufstehen zwingen. Die ganze Welt war sich darin einig, dass es Dienstag war. Die Erde selbst, die durch den kalten Weltraum sauste, die sich um sich selbst und um die Sonne drehte, hatte jedermann Dienstag beschert, und es gab nichts, was Peter, seine Eltern oder die Regierung tun konnten, um etwas daran zu ändern. Er musste aufstehen, oder er würde seinen Bus verpassen, zu spät kommen und Scherereien kriegen.

Wie grausam es war, seinen schläfrigen Körper aus diesem warmen Nest herauszuwühlen, nach seinen Kleidern zu tasten und zu wissen, dass man in weniger als einer Stunde an der Bushaltestelle bibbern würde! Der Wetterfrosch im Fernsehen hatte gemeint, es sei der kälteste Winter seit fünfzehn Jahren. Kalt ja, aber ohne jedes Vergnügen. Kein Schnee, kein Frost, nicht einmal eine vereiste Pfütze, auf der man schlittern konnte. Nur kalt und grau, mit einem eisigen Wind, der durch einen Sprung in der Fensterscheibe in Peters Schlafzimmer drang. Es gab Zeiten, da hatte man das Gefühl, man hätte sein Lebtag nichts anderes getan und würde nie etwas anderes tun, als aufzuwachen, aufzustehen und in die Schule zu gehen. Dass alle anderen, einschließlich der Erwachsenen, an dunklen Wintermorgen ebenfalls aus den Federn mussten, machte die Sache nicht leichter. Wenn sie sich doch nur darauf einigen würden, es bleibenzulassen, dann könnte er es auch bleibenlassen. Aber die Erde drehte sich wie zuvor, Montag, Dienstag, Mittwoch kamen von neuem, und alle Welt kroch aus den Federn.

Die Küche war eine Art Raststätte auf halbem Wege zwischen seinem Bett und der großen, weiten Welt dort draußen. Hier dampfte der Wasserkessel, und es roch nach verbranntem Toast und Frühstücksspeck. Eigentlich sollte das Frühstück eine Familienmahlzeit sein, aber es geschah nur selten, dass sie sich zu viert an den Tisch setzten. Peters Eltern gingen beide zur Arbeit, und immer gab es jemanden, der in wilder Panik um den Tisch hastete, eine Zeitung, einen Terminkalender oder einen Schuh suchte, und man musste sich schnappen, was gerade auf dem Herd stand, und selber ein Plätzchen finden.

Es war warm hier drinnen, fast so warm wie im Bett, aber nicht so friedlich. Die Luft starrte von Vorwürfen, die sich als Fragen tarnten:

Wer hat den Kater gefüttert?

Um wie viel Uhr kommst du heute nach Hause?

Hast du deine Schularbeiten gemacht?

Wer hat meine Aktentasche genommen?

Je mehr Zeit verstrich, desto schlimmer wurden das Chaos und die Hektik. Es war eine Familienregel, dass die Küche aufgeräumt werden musste, bevor man das Haus verließ. Manchmal konnte man seine Scheibe Speck gerade noch aus der Bratpfanne fischen, bevor sie in die Katzenschale geleert wurde und die Pfanne zischend in das Abwaschwasser eingetaucht wurde. Die vier Familienmitglieder rannten mit schmutzigen Tellern und Cornflakes-Packungen hin und her, stießen zusammen, und immer grummelte einer: Ich komme zu spät. Ich komme zu spät. Schon zum dritten Mal diese Woche!

Doch um genau zu sein, war da ein fünftes Mitglied des Haushalts, das keine Eile hatte und sich um das allgemeine Durcheinander keinen Deut scherte. Es lag, die Augen halb geschlossen, ausgestreckt auf einem Bord über dem Heizkörper, und sein einziges Lebenszeichen war ein gelegentliches Gähnen. Ein ungeheuerliches, ein beleidigendes Gähnen. Das Maul öffnete sich weit und entblößte eine rosa reinliche Zunge, und wenn es sich endlich wieder schloss, durchlief ein behaglicher Schauer den Körper von den Schnurrhaaren bis zum Schwanz: William, der Kater, machte es sich für den Tag bequem.

Wenn Peter nach seinem Ranzen griff und sich noch einmal umblickte, bevor er aus dem Haus stürmte, sah er als Letztes immer William. Auf eine Pfote hatte er geruhsam seinen Kopf gebettet, während er die andere über den Rand des Regalbretts baumeln und in der aufsteigenden Wärme baden ließ. Jetzt, wo diese lächerlichen Menschenwesen aus dem Haus gingen, konnte eine Katze sich ein anständiges Nickerchen von ein paar Stunden gönnen. Das Bild des dösenden Katers quälte Peter, wenn er in die eisige Bö des Nordwinds hinaustrat.

Falls ihr meint, es sei merkwürdig, einen Kater als richtiges Mitglied einer Familie zu werten, so müsst ihr wissen, dass William älter war als Peter und Tina zusammengenommen. Als junges Kätzchen hatte er ihre Mutter schon gekannt, als die noch zur Schule ging. Er war mit ihr auf die Universität gegangen und fünf Jahre später bei ihrem Hochzeitsempfang zugegen gewesen. Als Viola Glück ihr erstes Kind erwartete und sich nachmittags zuweilen im Bett ausruhte, pflegte William der Kater sich auf die runde Wölbung zu legen, unter der sich Peter befand. Bei Peters und Tinas Geburt war er tagelang aus dem Haus verschwunden. Niemand wusste, wohin oder weswegen er Reißaus genommen hatte. Alle Leiden und Freuden des Familienlebens hatte er ruhig mitverfolgt. Er hatte zugeschaut, wie aus Säuglingen watschelnde Kleinkinder wurden, die versuchten, ihn an den Ohren herumzuschleifen, und er hatte gesehen, wie sich Kleinkinder in ABC-Schützen verwandelten. Er hatte die Eltern schon gekannt, als sie noch ein wildes junges Paar waren und in einem Zimmer wohnten. Jetzt, in ihrem Haus mit drei Schlafzimmern, trieben sie es nicht mehr so wild. Und William der Kater trieb es auch nicht mehr so wild. Er schleppte keine Mäuse oder Vögel mehr ins Haus, um sie den undankbaren Menschenwesen zu Füßen zu legen. Bald nach seinem vierzehnten Geburtstag gab er das Kämpfen auf, verteidigte nicht mehr stolz sein Revier. Peter fand es unerhört, dass ein Rüpel von einem jungen Kater aus dem Nebenhaus den Garten erobern durfte, nur weil er wusste, dass der alte William nichts dagegen ausrichten konnte. Manchmal schlich sich der junge Kater durch die Katzentür in die Küche ein und verspeiste vor den Augen des hilflos zusehenden William dessen Futter. Noch wenige Jahre zuvor hätte keine vernünftige Katze es gewagt, auch nur eine Pfote auf den Rasen zu setzen.

William musste über seinen Machtverlust betrübt gewesen sein. Er gab die Gesellschaft anderer Katzen auf und blieb mit seinen Erinnerungen und Betrachtungen im Haus zurück. Doch trotz seiner siebzehn Jahre achtete er darauf, dass er gewandt und geschmeidig blieb. Er war fast ganz schwarz, mit blendend weißen Socken und weißer Hemdbrust und einem Spritzer Weiß auf der Schwanzspitze. Manchmal machte er ausfindig, wo man saß, sprang einem nach kurzer Überlegung auf den Schoß und stand nun da, mit gespreizten Füßen, und starrte einem, ohne zu blinzeln, tief in die Augen. Dann legte er, ohne einen aus den Augen zu lassen, den Kopf schief und miaute, nur einmal, und man wusste, dass er einem etwas Wichtiges und Gescheites erzählt, etwas, was man nie begreifen würde.

An kalten Winternachmittagen, wenn Peter aus der Schule nach Hause kam, mochte er nichts lieber, als seine Schuhe abzustreifen und sich neben William dem Kater vor den Kamin im Wohnzimmer zu legen. Er bettete sich gern genauso flach wie William und hielt sein Gesicht dicht an das des Katers, um zu sehen, wie außergewöhnlich dieses doch war, wie wunderbar unähnlich allem Menschlichen: schwarze

Haarborsten, die aus einem winzigen Gesicht im Rund unter dem Fell hervorsprossen, und die weißen, leicht nach unten gebogenen Barthaare und die Augenbrauen, deren Haare wie Radioantennen in die Höhe ragten, und die blassgrünen Augen mit ihren senkrechten Schlitzen, wie angelehnte Türen zu einer Welt, die Peter nie betreten konnte. Sobald er sich dicht an den Kater schmiegte, setzte das tiefe grollende Schnurren ein, so tief und stark, dass der Fußboden vibrierte. Peter wusste, er war willkommen.

Es geschah an einem solchen Nachmittag – zufälligerweise ein Dienstag, vier Uhr, das Licht verdämmerte schon, die Vorhänge waren zugezogen und die Lichter eingeschaltet –, als Peter sich behutsam auf dem Teppich niederließ: Dort lag auch schon William, vor einem hellen Feuer, dessen Flammen an einem dicken Ulmenscheit leckten. Aus der Esse drang das Stöhnen des eisigen Windes, der die Dachfirste peitschte. Peter war, um sich warmzuhalten, mit Tina von der Bushaltestelle aus nach Hause gerannt. Jetzt saß er wohlbehalten im Warmen bei seinem alten Freund, der so tat, als sei er jünger als seine Jahre, indem er sich auf den Rücken rollte und mit den Vorderpfoten hilflos durch die Luft ruderte. Er wollte seine Brust gekitzelt haben. Als Peter anfing, seine Finger durch das Fell gleiten zu lassen, wurde das knurrende Geräusch lauter, so laut, als klappere in dem alten Katzenkörper jeder Knochen. Und dann berührte William mit der Pfote Peters Finger und versuchte, sie höher heranzuschieben. Peter ließ den Kater seine Hand führen.

»Soll ich dich am Kinn kraulen?«, murmelte er. Aber nein. Der Kater wollte an der weichen Vertiefung unter seiner Kehle gekitzelt werden. Da fühlte Peter etwas Hartes. Wenn er es berührte, gab es seitlich nach. Etwas hatte sich in dem Pelz verfangen. Peter stützte sich auf den Ellbogen, um nachzuforschen. Er zerteilte das Fell. Zuerst glaubte er ein Stück Schmuck zu erkennen, einen kleinen silbernen Anhänger. Aber da war keine Kette, und wie er so stocherte und starrte, sah er, dass das Etwas gar nicht aus Metall war, sondern ein glattes Knöchelchen, oval und in der Mitte abgeflacht. Am merkwürdigsten war, dass es an der Haut von William dem Kater befestigt war. Das Knöchelchen passte gut zwischen seinen Zeigefinger und seinen Daumen. Er fasste zu und zerrte daran. Williams Schnurren wurde noch lauter. Peter zog von neuem, nach unten, und diesmal spürte er, wie etwas nachgab.

Als er durch das Fell nach unten blickte und es mit den Fingerspitzen auseinandertrennte, sah er, dass er einen schmalen Schlitz in der Katzenhaut geöffnet hatte. Es war, als hielte er den Schieber eines Reißverschlusses in der Hand. Er zog erneut, und jetzt tat sich eine fünf Zentimeter lange dunkle Öffnung auf. Williams Schnurren kam von dort drinnen. Vielleicht, dachte Peter, sehe ich sein Herz schlagen. Wieder drückte eine Pfote sanft gegen seine Finger. William der Kater wollte, dass er weitermachte.

Und das tat er auch. Er öffnete den Reißverschluss des Katers vom Hals bis zum Schwanz. Peter hätte gerne die Haut beiseitegeschoben, um ins Innere zu spähen. Aber er mochte nicht neugierig erscheinen. Eben wollte er Tina herbeirufen, als sich in dem Kater etwas rührte, etwas regte, und aus der Öffnung im Fell schien ein schwacher rosa Schein hervor, der immer heller wurde. Und plötzlich entstieg William dem Kater ein, nun ja, ein Etwas, ein Wesen. Aber

Peter war sich nicht sicher, ob es sich wirklich anfassen ließ, denn es schien ganz aus Licht zu sein. Und obwohl es weder Barthaare noch Schwanz aufwies, weder ein Schnurren noch ein Fell, noch vier Beine, schien alles an ihm »Kater« zu besagen. Es war die Quintessenz des Wortes, der innere Kern der Idee. Es war ein leises, geschmeidiges, gekurvtes Etwas aus rosaviolettem Licht und kam aus dem Kater herausgeklettert.

»Du musst Williams Seele sein«, sagte Peter laut. »Oder bist du ein Geist?«

Das Licht gab keinen Laut von sich, aber es verstand ihn. Ohne die Worte auszusprechen, schien es sagen zu wollen, dass es dies beides war und außerdem noch vieles mehr.

Als die Katzenseele sich von William, der weiterhin rücklings auf dem Teppich vor dem Kaminfeuer lag, ganz gelöst hatte, schwebte sie zu Peters Schulter empor, wo sie sich niederließ. Peter fürchtete sich nicht. Er fühlte die Glut der Seele an seiner Wange. Und dann schwebte das Licht hinter seinen Kopf, außer Sichtweite. Er spürte, wie es seinen Nacken berührte und ein warmer Schauer seinen Rücken hinabrieselte. Die Katzenseele ergriff etwas Knorriges oben an seiner Wirbelsäule und zog es den ganzen Rücken hinab nach unten, und als sein eigener Körper sich auftat, strich die kühle Zimmerluft über seine warmen Innereien.

Es war höchst seltsam, aus dem eigenen Körper herauszuklettern, einfach aus ihm herauszusteigen und ihn auf dem Teppich liegen zu lassen wie ein Hemd, das man gerade abgestreift hatte. Peter sah seinen eigenen Glast, Rot und reinstes Weiß. Die beiden Seelen hingen, einander zugewandt, in der Luft. Aber plötzlich wusste Peter, was er tun wollte, was er zu tun hatte. Er flatterte zu William dem Kater und blieb über ihm in der Luft stehen. Dessen Balg stand offen wie eine Tür und sah so einladend, so gastlich aus. Er ließ sich fallen und stieß hinein. Wie angenehm es sich im Fell einer Katze anfühlte! Es war gar nicht schleimig, wie er sich Eingeweide vorgestellt hatte. Es war trocken und warm. Er legte sich auf den Rücken und steckte die Arme in Williams Vorderläufe. Dann zwängte er die Beine in Williams Hinterläufe. Sein Kopf passte vorzüglich in den Katzenkopf hinein. Als er zu seinem Körper hinüberblickte, sah er gerade noch, wie die Seele von William dem Kater darin verschwand.

Mit den Pfoten konnte Peter seinen Reißverschluss mühelos zuziehen. Er stand auf und tat ein paar Schritte. Was für ein Vergnügen, auf vier weichen, weißen Pfoten zu laufen! Er konnte die Schnurrhaare sehen, die ihm von den Backen abstanden, und spürte, wie sein Schwanz sich hinter ihm kringelte. Sein Schritt war leicht und sein Fell wie der angenehmste seiner alten Wollpullover. Er war immer froher, eine Katze zu sein, das Herz schwoll ihm in der Brust, und ein kribbelndes Gefühl in den Tiefen seiner Kehle wurde so stark, dass er sich selbst hören konnte. Peter schnurrte vor Behagen. Er war Peter der Kater, und dort drüben stand William der Junge.

Der Junge stand auf und streckte sich. Dann sprang er, ohne ein Wort an den Kater zu seinen Füßen, aus dem Zimmer hinaus.

»Mama«, hörte Peter seinen alten Körper von der Küche her rufen. »Ich habe Hunger. Was gibt's denn zum Abendessen?«

An diesem Abend war Peter zu unruhig, zu aufgeregt, zu

sehr Kater, um zu schlafen. Gegen zehn Uhr schlüpfte er durch die Katzentür ins Freie. Die eisige Nachtluft konnte seinem dicken Pelz nichts anhaben. Lautlos trottete er auf die Gartenmauer zu. Steil ragte sie vor ihm auf, doch ein müheloser, anmutiger Sprung, und schon war er oben und überblickte sein Revier. Wie wundervoll, in dunkle Winkel zu spähen, jedes Lüftchen an seinen Barthaaren zu verspüren und sich unsichtbar zu machen, als um Mitternacht ein Fuchs den Gartenweg heraufgeschlichen kam, um in den Mülleimern herumzustöbern. Er war sich der anderen Katzen um ihn her bewusst, einige aus der Nachbarschaft, andere von weit her, die ihren nächtlichen Geschäften nachgingen und ihre Pfade abschritten. Nach dem Fuchs hatte ein junger getigerter Kater es gewagt, den Garten zu betreten. Peter hatte ihn mit einem Zischen und einem Schwanzhieb vertrieben. Er hatte innerlich geschnurrt, als der junge Kerl verblüfft aufmaunzte und die Flucht antrat.

Nicht lange danach, als er auf der hohen Mauer patrouillierte, die hinter dem Gewächshaus aufragte, fand er sich Auge in Auge mit einem anderen Kater, einem gefährlicheren Eindringling. Er war vollkommen schwarz, deswegen hatte Peter ihn auch nicht früher entdeckt. Es war der Kater von nebenan, ein kräftig gebauter Kerl, fast zweimal so groß wie er selbst, mit einem feisten Nacken und langen, starken Läufen. Ohne sich lange zu besinnen, machte Peter einen Buckel und stellte die Fellhaare auf, um größer zu erscheinen, als er war.

»Heda, Mieze«, zischte er. »Das ist meine Mauer, auf der du da stehst.«

Der schwarze Kater blickte erstaunt drein. Dann lächelte

er. »Soso, früher war das also mal deine Mauer, Opa? Und was gedenkst du jetzt zu tun?«

»Verdufte, oder ich schmeiß dich runter.« Peter war überrascht, wie stark er sich fühlte. Das war *seine* Mauer, *sein* Garten, und es war seine Aufgabe, feindliche Kater fernzuhalten.

Der schwarze Kater lächelte wieder kalt. »Hör mal gut zu, Opa. Die Mauer gehört dir schon lange nicht mehr. Ich komme jetzt rüber. Geh mir aus dem Weg, oder ich zieh dir das Fell ab.«

Peter wich nicht von der Stelle. »Noch einen Schritt, du wandelnder Flohzirkus, und ich schlinge dir deine Barthaare um den Hals.«

Der schwarze Kater stieß ein langgedehntes, verachtungsvoll maunzendes Lachen aus. Aber er tat keinen weiteren Schritt nach vorn. Ringsum traten die Miezen der Nachbarschaft aus dem Dunkel hervor, um zuzuschauen. Peter vernahm ihre Stimmen.

»Ein Kampf?«

»Ein Kampf!«

»Der Alte muss bekloppt sein!«

»Der ist doch mindestens schon siebzehn.«

Der schwarze Kater krümmte seine gewaltige Wirbelsäule und maunzte von neuem, ein entsetzlicher, lauter und lauter werdender Ton!

Peter versuchte seine Stimme ruhig zu halten, aber seine Worte kamen ihm nur als Zischen über die Lippen. »Ohne mich um Erlaubnissss ssssu bitten, nimsssst du hier keine Abkürssssungen.«

Der schwarze Kater blinzelte. Die Muskeln in seinem

feisten Nacken spielten, als er ein kreischendes Gelächter ertönen ließ, das zugleich ein Kriegsruf war.

Auf der gegenüberliegenden Mauer durchlief ein aufgeregtes Stöhnen die Menge, die weiter anwuchs.

»Der olle Willi ist ja völlig übergeschnappt.«

»Da hat er sich aber den falschen Kater zum Kämpfen ausgesucht.«

»Hör mal her, du zahnloses altes Schaf«, sagte der schwarze Kater mit einem Zischen, das viel durchdringender klang als Peters. »Hier gebe ich den Ton an. Habe ich recht?«

Der schwarze Kater drehte sich halb zu der Menge um, die zustimmend murmelte. Peter fand, dass sich die zuschauenden Katzen nicht sehr begeistert anhörten.

»Wenn ich dir was raten darf«, fuhr der schwarze Kater fort, »machst du mir Platz. Oder ich streue deine Gedärme auf den Rasen.«

Peter wusste, dass er schon zu weit gegangen war, um jetzt noch einen Rückzieher zu machen. Er fuhr seine Krallen aus, um sich auf der Mauer festeren Halt zu verschaffen. »Du aufgedunsene Ratte! Das ist meine Mauer, hörst du? Und du bist nichts weiter als die schlierige Kacke eines magenkranken Köters!«

Der schwarze Kater schnappte nach Luft. Aus der Menge ertönte ein Kichern. Peter war stets ein so höflicher Junge. Wie herrlich es war, solche Beleidigungen zu fauchen!

»Ich werfe dich den Vögeln zum Frühstück vor«, warnte der schwarze Kater und trat einen Schritt vor. Peter holte tief Luft. Dem alten William zuliebe musste er siegen. Während er das noch dachte, holte der schwarze Kater mit der Pfote zu einem Schlag ins Gesicht aus. Nun besaß Peter zwar den Körper eines alten Katers, aber das Reaktionsvermögen eines jungen Knaben. Er duckte sich und fühlte, wie die Pfote mit ihren abscheulichen ausgestreckten Krallen an seinen Ohren vorbei pfeifend durch die Luft fuhr. Da sah er, dass der schwarze Kater einen Augenblick lang nur auf drei Beinen stand. Sogleich sprang er vor und versetzte ihm mit beiden Vorderläufen einen festen Stoß vor die Brust. So etwas tut eine Katze beim Kämpfen nicht, und der Kater, der hier den Ton angeben wollte, wurde völlig überrumpelt. Mit einem erstaunten Aufschrei torkelte er zurück, rutschte von der Mauer ab und stürzte kopfüber durch das Dach des Gewächshauses. Die eisige Nachtluft hallte wider von dem Krachen und Klirren splitternden Glases und dem derberen Gepolter zerspringender Blumentöpfe. Dann herrschte Stille. Die Gemeinde stumm gewordener Miezen spähte von ihrer Mauer herab. Sie hörten eine Bewegung, dann ein Stöhnen. Danach sahen sie, in der Finsternis eben noch zu erkennen, die Umrisse des schwarzen Katers, wie er über den Rasen humpelte. Sie hörten ihn brummen: »Das ist nicht fair. Krallen und Zähne, ja. Aber einfach so zuzustoßen, das ist nicht fair.«

»Das nächste Mal«, rief Peter zu ihm hinunter, »bittest du gefälligst um Erlaubnis.«

Der schwarze Kater antwortete nicht, aber etwas an seiner davonhinkenden Gestalt machte deutlich, dass er verstanden hatte.

Am nächsten Morgen lag Peter auf dem Bord über dem Heizkörper. Auf eine Pfote hatte er behaglich seinen Kopf gebettet, während er die andere locker in der aufsteigenden Wärme baumeln ließ. Um ihn her herrschten Panik und

Chaos. Tina konnte ihren Ranzen nicht finden. Der Haferbrei war verbrannt. Herr Glück war schlechter Laune, weil es keinen Kaffee mehr gab; dabei brauchte er, um seinen Arbeitstag anzutreten, drei Tassen starken Kaffee. In der Küche herrschte heilloses Durcheinander, und das Durcheinander roch nach verbranntem Haferbrei. Und es war schon spät, spät, spät!

Peter ringelte seinen Schwanz um die Hinterläufe und bemühte sich, nicht allzu laut zu schnurren. Auf der anderen Seite des Zimmers befand sich sein alter Körper, in dem William der Kater steckte, und dieser Körper musste zur Schule gehen. William der Junge sah verwirrt aus. Er hatte seinen Mantel an und war schon auf dem Sprung, aber er hatte erst einen Schuh angezogen. Der andere war nirgends zu finden. »Mama«, plärrte er. »Wo ist mein anderer Schuh?« Doch Frau Glück stand in der Diele und stritt sich am Telefon mit irgendjemandem herum.

Peter hatte die Augen halb geschlossen. Nach seinem Sieg war er schrecklich müde. Bald würde die Familie aus dem Haus sein. Es würde Stille einkehren. Wenn sich der Heizkörper abgekühlt hätte, würde er nach oben spazieren und sich das bequemste Bett aussuchen. Wie in guten alten Zeiten würde er sein eigenes wählen.

Der Tag verging genau so, wie er sich erhofft hatte. Er döste, schleckte eine Untertasse Milch, döste von neuem, tat sich an etwas Katzenfutter aus der Dose gütlich, das besser schmeckte, als es roch – beinahe wie richtige Hackfleischsoße, nur ohne den Kartoffelbrei. Dann döste er von neuem. Unversehens verdüsterte sich draußen der Himmel, und die Kinder kamen aus der Schule heim. Von einem Tag Unterricht und den Balgereien auf dem Pausenhof sah William der Junge erschöpft aus. Junge-Kater und Kater-Junge lagerten sich nebeneinander vor dem Kaminfeuer im Wohnzimmer. Es muss eigenartig sein, dachte Peter der Kater, sich von einer Hand streicheln zu lassen, die noch am Vortag ihm gehört hatte. Er fragte sich, ob William der Junge mit seinem neuen Schulalltag und der Busfahrerei wohl zufrieden war – damit, dass er eine Schwester, eine Mutter und einen Vater hatte. Aber das Gesicht des Jungen verriet Peter dem Kater nichts. Es war so haar- und bartlos und so rosa, die Augen so rund, dass es unmöglich war herauszufinden, was sie mitteilen wollten.

Später an dem Abend spazierte Peter in Tinas Zimmer. Wie immer unterhielt sie sich mit ihren Puppen. Sie erteilte ihnen Geografieunterricht. Der starre Gesichtsausdruck der Puppen verriet, dass sie sich für die längsten Flüsse der Welt nicht gerade begeisterten. Peter sprang auf Tinas Schoß, und während sie weiterredete, begann sie ihn geistesabwesend zu kraulen. Wenn sie gewusst hätte, dass das Geschöpf in ihrem Schoß ihr Bruder war! Peter rollte sich zusammen und schnurrte. Tina fing an, sämtliche Hauptstädte der Welt aufzuzählen, die ihr einfielen. Es war so herrlich einschläfernd, gerade das Richtige für ihn, um wieder einzunicken. Seine Augen waren schon geschlossen, als die Tür aufgestoßen wurde und William der Junge hereingestürmt kam.

»He, Peter«, sagte Tina. »Wie wäre es mit Anklopfen?«

Aber ihr Katzen-Bruder beachtete sie nicht. Er durchquerte das Zimmer, packte grob ihre Bruder-Katze und eilte mit ihr davon. Peter ließ sich nur ungern tragen. Für einen Kater seines Alters war das würdelos. Er versuchte sich zu wehren, doch William der Junge verstärkte seine Umklammerung nur noch, als er die Treppe hinuntereilte. »Scht!«, sagte er. »Wir haben nicht viel Zeit.«

William trug den Kater ins Wohnzimmer und setzte ihn ab.

»Halt still«, wisperte der Junge. »Tu genau, was ich dir sage. Dreh dich auf den Rücken.«

Peter dem Kater blieb keine andere Wahl, denn der Junge presste ihn mit einer Hand zu Boden und tastete mit der anderen seinen Balg ab. Er fand das Stück blanken Knochens und zog es nach unten. Peter spürte, wie die kühle Luft nach seinem Innern griff. Er trat aus dem Katzenkörper heraus. Der Junge fasste sich hinten an den Hals und zog den eigenen Reißverschluss auf. Da glitt das rosa-violette Licht einer wahrhaftigen Katze aus dem Leib des Jungen. Einen Augenblick standen die beiden Seelen, die der Katze und die des Menschen, über dem Teppich schwebend einander gegenüber. Unter ihnen lagen reglos harrend ihre Körper, wie Taxis, die darauf warteten, Fahrgäste zu befördern. In der Luft lag ein Bedauern.

Obwohl sich die Katzenseele nicht äußerte, ahnte Peter, was sie sagen wollte. »Ich muss zurück«, sagte sie. »Ich muss ein neues Abenteuer bestehen. Danke, dass du mich ein Junge hast sein lassen. Ich habe so viele Dinge gelernt, die mir in Zukunft zustatten kommen werden. Vor allem aber Dank dafür, dass du meine letzte Schlacht für mich geschlagen hast.«

Peter wollte etwas sagen, doch da schlüpfte die Katzenseele schon wieder in ihren eigenen Körper zurück.

»Wir haben nicht viel Zeit zu verlieren«, schien sie zu

sagen, während das rosa-violette Licht sich in das Fell des Katers hineinschmiegte. Peter schwebte zu seinem eigenen Körper und glitt von hinten, am oberen Ansatz des Rückgrats, hinein.

Zuerst fühlte es sich recht sonderbar an. Dieser Körper saß nicht richtig. Als er sich erhob, war er ganz wackelig auf den Beinen. Es war, als hätte er ein Paar Gummistiefel angehabt, die vier Nummern zu groß waren. Vielleicht war sein Körper, seit er ihn zuletzt benutzt hatte, etwas gewachsen. Er hielt es für ratsam, sich einen Augenblick hinzulegen. Als er das tat, wandte sich die Katze, William der Kater, um und verließ mit steifen, bedächtigen Schritten den Raum, ohne sich noch einmal nach ihm umzuschauen.

Wie Peter so dalag und versuchte, sich an seinen alten Körper zu gewöhnen, bemerkte er etwas Seltsames. Das Feuer leckte immer noch an demselben Ulmenscheit. Er blickte zum Fenster. Der Himmel färbte sich dunkler. Es war noch nicht Abend, es war immer noch Spätnachmittag. An der Zeitung, die neben einem Sessel lag, konnte er sehen, dass es immer noch Dienstag war. Und dann geschah noch etwas Eigenartiges. Seine Schwester Tina kam weinend ins Zimmer gelaufen. Und ihr auf dem Fuß folgten seine Eltern, die beide sehr grimmig dreinblickten.

»Oh, Peter«, rief seine Schwester. »Es ist etwas Furchtbares passiert.«

»William der Kater«, erklärte seine Mutter. »Ich fürchte, er ist …«

»Oh, William!« Tinas Wimmern übertönte die Worte ihrer Mutter.

»Er ist in die Küche gekommen«, sagte sein Vater, »und

dann ist er einfach auf sein Bord über dem Heizkörper geklettert, hat die Augen geschlossen und ist … gestorben.«

»Er hat überhaupt nichts gespürt«, meinte Viola Glück besänftigend.

Tina weinte immer noch. Peter merkte, dass seine Eltern ihn besorgt ansahen und darauf warteten, wie er die Neuigkeit aufnehmen würde. Von allen Familienmitgliedern war er derjenige, der dem Kater am nächsten gestanden hatte.

»Er war siebzehn«, sagte Thomas Glück. »Er hatte ein erfülltes Leben.«

»Ein glückliches Leben«, bestätigte Viola Glück.

Peter stand langsam auf. Zwei Beine schienen nicht ausreichend.

»Ja«, sagte er schließlich. »Er ist zu einem neuen Abenteuer aufgebrochen.«

Anderntags begruben sie William am Ende des Gartens. Peter bastelte aus Stecken ein Kreuz und Tina aus Lorbeerblättern und Zweigen einen Kranz. Obwohl sie alle zu spät zur Schule oder zur Arbeit kommen würden, ging die ganze Familie gemeinsam zur Grabstelle. Die Kinder warfen die letzte Schippe voll Erde auf das Grab. Und in dem Augenblick stieg aus dem Boden eine leuchtende Kugel rosa-violetten Lichts und verharrte in der Luft.

»Seht nur!«, sagte Peter und zeigte darauf.

»Seht was?«

»Da, genau vor euch.«

»Peter, wovon redest du?«

»Er träumt schon wieder.«

Das Licht schwebte höher, bis es sich auf gleicher Höhe

mit Peters Kopf befand. Natürlich sprach es nicht. Das wäre ja auch gar nicht möglich gewesen. Aber Peter hörte es trotzdem.

»Leb wohl, Peter«, sprach es und begann vor seinen Augen zu verglimmen. »Leb wohl, und nochmals vielen Dank.«

Brüder Grimm

Der gestiefelte Kater

Es war einmal ein Müller, der hatte drei Söhne, seine Mühle, einen Esel und einen Kater; die Söhne mussten mahlen, der Esel Getreide holen und Mehl forttragen, die Katze dagegen die Mäuse wegfangen. Als der Müller starb, teilten sich die drei Söhne in die Erbschaft: der älteste bekam die Mühle, der zweite den Esel, der dritte den Kater; weiter blieb nichts für ihn übrig. Da war er traurig und sprach zu sich selbst: »Mir ist es doch recht schlimm ergangen, mein ältester Bruder kann mahlen, mein zweiter auf seinem Esel reiten – was kann ich mit dem Kater anfangen? Ich lass mir ein Paar Pelzhandschuhe aus seinem Fell machen, dann ist's vorbei.«

»Hör«, fing der Kater an, der alles verstanden hatte, »du brauchst mich nicht zu töten, um ein Paar schlechte Handschuhe aus meinem Pelz zu kriegen; lass mir nur ein Paar Stiefel machen, dass ich ausgehen und mich unter den Leuten sehen lassen kann, dann soll dir bald geholfen sein.« Der Müllerssohn verwunderte sich, dass der Kater so sprach, weil aber eben der Schuster vorbeiging, rief er ihn herein und ließ ihm die Stiefel anmessen. Als sie fertig waren, zog sie der Kater an, nahm einen Sack, machte dessen Boden voll Korn, band aber eine Schnur drum, womit man ihn zuziehen konnte, dann warf er ihn über den Rücken und ging auf zwei Beinen, wie ein Mensch, zur Tür hinaus.

Damals regierte ein König im Land, der aß so gerne Rebhühner: es war aber eine Not, dass keine zu kriegen waren. Der ganze Wald war voll, aber sie waren so scheu, dass kein Jäger sie erreichen konnte. Das wusste der Kater und gedachte seine Sache besser zu machen; als er in den Wald kam, machte er seinen Sack auf, breitete das Korn auseinander, die Schnur aber legte er ins Gras und leitete sie hinter eine Hecke. Da versteckte er sich selber, schlich herum und lauerte. Die Rebhühner kamen bald gelaufen, fanden das Korn – und eins nach dem andern hüpfte in den Sack hinein. Als eine gute Anzahl drinnen war, zog der Kater den Strick zu, lief herbei und drehte ihnen den Hals um; dann warf er den Sack auf den Rücken und ging geradewegs zum Schloss des Königs. Die Wache rief. »Halt! Wohin?« – »Zum König!«, antwortete der Kater kurzweg. »Bist du toll, ein Kater und zum König?« – »Lass ihn nur gehen«, sagte ein anderer, »der König hat doch oft Langeweile, vielleicht macht ihm der Kater mit seinem Brummen und Spinnen Vergnügen.« Als der Kater vor den König kam, machte er eine tiefe Verbeugung und sagte: »Mein Herr, der Graf« – dabei nannte er einen langen und vornehmen Namen – »lässt sich dem Herrn König empfehlen und schickt ihm hier Rebhühner, die er eben in Schlingen gefangen hat.« Der König, erstaunt über die schönen fetten Rebhühner, wusste sich vor Freude nicht zu fassen und befahl dem Kater, so viel Gold aus der Schatzkammer in seinen Sack zu tun, wie er nur tragen könne: »Das bringe deinem Herrn, und danke ihm vielmals für sein Geschenk.«

Der arme Müllerssohn aber saß zu Haus am Fenster, stützte den Kopf auf die Hand und dachte, dass er nun sein letztes Geld für die Stiefel des Katers weggegeben habe, und der ihm wohl nichts besseres dafür bringen könne. Da trat der Kater herein, warf den Sack vom Rücken, schnürte ihn auf und schüttete das Gold vor den Müller hin: »Da hast du etwas Gold vom König, der dich grüßen lässt und sich für die Rebhühner bei dir bedankt.« Der Müller war froh über den Reichtum, ohne dass er noch recht begreifen konnte, wie es zugegangen war. Der Kater aber, während er seine Stiefel auszog, erzählte ihm alles; dann sagte er: »Du hast jetzt zwar Geld genug, aber dabei soll es nicht bleiben; morgen ziehe ich meine Stiefel wieder an, dann sollst du noch reicher werden; dem König habe ich nämlich gesagt, dass du ein Graf bist.« Am andern Tag ging der Kater, wie er gesagt hatte, wohl gestiefelt, wieder auf die Jagd und brachte dem König einen reichen Fang. So ging es alle Tage, und der Kater brachte alle Tage Gold heim und ward so beliebt beim König, dass er im Schlosse ein- und ausgehen durfte. Einmal stand der Kater in der Küche des Schlosses beim Herd und wärmte sich, da kam der Kutscher und fluchte: »Ich wünsche, der König mit der Prinzessin wäre beim Henker! Ich wollte ins Wirtshaus gehen, einmal einen trinken und Karten spielen, da sollt ich sie spazierenfahren an den See.« Wie der Kater das hörte, schlich er nach Haus und sagte zu seinem Herrn: »Wenn du ein Graf und reich werden willst, so komm mit mir hinaus an den See und bade darin.« Der Müller wusste nicht, was er dazu sagen sollte, doch folgte er dem Kater, ging mit ihm, zog sich splitternackt aus und sprang ins Wasser. Der Kater aber nahm seine Kleider, trug sie fort und versteckte sie. Kaum war er damit fertig, da kam der König dahergefahren; der Kater fing sogleich an, erbärmlich zu lamentieren: »Ach! Allergnädigster König! Mein Herr, der hat sich hier im See zum Baden begeben, da ist ein Dieb gekommen und hat ihm die Kleider gestohlen, die am Ufer lagen; nun ist der Herr Graf im Wasser und kann nicht heraus, und wenn er sich noch länger darin aufhält, wird er sich erkälten und sterben.« Wie der König das hörte, ließ er anhalten, und einer seiner Leute musste zurückjagen und von des Königs Kleidern holen. Der Herr Graf zog dann auch die prächtigen Kleider an, und weil ihm ohnehin der König wegen der Rebhühner, die er meinte von ihm empfangen zu haben, gewogen war, so musste er sich zu ihm in die Kutsche setzen. Die Prinzessin war auch nicht bös darüber, denn der Graf war jung und schön, und er gefiel ihr recht gut.

Der Kater aber war vorausgegangen und zu einer großen Wiese gekommen, wo über hundert Leute waren und Heu machten. »Wem ist die Wiese, ihr Leute?«, fragte der Kater. »Dem großen Zauberer.« – »Hört, jetzt wird gleich der König vorbeifahren; wenn er wissen will, wem die Wiese gehört, so antwortet: dem Grafen; und wenn ihr das nicht tut, so werdet ihr alle erschlagen.« Darauf ging der Kater weiter und kam an ein Kornfeld, so groß, dass es niemand übersehen konnte; da standen mehr als zweihundert Leute und schnitten das Korn. »Wem gehört das Korn, ihr Leute?« – »Dem Zauberer.« – »Hört, jetzt wird gleich der König vorbeifahren; wenn er wissen will, wem das Korn gehört, so antwortet: dem Grafen; und wenn ihr das nicht tut, so werdet ihr alle erschlagen.« Endlich kam der Kater an einen prächtigen Wald, da standen mehr als dreihundert Leute, fällten die großen Eichen und machten Holz. »Wem ist der Wald, ihr

Leute?« – »Dem Zauberer.« – »Hört, jetzt wird gleich der König vorbeifahren; wenn er wissen will, wem der Wald gehört, so antwortet: dem Grafen; und wenn ihr das nicht tut, so werdet ihr alle erschlagen.« Der Kater ging noch weiter, die Leute sahen ihm alle nach, und weil er so wunderlich aussah und wie ein Mensch in Stiefeln daherging, fürchteten sie sich vor ihm. Er kam bald an des Zauberers Schloss, trat keck hinein und vor diesen hin. Der Zauberer sah ihn verächtlich an, dann fragte er ihn, was er wolle. Der Kater verbeugte sich tief und sagte: »Ich habe gehört, dass du dich in jedes Tier ganz nach deinem Belieben verwandeln könntest; was einen Hund, Fuchs oder auch Wolf betrifft, da will ich es wohl glauben, aber von einem Elefanten, das scheint mir ganz unmöglich, und deshalb bin ich gekommen, um mich selbst zu überzeugen.« Der Zauberer sagte stolz: »Das ist für mich eine Kleinigkeit«, und war in dem Augenblick in einen Elefanten verwandelt. »Das ist viel«, sagte der Kater, »aber auch in einen Löwen?« – »Das ist auch nichts«, sagte der Zauberer, dann stand er als Löwe vor dem Kater. Der Kater stellte sich erschrocken und rief: »Das ist unglaublich und unerhört, dergleichen hätt ich mir nicht im Traume in die Gedanken kommen lassen; aber noch mehr, als alles andere, wär es, wenn du dich auch in ein so kleines Tier, wie eine Maus ist, verwandeln könntest. Du kannst gewiss mehr, als irgendein Zauberer auf der Welt, aber das wird dir doch zu hoch sein.« Der Zauberer ward ganz freundlich von den süßen Worten und sagte: »O ja, liebes Kätzchen, das kann ich auch«, und sprang als eine Maus im Zimmer herum. Der Kater war hinter ihm her, fing die Maus mit einem Satz und fraß sie auf.

Der König aber war mit dem Grafen und der Prinzessin weiter spazieren gefahren und kam zu der großen Wiese. »Wem gehört das Heu?«, fragte der König. »Dem Herrn Grafen«, riefen alle, wie der Kater ihnen befohlen hatte. »Ihr habt da ein schön Stück Land, Herr Graf«, sagte der König. Danach kamen sie an das große Kornfeld. »Wem gehört das Korn, ihr Leute?« – »Dem Herrn Grafen.« – »Ei! Herr Graf! Große, schöne Ländereien!« – Darauf zu dem Wald: »Wem gehört das Holz, ihr Leute?« – »Dem Herrn Grafen.« Der König verwunderte sich noch mehr und sagte: »Ihr müsst ein reicher Mann sein, Herr Graf, ich glaube nicht, dass ich einen so prächtigen Wald habe.« Endlich kamen sie an das Schloss, der Kater stand oben an der Treppe, und als der Wagen unten hielt, sprang er herab, machte die Türe auf und sagte: »Herr König, Ihr gelangt hier in das Schloss meines Herrn, des Grafen, den diese Ehre für sein Lebtag glücklich machen wird.« Der König stieg aus und verwunderte sich über das prächtige Gebäude, das fast größer und schöner war als sein Schloss; der Graf aber führte die Prinzessin die Treppe hinauf in den Saal, der ganz von Gold und Edelsteinen flimmerte.

Da ward die Prinzessin mit dem Grafen versprochen, und als der König starb, ward er König, der gestiefelte Kater aber erster Minister.

Gottfried Keller

Spiegel, das Kätzchen

Wenn ein Seldwyler einen schlechten Handel gemacht hat oder angeführt worden ist, so sagt man zu Seldwyla: Er hat der Katze den Schmer abgekauft! Dies Sprichwort ist zwar auch anderwärts gebräuchlich, aber nirgends hört man es so oft wie dort, was vielleicht daher rühren mag, dass es in dieser Stadt eine alte Sage gibt über den Ursprung und die Bedeutung dieses Sprichwortes.

Vor mehreren hundert Jahren, heißt es, wohnte zu Seldwyla eine ältliche Person allein mit einem schönen, grau und schwarzen Kätzchen, welches in aller Vergnügtheit und Klugheit mit ihr lebte und niemandem, der es ruhig ließ, etwas zuleide tat. Seine einzige Leidenschaft war die Jagd, welche es jedoch mit Vernunft und Mäßigung befriedigte, ohne sich durch den Umstand, dass diese Leidenschaft zugleich einen nützlichen Zweck hatte und seiner Herrin wohlgefiel, beschönigen zu wollen und allzu sehr zur Grausamkeit hinreißen zu lassen. Es fing und tötete daher nur die zudringlichsten und frechsten Mäuse, welche sich in einem gewissen Umkreise des Hauses betreten ließen, aber diese dann mit zuverlässiger Geschicklichkeit; nur selten verfolgte es eine besonders pfiffige Maus, welche seinen Zorn gereizt hatte, über diesen Umkreis hinaus und erbat sich in diesem Falle mit vieler Höflichkeit von den Herren Nachbaren die Erlaubnis, in ihren Häusern ein wenig mausen zu dürfen, was ihm gerne gewährt wurde, da es die Milchtöpfe stehen ließ, nicht an die Schinken hinaufsprang, welche etwa an den Wänden hingen, sondern seinem Geschäfte still und aufmerksam oblag und, nachdem es dieses verrichtet, sich mit dem Mäuslein im Maule anständig entfernte. Auch war das Kätzchen gar nicht scheu und unartig, sondern zutraulich gegen jedermann und floh nicht vor vernünftigen Leuten; vielmehr ließ es sich von solchen einen guten Spaß gefallen und selbst ein bisschen an den Ohren zupfen, ohne zu kratzen; dagegen ließ es sich von einer Art dummer Menschen, von welchen es behauptete, dass die Dummheit aus einem unreifen und nichtsnutzigen Herzen käme, nicht das mindeste gefallen und ging ihnen entweder aus dem Wege oder versetzte ihnen einen ausreichenden Hieb über die Hand, wenn sie es mit einer Plumpheit molestierten.

Spiegel, so war der Name des Kätzchens wegen seines glatten und glänzenden Pelzes, lebte so seine Tage heiter, zierlich und beschaulich dahin, in anständiger Wohlhabenheit und ohne Überhebung. Er saß nicht zu oft auf der Schulter seiner freundlichen Gebieterin, um ihr die Bissen von der Gabel wegzufangen, sondern nur, wenn er merkte, dass ihr dieser Spaß angenehm war; auch lag und schlief er den Tag über selten auf seinem warmen Kissen hinter dem Ofen, sondern hielt sich munter und liebte es eher, auf einem schmalen Treppengeländer oder in der Dachrinne zu liegen und sich philosophischen Betrachtungen und der Beobachtung der Welt zu überlassen. Nur jeden Frühling und Herbst einmal wurde dies ruhige Leben eine Woche lang unterbrochen, wenn die Veilchen blühten oder die milde Wärme des Altweibersommers die Veilchenzeit nachäffte. Alsdann ging Spiegel seine eigenen Wege, streifte in verliebter Begeisterung über die fernsten Dächer und sang die allerschönsten Lieder. Als ein rechter Don Juan bestand er bei Tag und Nacht die bedenklichsten Abenteuer, und wenn er sich zur Seltenheit einmal im Hause sehen ließ, so erschien er mit einem so verwegenen, burschikosen, ja liederlichen und zerzausten Aussehen, dass die stille Person, seine Gebieterin, fast unwillig ausrief. »Aber Spiegel! Schämst du dich denn nicht, ein solches Leben zu führen?« Wer sich aber nicht schämte, war Spiegel; als ein Mann von Grundsätzen, der wohl wusste, was er sich zur wohltätigen Abwechslung erlauben durfte, beschäftigte er sich ganz ruhig damit, die Glätte seines Pelzes und die unschuldige Munterkeit seines Aussehens wiederherzustellen, und er fuhr sich so unbefangen mit dem feuchten Pfötchen über die Nase, als ob gar nichts geschehen wäre.

Allein dies gleichmäßige Leben nahm plötzlich ein trauriges Ende. Als das Kätzchen Spiegel eben in der Blüte seiner Jahre stand, starb die Herrin unversehens an Altersschwäche und ließ das schöne Kätzchen herrenlos und verwaist zurück. Es war das erste Unglück, welches ihm widerfuhr, und mit jenen Klagetönen, welche so schneidend den bangen Zweifel an der wirklichen und rechtmäßigen Ursache eines großen Schmerzes ausdrücken, begleitete es die Leiche bis auf die Straße und strich den ganzen übrigen Tag ratlos im Hause und rings um dasselbe her. Doch seine gute Natur, seine Vernunft und Philosophie geboten ihm bald, sich zu fassen, das Unabänderliche zu tragen und seine dankbare Anhänglichkeit an das Haus seiner toten Gebieterin dadurch zu beweisen, dass er ihren lachenden Erben seine Dienste anbot und sich bereitmachte, denselben mit Rat und Tat beizustehen, die Mäuse ferner im Zaume zu halten und überdies ihnen manche gute Mitteilung zu machen, welche die Törichten nicht verschmäht hätten, wenn sie eben nicht unvernünftige Menschen gewesen wären. Aber diese Leute ließen Spiegel gar nicht zu Worte kommen, sondern warfen ihm die Pantoffeln und das artige Fußschemelchen der Seligen an den Kopf, sooft er sich blicken ließ, zankten sich acht Tage lang untereinander, begannen endlich einen Prozess und schlossen das Haus bis auf weiteres zu, sodass nun gar niemand darin wohnte.

Da saß nun der arme Spiegel traurig und verlassen auf der steinernen Stufe vor der Haustüre und hatte niemand, der ihn hineinließ. Des Nachts begab er sich wohl auf Umwegen unter das Dach des Hauses, und im Anfang hielt er sich einen großen Teil des Tages dort verborgen und suchte seinen Kummer zu verschlafen; doch der Hunger trieb ihn bald an das Licht und nötigte ihn, an der warmen Sonne und unter den Leuten zu erscheinen, um bei der Hand zu sein und zu gewärtigen, wo sich etwa ein Maulvoll geringer Nahrung zeigen möchte. Je seltener dies geschah, desto aufmerksamer wurde der gute Spiegel, und alle seine moralischen Eigenschaften gingen in dieser Aufmerksamkeit auf, sodass er sehr bald sich selber nicht mehr gleichsah. Er machte zahlreiche Ausflüge von seiner Haustüre aus und stahl sich scheu und flüchtig über die Straße, um manchmal mit einem schlechten unappetitlichen Bissen, dergleichen er früher nie angesehen, manchmal mit gar nichts zurückzukehren. Er wurde von Tag zu Tag magerer und zerzauster, dabei gierig, kriechend und feig; all sein Mut, seine zierliche Katzenwürde, seine Vernunft und Philosophie waren dahin. Wenn die Buben aus der Schule kamen, so kroch er in einen verborgenen Winkel, sobald er sie kommen hörte, und guckte nur hervor, um aufzupassen, welcher von ihnen etwa eine Brotrinde wegwürfe, und merkte sich den Ort, wo sie hinfiel. Wenn der schlechteste Köter von weitem ankam, so sprang er hastig fort, während er früher gelassen der Gefahr ins Auge geschaut und böse Hunde oft tapfer gezüchtigt hatte. Nur wenn ein grober und einfältiger Mensch daherkam, dergleichen er sonst klüglich gemieden, blieb er sitzen, obgleich das arme Kätzchen mit dem Reste seiner Menschenkenntnis den Lümmel recht gut erkannte; allein die Not zwang Spiegelchen, sich zu täuschen und zu hoffen, dass der Schlimme ausnahmsweise einmal es freundlich streicheln und ihm einen Bissen darreichen werde. Und selbst wenn er stattdessen nun doch geschlagen oder in den Schwanz gekneift wurde, so kratzte er nicht, sondern duckte sich lautlos zur Seite und sah dann noch verlangend nach der Hand, die es geschlagen und gekneift und welche nach Wurst oder Hering roch.

Als der edle und kluge Spiegel so heruntergekommen war, saß er eines Tages ganz mager und traurig auf seinem Steine und blinzelte in der Sonne. Da kam der Stadthexenmeister Pineiß des Weges, sah das Kätzchen und stand vor ihm still. Etwas Gutes hoffend, obgleich es den Unheimlichen wohl kannte, saß Spiegelchen demütig auf dem Stein und erwartete, was der Herr Pineiß etwa tun oder sagen würde. Als dieser aber begann und sagte: »Na, Katze! Soll ich dir deinen Schmer abkaufen?« Da verlor es die Hoffnung, denn es glaubte, der Stadthexenmeister wolle es seiner Magerkeit wegen verhöhnen. Doch erwiderte er bescheiden und lächelnd, um es mit niemand zu verderben: »Ach, der Herr Pineiß belieben zu scherzen!« – »Mitnichten!«, rief Pineiß, »es ist mir voller Ernst! Ich brauche Katzenschmer vorzüglich zur Hexerei; aber er muss mir vertragsmäßig und freiwillig von den werten Herren Katzen abgetreten werden, sonst ist er unwirksam. Ich denke, wenn je ein wackeres Kätzlein in der Lage war, einen vorteilhaften Handel abzuschließen, so bist es du! Begib dich in meinen Dienst; ich füttere dich herrlich heraus, mache dich fett und kugelrund mit Würstchen und gebratenen Wachteln. Auf dem ungeheuer hohen alten Dache meines Hauses, welches nebenbei gesagt das köstlichste Dach von der Welt ist für eine Katze, voll interessanter Gegenden und Winkel, wächst auf den sonnigsten Höhen treffliches Spitzgras, grün wie Smaragd, schlank und fein in den Lüften schwankend, dich einladend, die zartesten Spitzen abzureißen und zu genießen, wenn du dir an meinen Leckerbissen eine leichte Unverdaulichkeit zugezogen hast. So wirst du bei trefflicher Gesundheit bleiben und mir dereinst einen kräftigen brauchbaren Schmer liefern!«

Spiegel hatte schon längst die Ohren gespitzt und mit wässerndem Mäulchen gelauscht; doch war seinem geschwächten Verstande die Sache noch nicht klar, und er versetzte daher: »Das ist so weit nicht übel, Herr Pineiß! Wenn ich nur wüsste, wie ich alsdann, wenn ich doch, um Euch meinen Schmer abzutreten, mein Leben lassen muss, des verabredeten Preises habhaft werden und ihn genießen soll, da ich nicht mehr bin?« – »Des Preises habhaft werden?« sagte der Hexenmeister verwundert, »den Preis genießest du ja eben in den reichlichen und üppigen Speisen, womit ich dich fett mache, das versteht sich von selber! Doch will ich dich zu dem Handel nicht zwingen!« Und er machte Miene, sich von dannen begeben zu wollen. Aber Spiegel sagte hastig und ängstlich: »Ihr müsst mir wenigstens eine mäßige Frist gewähren über die Zeit meiner höchsten erreichten Rundheit und Fettigkeit hinaus, dass ich nicht so jählings von hinnen gehen muss, wenn jener angenehme und ach! so traurige Zeitpunkt herangekommen und entdeckt ist!«

»Es sei!«, sagte Herr Pineiß mit anscheinender Gutmütigkeit, »bis zum nächsten Vollmond sollst du dich alsdann deines angenehmen Zustandes erfreuen dürfen, aber nicht länger! Denn in den abnehmenden Mond hinein darf es nicht gehen, weil dieser einen vermindernden Einfluss auf mein wohlerworbenes Eigentum ausüben würde.«

Das Kätzchen beeilte sich zuzuschlagen und unterzeichnete einen Vertrag, welchen der Hexenmeister im Vorrat bei sich führte, mit seiner scharfen Handschrift, welche sein letztes Besitztum und Zeichen besserer Tage war.

»Du kannst dich nun zum Mittagessen bei mir einfinden, Kater!« sagte der Hexer, »Punkt zwölf Uhr wird gegessen!« – »Ich werde so frei sein, wenn Ihr's erlaubt!« sagte Spiegel und fand sich pünktlich um die Mittagsstunde bei Herrn Pineiß ein. Dort begann nun während einiger Monate ein höchst angenehmes Leben für das Kätzchen; denn es hatte auf der Welt weiter nichts zu tun, als die guten Dinge zu verzehren, die man ihm vorsetzte, dem Meister bei der Hexerei zuzuschauen, wenn es mochte, und auf dem Dache spazieren zu gehen. Dies Dach glich einem ungeheuren schwarzen Nebelspalter oder Dreiröhrenhut, wie man die großen Hüte der schwäbischen Bauern nennt, und wie ein solcher Hut ein Gehirn voller Nücken und Finten überschattet, so bedeckte dies Dach ein großes, dunkles und winkliges Haus voll Hexenwerk und Tausendsgeschichten. Herr Pineiß war ein Kann-Alles, welcher hundert Ämtchen versah, Leute kurierte, Wanzen vertilgte, Zähne auszog und Geld auf Zinsen lieh; er war der Vormünder aller Waisen und Witwen, schnitt in seinen Mußestunden Federn, das Dutzend für einen Pfennig, und machte schöne schwarze Tinte; er handelte mit Ingwer und Pfeffer, mit Wagenschmiere und Rosoli, mit Häftlein und Schuhnägeln, er renovierte die Turmuhr und machte jährlich den Kalender mit der Witterung, den Bauernregeln und dem Aderlassmännchen; er verrichtete zehntausend rechtliche Dinge am hellen Tag um mäßigen Lohn und einige unrechtliche nur in der Finsternis und aus Privatleidenschaft, oder hing auch den rechtlichen, ehe er sie aus seiner Hand entließ, schnell noch ein unrechtliches Schwänzchen an, so klein wie die Schwänzchen der jungen Frösche, gleichsam nur der Possierlichkeit wegen. Überdies machte er das Wetter in schwierigen Zeiten, überwachte mit seiner Kunst die Hexen, und wenn sie reif waren, ließ er sie verbrennen; für sich trieb er die Hexerei nur als wissenschaftlichen Versuch und zum Hausgebrauch, so wie er auch die Stadtgesetze, die er redigierte und ins Reine schrieb, unter der Hand probierte und verdrehte, um ihre Dauerhaftigkeit zu ergründen. Da die Seldwyler stets einen solchen Bürger brauchten, der alle unlustigen kleinen und großen Dinge für sie tat, so war er zum Stadthexenmeister ernannt worden und bekleidete dies Amt schon seit vielen Jahren mit unermüdlicher Hingebung und Geschicklichkeit, früh und spät. Daher war sein Haus von unten bis oben vollgestopft mit allen erdenklichen Dingen, und Spiegel hatte viel Kurzweil, alles zu besehen und zu beriechen.

Doch im Anfang gewann er keine Aufmerksamkeit für andere Dinge als für das Essen. Er schlang gierig alles hinunter, was Pineiß ihm darreichte, und mochte kaum von einer Zeit zur anderen warten. Dabei überlud er sich den Magen und musste wirklich auf das Dach gehen, um dort von den grünen Gräsern abzureißen und sich von allerhand Unwohlsein zu kurieren. Als der Meister diesen Heißhunger bemerkte, freute er sich und dachte, das Kätzchen würde solcherweise recht bald fett werden, und je besser er daran wende, desto klüger verfahre und spare er im Ganzen. Er baute daher für Spiegel eine ordentliche Landschaft in seiner Stube, indem er ein Wäldchen von Tannenbäumchen aufstellte, kleine Hügel von Steinen und Moos errichtete und einen kleinen See anlegte. Auf die Bäumchen setzte er duftig gebratene Lerchen, Finken, Meisen und Sperlinge, je nach der Jahreszeit, sodass da Spiegel immer etwas herunterzuholen und zu knabbern vorfand. In die kleinen Berge versteckte er in künstlichen Mauslöchern herrliche Mäuse, welche er sorgfältig mit Weizenmehl gemästet, dann ausgeweidet, mit zarten Speckriemchen gespickt und gebraten hatte. Einige dieser Mäuse konnte Spiegel mit der Hand hervorholen, andere waren zur Erhöhung des Vergnügens tiefer verborgen, aber an einen Faden gebunden, an welchem Spiegel sie behutsam hervorziehen musste, wenn er diese Lustbarkeit einer nachgeahmten Jagd genießen wollte. Das

Becken des Sees aber füllte Pineiß alle Tage mit frischer Milch, damit Spiegel in der süßen seinen Durst lösche, und ließ gebratene Gründlinge darin schwimmen, da er wusste, dass Katzen zuweilen auch die Fischerei lieben. Aber da nun Spiegel ein so herrliches Leben führte, tun und lassen, essen und trinken konnte, was ihm beliebte und wann es ihm einfiel, so gedieh er allerdings zusehends an seinem Leibe; sein Pelz wurde wieder glatt und glänzend und sein Auge munter; aber zugleich nahm er, da sich seine Geisteskräfte in gleichem Maße wieder ansammelten, bessere Sitten an; die wilde Gier legte sich, und weil er jetzt eine traurige Erfahrung hinter sich hatte, so wurde er nun klüger als zuvor. Er mäßigte sich in seinen Gelüsten und fraß nicht mehr, als ihm zuträglich war, indem er zugleich wieder vernünftigen und tiefsinnigen Betrachtungen nachging und die Dinge wieder durchschaute. So holte er eines Tages einen hübschen Krammetsvogel von den Ästen herunter, und als er denselben nachdenklich zerlegte, fand er dessen kleinen Magen ganz kugelrund angefüllt mit frischer unversehrter Speise. Grüne Kräutchen, artig zusammengerollt, schwarze und weiße Samenkörner und eine glänzend rote Beere waren da so niedlich und dicht ineinandergepfropft, als ob ein Mütterchen für ihren Sohn das Ränzchen zur Reise gepackt hätte. Als Spiegel den Vogel langsam verzehrt und das so vergnüglich gefüllte Mäglein an seine Klaue hing und philosophisch betrachtete, rührte ihn das Schicksal des armen Vogels, welcher nach so friedlich verbrachtem Geschäft so schnell sein Leben lassen gemusst, dass er nicht einmal die eingepackten Sachen verdauen konnte. »Was hat er nun davon gehabt, der arme Kerl«, sagte Spiegel, »dass er sich so fleißig und eifrig genährt hat, dass dies kleine

Säckchen aussieht wie ein wohl vollbrachtes Tagewerk? Diese rote Beere ist es, die ihn aus dem freien Walde in die Schlinge des Vogelstellers gelockt hat. Aber er dachte doch, seine Sache noch besser zu machen und sein Leben an solchen Beeren zu fristen, während ich, der ich soeben den unglücklichen Vogel gegessen, daran mich nur um einen Schritt näher zum Tode gegessen habe! Kann man einen elendern und feigern Vertrag abschließen, als sein Leben noch ein Weilchen fristen zu lassen, um es dann um diesen Preis doch zu verlieren? Wäre nicht ein freiwilliger und schneller Tod vorzuziehen gewesen für einen entschlossenen Kater? Aber ich habe keine Gedanken gehabt, und nun, da ich wieder solche habe, sehe ich nichts vor mir als das Schicksal dieses Krammetsvogels; wenn ich rund genug bin, so muss ich von hinnen, aus keinem andern Grunde, als weil ich rund bin. Ein schöner Grund für einen lebenslustigen und gedankenreichen Katzmann! Ach, könnte ich aus dieser Schlinge kommen!«

Er vertiefte sich nun in vielfältige Grübeleien, wie das gelingen möchte; aber da die Zeit der Gefahr noch nicht da war, so wurde es ihm nicht klar und er fand keinen Ausweg; aber als kluger Mann ergab er sich bis dahin der Tugend und der Selbstbeherrschung, welches immer die beste Vorschule und Zeitverwendung ist, bis sich etwas entscheiden soll. Er verschmähte das weiche Kissen, welches ihm Pineiß zurechtgelegt hatte, damit er fleißig darauf schlafen und fett werden sollte, und zog es vor, wieder auf schmalen Gesimsen und hohen gefährlichen Stellen zu liegen, wenn er ruhen wollte. Ebenso verschmähte er die gebratenen Vögel und die gespickten Mäuse und fing sich lieber auf den Dächern, da er nun wieder einen rechtmäßigen Jagdgrund hatte, mit

List und Gewandtheit einen schlichten lebendigen Sperling oder auf den Speichern eine flinke Maus, und solche Beute schmeckte ihm vortrefflicher als das gebratene Wild in Pineißens künstlichem Gehege, während sie ihn nicht zu fett machte; auch die Bewegung und Tapferkeit sowie der wiedererlangte Gebrauch der Tugend und Philosophie verhinderten ein zu schnelles Fettwerden, sodass Spiegel zwar gesund und glänzend aussah, aber zu Pineißens Verwunderung auf einer gewissen Stufe der Beleibtheit stehen blieb, welche lange nicht das erreichte, was der Hexenmeister mit seiner freundlichen Mästung bezweckte; denn dieser stellte sich darunter ein kugelrundes, schwerfälliges Tier vor, welches sich nicht vom Ruhekissen bewegte und aus eitel Schmer bestand. Aber hierin hatte sich seine Hexerei eben geirrt, und er wusste bei aller Schlauheit nicht, dass, wenn man einen Esel füttert, derselbe ein Esel bleibt, wenn man aber einen Fuchsen speiset, derselbe nichts anders wird als ein Fuchs; denn jede Kreatur wächst sich nach ihrer Weise aus. Als Herr Pineiß entdeckte, wie Spiegel immer auf demselben Punkte einer wohlgenährten, aber geschmeidigen und rüstigen Schlankheit stehenblieb, ohne eine erkleckliche Fettigkeit anzusetzen, stellte er ihn eines Abends plötzlich zur Rede und sagte barsch: »Was ist das, Spiegel? Warum frissest du die guten Speisen nicht, die ich dir mit so viel Sorgfalt und Kunst präpariere und herstelle? Warum fängst du die gebratenen Vögel nicht auf den Bäumen, warum suchst du die leckeren Mäuschen nicht in den Berghöhlen? Warum fischest du nicht mehr in dem See? Warum pflegst du dich nicht? Warum schläfst du nicht auf dem Kissen? Warum strapazierst du dich und wirst mir nicht fett?« – »Ei, Herr

Pineiß!«, sagte Spiegel, »weil es mir wohler ist auf diese Weise! Soll ich meine kurze Frist nicht auf die Art verbringen, die mir am angenehmsten ist?« – »Wie!«, rief Pineiß, »du sollst so leben, dass du dick und rund wirst, und nicht dich abjagen! Ich merke aber wohl, wo du hinauswillst! Du denkst mich zu äffen und hinzuhalten, dass ich dich in Ewigkeit in diesem Mittelzustande herumlaufen lasse? Mitnichten soll dir das gelingen! Es ist deine Pflicht, zu essen und zu trinken und dich zu pflegen, auf dass du dick werdest und Schmer bekommst! Auf der Stelle entsage daher dieser hinterlistigen und kontraktwidrigen Mäßigkeit, oder ich werde ein Wörtlein mit dir sprechen!«

Spiegel unterbrach sein behagliches Spinnen, das er angefangen, um seine Fassung zu behaupten, und sagte: »Ich weiß kein Sterbenswörtchen davon, dass in dem Kontrakt steht, ich solle der Mäßigkeit und einem gesunden Lebenswandel entsagen! Wenn der Herr Stadthexenmeister darauf gerechnet hat, dass ich ein fauler Schlemmer sei, so ist das nicht meine Schuld! Ihr tut tausend rechtliche Dinge des Tages, so lasset dieses auch noch hinzukommen und uns beide hübsch in der Ordnung bleiben; denn Ihr wisst ja wohl, dass Euch mein Schmer nur nützlich ist, wenn er auf rechtliche Weise erwachsen!« – »Ei du Schwätzer!«, rief Pineiß erbost, »willst du mich belehren? Zeig her, wie weit bist du denn eigentlich gediehen, du Müßiggänger? Vielleicht kann man dich doch bald abtun!« Er griff dem Kätzchen an den Bauch; allein dieses fühlte sich dadurch unangenehm gekitzelt und hieb dem Hexenmeister einen scharfen Kratz über die Hand. Diesen betrachtete Pineiß aufmerksam, dann sprach er: »Stehen wir so miteinander, du Bestie? Wohlan, so erkläre ich dich hiemit feierlich, kraft des Vertrages, für fett genug! Ich begnüge mich mit dem Ergebnis und werde mich desselben zu versichern wissen! In fünf Tagen ist der Mond voll, und bis dahin magst du dich noch deines Lebens erfreuen, wie es geschrieben steht, und nicht eine Minute länger!« Damit kehrte er ihm den Rücken und überließ ihn seinen Gedanken.

Diese waren jetzt sehr bedenklich und düster. So war denn die Stunde doch nahe, wo der gute Spiegel seine Haut lassen sollte? Und war mit aller Klugheit gar nichts mehr zu machen? Seufzend stieg er auf das hohe Dach, dessen Firste dunkel in den schönen Herbstabendhimmel emporragten. Da ging der Mond über der Stadt auf und warf seinen Schein auf die schwarzen bemoosten Hohlziegel des alten Daches, ein lieblicher Gesang tönte in Spiegels Ohren, und eine schneeweiße Kätzin wandelte glänzend über einen benachbarten First weg. Sogleich vergaß Spiegel die Todesaussichten, in welchen er lebte, und erwiderte mit seinem schönsten Katerliede den Lobgesang der Schönen. Er eilte ihr entgegen und war bald im hitzigen Gefecht mit drei fremden Katern begriffen, die er mutig und wild in die Flucht schlug. Dann machte er der Dame feurig und ergeben den Hof und brachte Tag und Nacht bei ihr zu, ohne an den Pineiß zu denken oder im Hause sich sehen zu lassen. Er sang wie eine Nachtigall die schönen Mondnächte hindurch, jagte hinter der weißen Geliebten her über die Dächer, durch die Gärten und rollte mehr als einmal im heftigen Minnespiel oder im Kampfe mit den Rivalen über hohe Dächer hinunter und fiel auf die Straße; aber nur um sich aufzuraffen, das Fell zu schütteln und die wilde Jagd seiner Leidenschaften von neuem anzuheben. Stille und laute Stunden, süße Gefühle und zorniger Streit, anmutiges Zwiegespräch, witziger Gedankenaustausch, Ränke und Schwänke der Liebe und Eifersucht, Liebkosungen und Raufereien, die Gewalt des Glückes und die Leiden des Unsterns ließen den verliebten Spiegel nicht zu sich selbst kommen, und als die Scheibe des Mondes voll geworden, war er von allen diesen Aufregungen und Leidenschaften so heruntergekommen, dass er jämmerlicher, magerer und zerzauster aussah als je. Im selben Augenblicke rief ihm Pineiß aus einem Dachtürmchen: »Spiegelchen! Spiegelchen! Wo bist du? Komm doch ein bisschen nach Hause!«

Da schied Spiegel von der weißen Freundin, welche zufrieden und kühl miauend ihrer Wege ging, und wandte sich stolz seinem Henker zu. Dieser stieg in die Küche hinunter, raschelte mit dem Kontrakt und sagte: »Komm, Spiegelchen, komm, Spiegelchen!«, und Spiegel folgte ihm und setzte sich in der Hexenküche trotzig vor den Meister hin in all seiner Magerkeit und Zerzaustheit. Als Herr Pineiß erblickte, wie er so schmählich um seinen Gewinn gebracht war, sprang er wie besessen in die Höhe und schrie wütend: »Was seh ich? Du Schelm, du gewissenloser Spitzbube! Was hast du mir getan?« Außer sich vor Zorn griff er nach einem Besen und wollte Spiegelein schlagen; aber dieser krümmte den schwarzen Rücken, ließ die Haare emporstarren, daß ein fahler Schein darüber knisterte, legte die Ohren zurück, prustete und funkelte den Alten so grimmig an, daß dieser voll Furcht und Entsetzen drei Schritt zurücksprang. Er begann zu fürchten, daß er einen Hexenmeister vor sich habe, welcher ihn foppe und mehr könne als er selbst. Ungewiß und kleinlaut sagte er: »Ist der ehrsame Herr Spiegel vielleicht vom Handwerk? Sollte ein gelehrter Zaubermeister beliebt haben, sich in dero äußere Gestalt zu verkleiden, da er nach Gefallen über sein Leibliches gebieten und genau so beleibt werden kann, als es ihm angenehm dünkt, nicht zu wenig und nicht zu viel, oder unversehens so mager wird wie ein Gerippe, um dem Tode zu entschlüpfen?«

Spiegel beruhigte sich wieder und sprach ehrlich: »Nein, ich bin kein Zauberer! Es ist allein die süße Gewalt der Leidenschaft, welche mich so heruntergebracht und zu meinem Vergnügen Euer Fett dahingenommen hat. Wenn wir übrigens jetzt unser Geschäft von neuem beginnen wollen, so will ich tapfer dabei sein und dreinbeißen! Setzt mir nur eine recht schöne und große Bratwurst vor, denn ich bin ganz erschöpft und hungrig!« Da packte Pineiß den Spiegel wütend am Kragen, sperrte ihn in den Gänsestall, der immer leer war, und schrie: »Da sieh zu, ob dir deine süße Gewalt der Leidenschaft noch einmal heraushilft und ob sie stärker ist als die Gewalt der Hexerei und meines rechtlichen Vertrages! Jetzt heißt's: Vogel friss und stirb!« Sogleich briet er eine lange Wurst, die so lecker duftete, dass er sich nicht enthalten konnte, selbst ein bisschen an beiden Zipfeln zu schlecken, ehe er sie durch das Gitter steckte. Spiegel fraß sie von vorn bis hinten auf, und indem er sich behaglich den Schnurrbart putzte und den Pelz leckte, sagte er zu sich selber: »Meiner Seel! Es ist doch eine schöne Sache um die Liebe! Die hat mich für diesmal wieder aus der Schlinge gezogen. Jetzt will ich mich ein wenig ausruhen und trachten, dass ich durch Beschaulichkeit und gute Nahrung wieder zu vernünftigen Gedanken komme! Alles hat seine Zeit! Heute ein bisschen Leidenschaft, morgen ein wenig Besonnenheit und Ruhe, ist jedes in seiner Weise gut. Dies Gefängnis ist gar nicht so übel, und es lässt sich gewiss etwas Ersprießliches darin ausdenken!« Pineiß aber nahm sich nun zusammen und bereitete alle Tage mit aller seiner Kunst solche Leckerbissen und in solch reizender Abwechslung und Zuträglichkeit, dass der gefangene Spiegel denselben nicht widerstehen konnte; denn Pineißens Vorrat an freiwilligem und rechtmäßigem Katzenschmer nahm alle Tage mehr ab und drohte nächstens ganz auszugehen, und dann war der Hexer ohne dies Hauptmittel ein geschlagener Mann. Aber der gute Hexenmeister nährte mit dem Leibe Spiegels dessen Geist immer wieder mit, und es war durchaus nicht von dieser unbequemen Zutat loszukommen, weshalb auch seine Hexerei sich hier als lückenhaft erwies.

Als Spiegel in seinem Käfig ihm endlich fett genug dünkte, säumte er nicht länger, sondern stellte vor den Augen des aufmerksamen Katers alle Geschirre zurecht und machte ein helles Feuer auf dem Herd, um den lang ersehnten Gewinn auszukochen. Dann wetzte er ein großes Messer, öffnete den Kerker, zog Spiegelchen hervor, nachdem er die Küchentüre wohl verschlossen, und sagte wohlgemut: »Komm, du Sapperlöter! Wir wollen dir den Kopf abschneiden vorderhand und dann das Fell abziehen! Dieses wird eine warme Mütze für mich geben, woran ich Einfältiger noch gar nicht gedacht habe! Oder soll ich dir erst das Fell abziehen und dann den Kopf abschneiden?« – »Nein, wenn es Euch gefällig ist«, sagte Spiegel demütig, »lieber zuerst den Kopf abschneiden!« – »Hast recht, du armer Kerl!«, sagte Herr Pineiß, »wir wollen dich nicht unnütz quälen! Alles was recht ist!« – »Dies ist ein wahres Wort!« sagte Spiegel mit einem erbärmlichen Seufzer und legte das Haupt ergebungsvoll auf die Seite. »Oh, hätt ich doch jederzeit getan, was recht ist, und nicht eine so wichtige Sache leichtsinnig unterlassen, so könnte ich jetzt mit besserem Gewissen sterben, denn ich sterbe gern; aber ein Unrecht erschwert mir den sonst so willkommenen Tod; denn was bietet mir das Leben? Nichts als Furcht, Sorge und Armut und zur Abwechslung einen Sturm verzehrender Leidenschaft, die noch schlimmer ist als die stille zitternde Furcht!« – »Ei, welches Unrecht, welche wichtige Sache?«, fragte Pineiß neugierig. »Ach, was hilft das Reden jetzt noch«, seufzte Spiegel, »geschehen ist geschehen, und jetzt ist Reue zu spät!« – »Siehst du, Sappermenter, was für ein Sünder du bist?«, sagte Pineiß, »und wie wohl du deinen Tod verdienst? Aber was Tausend hast du denn angestellt? Hast du mir vielleicht etwas entwendet, entfremdet, verdorben? Hast du mir ein himmelschreiendes Unrecht getan, von dem ich noch gar nichts weiß, ahne, vermute, du Satan? Das sind mir schöne Geschichten! Gut, dass ich noch dahinterkomme! Auf der Stelle beichte mir, oder ich schinde und siede dich lebendig aus! Wirst du sprechen oder nicht?« – »Ach nein!«, sagte Spiegel, »wegen Euch habe ich mir nichts vorzuwerfen. Es betrifft die zehntausend Goldgülden meiner seligen Gebieterin – aber was hilft Reden! – Zwar – wenn ich bedenke und Euch ansehe, so möchte es vielleicht doch nicht ganz zu spät sein – wenn ich Euch betrachte, so sehe ich, dass Ihr ein noch ganz schöner und rüstiger Mann seid, in den besten Jahren – sagt doch, Herr Pineiß! Habt Ihr noch nie etwa den Wunsch verspürt, Euch zu verehelichen, ehrbar und vorteilhaft? Aber was schwatze ich! Wie wird ein so kluger und kunstreicher Mann auf dergleichen müßige Gedanken kommen! Wie wird ein so nützlich beschäftigter Meister an törichte Weiber denken! Zwar allerdings hat auch die Schlimmste noch irgendwas an sich, was etwa nützlich für einen Mann ist, das ist nicht abzuleugnen! Und wenn sie nur halbwegs was taugt, so ist eine gute Hausfrau etwa weiß am Leibe, sorgfältig im Sinne, zutulich von Sitten, treu von Herzen, sparsam im Verwalten, aber verschwenderisch in der Pflege ihres Mannes, kurzweilig in Worten und angenehm in ihren Taten, einschmeichelnd in ihren Handlungen! Sie küsst den Mann mit ihrem Munde und streichelt ihm den Bart, sie umschließt ihn mit ihren Armen und krault ihm hinter den Ohren, wie er es wünscht, kurz, sie tut tausend Dinge, die nicht zu verwerfen sind. Sie hält sich ihm ganz nah zu oder in bescheidener Entfernung, je nach seiner Stimmung, und wenn er seinen Geschäften nachgeht, so stört sie ihn nicht, sondern verbreitet unterdessen sein Lob in und außer dem Hause; denn sie lässt nichts an ihn kommen und rühmt alles, was an ihm ist! Aber das Anmutigste ist die wunderbare Beschaffenheit ihres zarten leiblichen Daseins, welches die Natur so verschieden gemacht hat von unserm Wesen bei anscheinender Menschenähnlichkeit, dass es ein fortwährendes Meerwunder in einer glückhaften Ehe bewirkt und eigentlich die allerdurchtriebenste Hexerei in sich birgt! Doch was schwatze ich da wie ein Tor an der Schwelle des Todes! Wie wird ein weiser Mann auf dergleichen Eitelkeiten sein Augenmerk richten! Verzeiht, Herr Pineiß, und schneidet mir den Kopf ab!«

Pineiß aber rief hastig: »So halt doch endlich inne, du

Schwätzer! und sage mir: Wo ist eine solche, und hat sie zehntausend Goldgülden?«

»Zehntausend Goldgülden?«, sagte Spiegel.

»Nun ja«, rief Pineiß ungeduldig, »sprachest du nicht eben erst davon?«

»Nein«, antwortete jener, »das ist eine andere Sache! Die liegen vergraben an einem Orte!«

»Und was tun sie da, wem gehören sie?«, schrie Pineiß.

»Niemand gehören sie, das ist eben meine Gewissensbürde, denn ich hätte sie unterbringen sollen! Eigentlich gehören sie jenem, der eine solche Person heiratet, wie ich eben beschrieben habe. Aber wie soll man drei solche Dinge zusammenbringen in dieser gottlosen Stadt: zehntausend Goldgülden, eine weise, feine und gute Hausfrau und einen weisen rechtschaffenen Mann? Daher ist eigentlich meine Sünde nicht allzu groß, denn der Auftrag war zu schwer für eine arme Katze!«

»Wenn du jetzt«, rief Pineiß, »nicht bei der Sache bleibst und sie verständlich der Ordnung nach dartust, so schneide ich dir vorläufig den Schwanz und beide Ohren ab! Jetzt fang an!«

»Da Ihr es befehlt, so muss ich die Sache wohl erzählen«, sagte Spiegel und setzte sich gelassen auf seine Hinterfüße, »obgleich dieser Aufschub meine Leiden nur vergrößert!« Pineiß steckte das scharfe Messer zwischen sich und Spiegel in die Diele und setzte sich neugierig auf ein Fässchen, um zuzuhören, und Spiegel fuhr fort:

»Ihr wisset doch, Herr Pineiß, dass die brave Person, meine selige Meisterin, unverheiratet gestorben ist als eine alte Jungfer, die in aller Stille viel Gutes getan und niemandem zuwider gelebt hat. Aber nicht immer war es um sie her so still und ruhig zugegangen, und obgleich sie niemals von bösem Gemüt gewesen, so hatte sie doch einst viel Leid und Schaden angerichtet; denn in ihrer Jugend war sie das schönste Fräulein weit und breit, und was von jungen Herren und kecken Gesellen in der Gegend war oder des Weges kam, verliebte sich in sie und wollte sie durchaus heiraten. Nun hatte sie wohl große Lust, zu heiraten und einen hübschen, ehrenfesten und klugen Mann zu nehmen, und sie hatte die Auswahl, da sich Einheimische und Fremde um sie stritten und einander mehr als einmal die Degen in den Leib rannten, um den Vorrang zu gewinnen. Es bewarben sich um sie und versammelten sich kühne und verzagte, listige und treuherzige, reiche und arme Freier, solche mit einem guten und anständigen Geschäft und solche, welche als Kavaliere zierlich von ihren Renten lebten; dieser mit diesen, jener mit jenen Vorzügen, beredt oder schweigsam, der eine munter und liebenswürdig, und ein anderer schien es mehr in sich zu haben, wenn er auch etwas einfältig aussah; kurz, das Fräulein hatte eine so vollkommene Auswahl, wie es ein mannbares Frauenzimmer sich nur wünschen kann. Allein sie besaß außer ihrer Schönheit ein schönes Vermögen von vielen tausend Goldgülden, und diese waren die Ursache, dass sie nie dazu kam, eine Wahl treffen und einen Mann nehmen zu können, denn sie verwaltete ihr Gut mit trefflicher Umsicht und Klugheit und legte einen großen Wert auf dasselbe, und da nun der Mensch immer von seinen eigenen Neigungen aus andere beurteilt, so geschah es, dass sie, sobald sich ihr ein achtungswerter Freier genähert und ihr halbwegs gefiel, alsobald sich einbildete, derselbe begehre sie nur um ihres Gutes willen. War einer reich, so glaubte sie, er würde sie doch nicht begehren, wenn sie nicht auch reich wäre, und von den Unbemittelten nahm sie vollends als gewiss an, dass sie nur ihre Goldgülden im Auge hätten und sich daran gedächten gütlich zu tun, und das arme Fräulein, welches doch selbst so große Dinge auf den irdischen Besitz hielt, war nicht imstande, diese Liebe zu Geld und Gut an ihren Freiern von der Liebe zu ihr selbst zu unterscheiden oder, wenn sie wirklich etwa vorhanden war, dieselbe nachzusehen und zu verzeihen. Mehrere Male war sie schon so gut wie verlobt, und ihr Herz klopfte endlich stärker; aber plötzlich glaubte sie aus irgendeinem Zuge zu entnehmen, dass sie verraten sei und man einzig an ihr Vermögen denke, und sie brach unverweilt die Geschichte entzwei und zog sich voll Schmerzen, aber unerbittlich zurück. Sie prüfte alle, welche ihr nicht missfielen, auf hundert Arten, sodass eine große Gewandtheit dazu gehörte, nicht in die Falle zu gehen, und zuletzt keiner mehr sich mit einiger Hoffnung nähern konnte, als wer ein durchaus geriebener und verstellter Mensch war, sodass schon aus diesen Gründen endlich die Wahl wirklich schwer wurde, weil solche Menschen dann zuletzt doch eine unheimliche Unruhe erwecken und die peinlichste Ungewissheit bei einer Schönen zurücklassen, je geriebener und geschickter sie sind. Das Hauptmittel, ihre Anbeter zu prüfen, war, dass sie ihre Uneigennützigkeit auf die Probe stellte und sie alle Tage zu großen Ausgaben, zu reichen Geschenken und zu wohltätigen Handlungen veranlasste. Aber sie mochten es machen, wie sie wollten, so trafen sie doch nie das Rechte; denn zeigten sie sich freigebig und aufopfernd, gaben sie glänzende

Feste, brachten sie ihr Geschenke dar oder anvertrauten ihr beträchtliche Gelder für die Armen, so sagte sie plötzlich, dies alles geschehe nur, um mit einem Würmchen den Lachs zu fangen oder mit der Wurst nach der Speckseite zu werfen, wie man zu sagen pflegt. Und sie vergabte die Geschenke sowohl wie das anvertraute Geld an Klöster und milde Stiftungen und speisete die Armen; aber die betrogenen Freier wies sie unbarmherzig ab. Bezeigten sich dieselben aber zurückhaltend oder gar knauserig, so war der Stab sogleich über sie gebrochen, da sie das noch viel übler nahm und daran eine schnöde und nackte Rücksichtslosigkeit und Eigenliebe zu erkennen glaubte. So kam es, dass sie, welche ein reines und nur ihrer Person hingegebenes Herz suchte, zuletzt von lauter verstellten, listigen und eigensüchtigen Freiersleuten umgeben war, aus denen sie nie klug wurde und die ihr das Leben verbitterten. Eines Tages fühlte sie sich so missmutig und trostlos, dass sie ihren ganzen Hof aus dem Hause wies, dasselbe zuschloss und nach Mailand verreiste, wo sie eine Base hatte. Als sie über den Sankt Gotthard ritt auf einem Eselein, war ihre Gesinnung so schwarz und schaurig wie das wilde Gestein, das sich aus den Abgründen emportürmte, und sie fühlte die heftigste Versuchung, sich von der Teufelsbrücke in die tobenden Gewässer der Reuß hinabzustürzen. Nur mit der größten Mühe gelang es den zwei Mägden, die sie bei sich hatte und die ich selbst noch gekannt habe, welche aber nun schon lange tot sind, und dem Führer, sie zu beruhigen und von der finstern Anwandlung abzubringen. Doch langte sie bleich und traurig in dem schönen Land Italien an, und so blau dort der Himmel war, wollten sich ihre dunklen Gedanken doch nicht aufhellen. Aber als sie einige Tage bei ihrer Base verweilt, sollte unverhofft eine andere Melodie ertönen und ein Frühlingsanfang in ihr aufgehen, von dem sie bis dato noch nicht viel gewusst. Denn es kam ein junger Landsmann in das Haus der Base, der ihr gleich beim ersten Anblick so wohl gefiel, dass man wohl sagen kann, sie verliebte sich jetzt von selbst und zum ersten Mal. Es war ein schöner Jüngling, von guter Erziehung und edlem Benehmen, nicht arm und nicht reich zur Zeit, denn er hatte nichts als zehntausend Goldgülden, welche er von seinen verstorbenen Eltern ererbt und womit er, da er die Kaufmannschaft erlernt hatte, in Mailand einen Handel mit Seide begründen wollte; denn er war unternehmend und klar von Gedanken und hatte eine glückliche Hand, wie es unbefangene und unschuldige Leute oft haben; denn auch dies war der junge Mann; er schien, so wohlgelehrt er war, doch so arglos und unschuldig wie ein Kind. Und obgleich er ein Kaufmann war und ein so unbefangenes Gemüt, was schon zusammen eine köstliche Seltenheit ist, so war er doch fest und ritterlich in seiner Haltung und trug sein Schwert so keck zur Seite, wie nur ein geübter Kriegsmann es tragen kann. Dies alles sowie seine frische Schönheit und Jugend bezwangen das Herz des Fräuleins dermaßen, dass sie kaum an sich halten konnte und ihm mit großer Freundlichkeit begegnete. Sie wurde wieder heiter, und wenn sie dazwischen auch traurig war, so geschah dies in dem Wechsel der Liebesfurcht und Hoffnung, welche immerhin ein edleres und angenehmeres Gefühl war als jene peinliche Verlegenheit in der Wahl, welche sie früher unter den vielen Freiern empfunden. Jetzt kannte sie nur eine Mühe und Besorgnis, diejenige nämlich, dem schönen und guten Jüngling zu gefallen, und je schöner sie selbst war, desto demütiger und unsicherer war sie jetzt, da sie zum ersten Male eine wahre Neigung gefasst hatte. Aber auch der junge Kaufmann hatte noch nie eine solche Schönheit gesehen oder war wenigstens noch keiner so nahe gewesen und von ihr so freundlich und artig behandelt worden. Da sie nun, wie gesagt, nicht nur schön, sondern auch gut von Herzen und fein von Sitten war, so ist es nicht zu verwundern, dass der offene und frische Jüngling, dessen Herz noch ganz frei und unerfahren war, sich ebenfalls in sie verliebte, und das mit aller Kraft und Rückhaltlosigkeit, die in seiner ganzen Natur lag. Aber vielleicht hätte das nie jemand erfahren, wenn er in seiner Einfalt nicht aufgemuntert worden wäre durch des Fräuleins Zutulichkeit, welche er mit heimlichem Zittern und Zagen für eine Erwiderung seiner Liebe zu halten wagte, da er selber keine Verstellung kannte. Doch bezwang er sich einige Wochen und glaubte die Sache zu verheimlichen; aber jeder sah ihm von weitem an, dass er zum Sterben verliebt war, und wenn er irgend in die Nähe des Fräuleins geriet oder sie nur genannt wurde, so sah man auch gleich, in wen er verliebt war. Er war aber nicht lange verliebt, sondern begann wirklich zu lieben mit aller Heftigkeit seiner Jugend, sodass ihm das Fräulein das Höchste und Beste auf der Welt wurde, an welches er ein für allemal das Heil und den ganzen Wert seiner eigenen Person setzte. Dies gefiel ihr über die Maßen wohl; denn es war in allem, was er sagte oder tat, eine andere Art, als sie bislang erfahren, und dies bestärkte und rührte sie so tief, daß sie nun gleichermaßen der stärksten Liebe anheimfiel und nun nicht mehr von einer Wahl für sie die Rede war.

Jedermann sah diese Geschichte spielen, und es wurde offen darüber gesprochen und vielfach gescherzt. Dem Fräulein war es höchlich wohl dabei, und indem ihr das Herz vor banger Erwartung zerspringen wollte, half sie den Roman von ihrer Seite doch ein wenig verwickeln und ausspinnen, um ihn recht auszukosten und zu genießen. Denn der junge Mann beging in seiner Verwirrung so köstliche und kindliche Dinge, dergleichen sie niemals erfahren und für sie einmal schmeichelhafter und angenehmer waren als das andere. Er aber in seiner Gradheit und Ehrlichkeit konnte es nicht lange so aushalten; da jeder darauf anspielte und sich einen Scherz erlaubte, so schien es ihm eine Komödie zu werden, als deren Gegenstand ihm seine Geliebte viel zu gut und heilig war, und was ihr ausnehmend behagte, das machte ihn bekümmert, ungewiss und verlegen um sie selber. Auch glaubte er sie zu beleidigen und zu hintergehen, wenn er da lange eine so heftige Leidenschaft zu ihr herumtrüge und unaufhörlich an sie denke, ohne dass sie eine Ahnung davon habe, was doch gar nicht schicklich sei und ihm selber nicht recht! Daher sah man ihm eines Morgens von weitem an, dass er etwas vorhatte, und er bekannte ihr seine Liebe in einigen Worten, um es *ein* Mal und nie zum zweiten Mal zu sagen, wenn er nicht glücklich sein sollte. Denn er war nicht gewohnt zu denken, dass ein solches schönes und wohlbeschaffenes Fräulein etwa nicht ihre wahre Meinung sagen und nicht auch gleich zum ersten Mal ihr unwiderrufliches Ja oder Nein erwidern sollte. Er war ebenso zart gesinnt als heftig verliebt, ebenso spröde als kindlich und ebenso stolz als unbefangen, und bei ihm galt es gleich auf Tod und Leben, auf Ja oder Nein, Schlag um Schlag. In demselben Augenblicke aber, in welchem das Fräulein sein Geständnis anhörte, das sie so sehnlich erwartet, überfiel sie ihr altes Misstrauen, und es fiel ihr zur unglücklichen Stunde ein, dass ihr Liebhaber ein Kaufmann sei, welcher am Ende nur ihr Vermögen zu erlangen wünsche, um seine Unternehmungen zu erweitern. Wenn er daneben auch ein wenig in ihre Person verliebt sein sollte, so wäre ja das bei ihrer Schönheit kein sonderliches Verdienst und nur umso empörender, wenn sie eine bloße wünschbare Zugabe zu ihrem Golde vorstellen sollte. Anstatt ihm daher ihre Gegenliebe zu gestehen und ihn wohl aufzunehmen, wie sie am liebsten getan hätte, ersann sie auf der Stelle eine neue List, um seine Hingebung zu prüfen, und nahm eine ernste, fast traurige Miene an, indem sie ihm vertraute, wie sie bereits mit einem jungen Mann verlobt sei in ihrer Heimat, welchen sie auf das allerherzlichste liebe. Sie habe ihm das schon mehrmals mitteilen wollen, da sie ihn, den Kaufmann nämlich, als Freund sehr lieb habe, wie er wohl habe sehen können aus ihrem Benehmen, und sie vertraue ihm wie einem Bruder. Aber die ungeschickten Scherze, welche in der Gesellschaft aufgekommen seien, hätten ihr eine vertrauliche Unterhaltung erschwert; da er nun aber selbst sie mit seinem braven und edlen Herzen überrascht und dasselbe vor ihr aufgetan, so könne sie ihm für seine Neigung nicht besser danken, als indem sie ihm ebenso offen sich anvertraue. Ja, fuhr sie fort, nur demjenigen könne sie angehören, welchen sie einmal erwählt habe, und nie würde es ihr möglich sein, ihr Herz einem andern Mannesbilde zuzuwenden, dies stehe mit goldenem Feuer in ihrer Seele geschrieben, und der liebe Mann wisse selbst nicht, wie lieb er ihr sei, so wohl er sie auch kenne! Aber ein trüber Unstern hätte sie betroffen: ihr Bräutigam sei ein Kaufmann, aber so arm wie eine Maus; darum hätten sie den Plan gefasst, dass er aus den Mitteln der Braut einen Handel begründen solle; der Anfang sei gemacht und alles auf das beste eingeleitet, die Hochzeit sollte in diesen Tagen gefeiert werden, da wollte ein unverhofftes Missgeschick, dass ihr ganzes Vermögen plötzlich ihr angetastet und abgestritten wurde und vielleicht für immer verlorengehe, während der arme Bräutigam in nächster Zeit seine ersten Zahlungen zu leisten habe an die Mailänder und venezianischen Kaufleute, worauf sein ganzer Kredit, sein Gedeihen und seine Ehre beruhe, nicht zu sprechen von ihrer Vereinigung und glücklichen Hochzeit! Sie sei in der Eile nach Mailand gekommen, wo sie begüterte Verwandte habe, um da Mittel und Auswege zu finden; aber zu einer schlimmen Stunde sei sie gekommen; denn nichts wolle sich fügen und schicken, während der Tag immer näher rücke, und wenn sie ihrem Geliebten nicht helfen könne, so müsse sie sterben vor Traurigkeit. Denn es sei der liebste und beste Mensch, den man sich denken könne, und würde sicherlich ein großer Kaufherr werden, wenn ihm geholfen würde, und sie kenne kein anderes Glück mehr auf Erden, als dann dessen Gemahlin zu sein! Als sie diese Erzählung beendet, hatte sich der arme schöne Jüngling schon lange entfärbt und war bleich wie ein weißes Tuch. Aber er ließ keinen Laut der Klage vernehmen und sprach nicht ein Sterbenswörtchen mehr von sich selbst und von seiner Liebe, sondern fragte bloß traurig, auf wie viel sich denn die eingegangenen Verpflichtungen des glücklich unglücklichen Bräutigams beliefen? Auf zehntausend Goldgülden!, antwortete sie noch viel trauriger. Der junge traurige Kaufherr stand auf, ermahnte das Fräulein, guten Mutes zu sein, da sich gewiss ein Ausweg zeigen werde, und entfernte sich von ihr, ohne dass er sie anzusehen wagte; so sehr fühlte er sich betroffen und beschämt, dass er sein Auge auf eine Dame geworfen, die so treu und leidenschaftlich einen andern liebte. Denn der Arme glaubte jedes Wort von ihrer Erzählung wie ein Evangelium. Dann begab er sich ohne Säumnis zu seinen Handelsfreunden und brachte sie durch Bitten und Einbüßung einer gewissen Summe dahin, seine Bestellungen und Einkäufe wieder rückgängig zu machen, welche er selbst in diesen Tagen auch grad mit seinen zehntausend Goldgülden bezahlen sollte und worauf er seine ganze Laufbahn baute, und ehe sechs Stunden verflossen waren, erschien er wieder bei dem Fräulein mit seinem ganzen Besitztum und bat sie um Gottes willen, diese Aushilfe von ihm annehmen zu wollen. Ihre Augen funkelten vor freudiger Überraschung, und ihre Brust pochte wie ein Hammerwerk; sie fragte ihn, wo er denn dies Kapital hergenommen, und er erwiderte, er habe es auf seinen guten Namen geliehen und würde es, da seine Geschäfte sich glücklich wendeten, ohne Unbequemlichkeit zurückerstatten können. Sie sah ihm deutlich an, dass er log und dass es sein einziges Vermögen und ganze Hoffnung war, welche er ihrem Glücke opferte; doch stellte sie sich, als glaubte sie seinen Worten. Sie ließ ihren freudigen Empfindungen freien Lauf und tat grausamerweise, als ob diese dem Glücke gälten, nun doch ihren Erwählten retten und heiraten zu dürfen, und sie konnte nicht Worte finden, ihre Dankbarkeit auszudrücken. Doch plötzlich besann sie sich und erklärte, nur unter *einer* Bedingung die großmütige

Tat annehmen zu können, da sonst alles Zureden unnütz wäre. Befragt, worin diese Bedingung bestehe, verlangte sie das heilige Versprechen, dass er an einem bestimmten Tage sich bei ihr einfinden wolle, um ihrer Hochzeit beizuwohnen und der beste Freund und Gönner ihres zukünftigen Ehegemahls zu werden sowie der treuste Freund, Schützer und Berater ihrer selbst. Errötend bat er sie, von diesem Begehren abzustehen; aber umsonst wandte er alle Gründe an, um sie davon abzubringen, umsonst stellte er ihr vor, dass seine Angelegenheiten jetzt nicht erlaubten, nach der Schweiz zurückzureisen, und dass er von einem solchen Abstecher einen erheblichen Schaden erleiden würde. Sie beharrte entschieden auf ihrem Verlangen und schob ihm sogar sein Gold wieder zu, da er sich nicht dazu verstehen wollte. Endlich versprach er es, aber er musste ihr die Hand darauf geben und es ihr bei seiner Ehre und Seligkeit beschwören. Sie bezeichnete ihm genau den Tag und die Stunde, wann er eintreffen solle, und alles dies musste er bei seinem Christenglauben und bei seiner Seligkeit beschwören. Erst dann nahm sie sein Opfer an und ließ den Schatz vergnügt in ihre Schlafkammer tragen, wo sie ihn eigenhändig in ihrer Reisetruhe verschloss und den Schlüssel in den Busen steckte. Nun hielt sie sich nicht länger in Mailand auf, sondern reiste ebenso fröhlich über den Sankt Gotthard zurück, als schwermütig sie hergekommen war. Auf der Teufelsbrücke, wo sie hatte hinabspringen wollen, lachte sie wie eine Unkluge und warf mit hellem Jauchzen ihrer wohlklingenden Stimme einen Granatblütenstrauß in die Reuß, welchen sie vor der Brust trug, kurz, ihre Lust war nicht zu bändigen, und es war die fröhlichste Reise, die je getan wurde. Heimgekehrt, öffnete und lüftete sie ihr Haus von oben bis unten und schmückte es, als ob sie einen Prinzen erwartete. Aber zu Häupten ihres Bettes legte sie den Sack mit den zehntausend Goldgülden und legte des Nachts den Kopf so glückselig auf den harten Klumpen und schlief darauf, wie wenn es das weichste Flaumkissen gewesen wäre. Kaum konnte sie den verabredeten Tag erwarten, wo sie ihn sicher kommen sah, da sie wusste, dass er nicht das einfachste Versprechen, geschweige denn einen Schwur brechen würde, und wenn es ihm um das Leben ginge. Aber der Tag brach an, und der Geliebte erschien nicht, und es vergingen viele Tage und Wochen, ohne dass er von sich hören ließ. Da fing sie an, an allen Gliedern zu zittern, und verfiel in die größte Angst und Bangigkeit; sie schickte Briefe über Briefe nach Mailand, aber niemand wusste ihr zu sagen, wo er geblieben sei. Endlich aber stellte es sich durch einen Zufall heraus, dass der junge Kaufherr aus einem blutroten Stück Seidendamast, welches er von seinem Handelsanfang her im Haus liegen und bereits bezahlt hatte, sich ein Kriegskleid hatte anfertigen lassen und unter die Schweizer gegangen war, welche damals eben im Solde des Königs Franz von Frankreich den Mailändischen Krieg mitstritten. Nach der Schlacht bei Pavia, in welcher so viele Schweizer das Leben verloren, wurde er auf einem Haufen erschlagener Spaniolen liegend gefunden, von vielen tödlichen Wunden zerrissen und sein rotes Seidengewand von unten bis oben zerschlitzt und zerfetzt. Eh er den Geist aufgab, sagte er einem neben ihm liegenden Seldwyler, der minder übel zugerichtet war, folgende Botschaft ins Gedächtnis und bat ihn, dieselbe auszurichten, wenn er mit dem Leben davonkäme: ›Liebstes Fräulein!

Obgleich ich Euch bei meiner Ehre, bei meinem Christenglauben und bei meiner Seligkeit geschworen habe, auf Eurer Hochzeit zu erscheinen, so ist es mir dennoch nicht möglich gewesen, Euch nochmals zu sehen und einen andern des höchsten Glückes teilhaftig zu erblicken, das es für mich geben könnte. Dieses habe ich erst in Eurer Abwesenheit verspürt und habe vorher nicht gewusst, welch eine strenge und unheimliche Sache es ist um solche Liebe, wie ich zu Euch habe, sonst würde ich mich zweifelsohne besser davor gehütet haben. Da es aber einmal so ist, so wollte ich lieber meiner weltlichen Ehre und meiner geistlichen Seligkeit verloren und in die ewige Verdammnis eingehen als ein Meineidiger denn noch einmal in Eurer Nähe erscheinen mit einem Feuer in der Brust, welches stärker und unauslöschlicher ist als das Höllenfeuer und mich dieses kaum wird verspüren lassen. Betet nicht etwa für mich, schönstes Fräulein, denn ich kann und werde nie selig werden ohne Euch, sei es hier oder dort, und somit lebt glücklich und seid gegrüßt!‹ So hatte in dieser Schlacht, nach welcher König Franziskus sagte: ›Alles verloren außer der Ehre!‹, der unglückliche Liebhaber alles verloren, die Hoffnung, die Ehre, das Leben und die ewige Seligkeit, nur die Liebe nicht, die ihn verzehrte. Der Seldwyler kam glücklich davon, und sobald er sich in etwas erholt und außer Gefahr sah, schrieb er die Worte des Umgekommenen getreu auf seine Schreibtafel, um sie nicht zu vergessen, reiste nach Hause, meldete sich bei dem unglücklichen Fräulein und las ihr die Botschaft so steif und kriegerisch vor, wie er zu tun gewohnt war, wenn er sonst die Mannschaft seines Fähnleins verlas; denn es war ein Feldleutnant. Das Fräulein aber zerraufte sich die Haare, zerriss ihre Kleider und begann so laut zu schreien und zu weinen, dass man es die Straße auf und nieder hörte und die Leute zusammenliefen. Sie schleppte wie wahnsinnig die zehntausend Goldgülden herbei, zerstreute sie auf dem Boden, warf sich der Länge nach darauf hin und küsste die glänzenden Goldstücke. Ganz von Sinnen, suchte sie den umherrollenden Schatz zusammenzuraffen und zu umarmen, als ob der verlorene Geliebte darin zugegen wäre. Sie lag Tag und Nacht auf dem Golde und wollte weder Speise noch Trank zu sich nehmen; unaufhörlich liebkoste und küßte sie das kalte Metall, bis sie mitten in einer Nacht plötzlich aufstand, den Schatz emsig hin- und hereilend nach dem Garten trug und dort unter bitteren Tränen in den tiefen Brunnen warf und einen Fluch darüber aussprach, dass er niemals jemand anderm angehören solle.«

Als Spiegel so weit erzählt hatte, sagte Pineiß: »Und liegt das schöne Geld noch in dem Brunnen?« – »Ja, wo sollte es sonst liegen?«, antwortete Spiegel. »Denn nur ich kann es herausbringen und habe es bis zur Stunde noch nicht getan!« – »Ei ja so, richtig«, sagte Pineiß, »ich habe es ganz vergessen über deiner Geschichte! Du kannst nicht übel erzählen, du Sapperlöter! Und es ist mir ganz gelüstig geworden nach einem Weibchen, die so für mich eingenommen wäre; aber sehr schön müsste sie sein! Doch erzähle jetzt schnell noch, wie die Sache eigentlich zusammenhängt!« – »Es dauerte manche Jahre«, sagte Spiegel, »bis das Fräulein aus bittern Seelenleiden so weit zu sich kam, dass sie anfangen konnte, die stille alte Jungfer zu werden, als welche ich sie kennenlernte. Ich darf mich berühmen, dass ich ihr einziger Trost und ihr vertrautester Freund geworden bin in ihrem einsamen Leben bis an ihr stilles Ende. Als sie aber dieses herannahen sah, vergegenwärtigte sie sich noch einmal die Zeit ihrer fernen Jugend und Schönheit und erlitt noch einmal mit milderen ergebenen Gedanken erst die süßen Erregungen und dann die bittern Leiden jener Zeit, und sie weinte still sieben Tage und Nächte hindurch über die Liebe des Jünglings, deren Genuß sie durch ihr Misstrauen verloren hatte, so daß ihre alten Augen noch kurz vor dem Tode erblindeten. Dann bereute sie den Fluch, welchen sie über jenen Schatz ausgesprochen, und sagte zu mir, indem sie mich mit dieser wichtigen Sache beauftragte: ›Ich bestimme nun anders, lieber Spiegel!, und gebe dir die Vollmacht, dass du meine Verordnung vollziehest. Sieh dich um und suche, bis du eine bildschöne, aber unbemittelte Frauensperson findest, welcher es ihrer Armut wegen an Freiern gebricht! Wenn sich dann ein verständiger, rechtlicher und hübscher Mann finden sollte, der sein gutes Auskommen hat und die Jungfrau ungeachtet ihrer Armut, nur allein von ihrer Schönheit bewegt, zur Frau begehrt, so soll dieser Mann mit den stärksten Eiden sich verpflichten, derselben so treu, aufopfernd und unabänderlich ergeben zu sein, wie es mein unglücklicher Liebster gewesen ist, und dieser Frau sein Leben lang in allen Dingen zu willfahren. Dann gib der Braut die zehntausend Goldgülden, welche im Brunnen liegen, zur Mitgift, dass sie ihren Bräutigam am Hochzeitsmorgen damit überrasche!‹ So sprach die Selige, und ich habe meiner widrigen Geschicke wegen versäumt, dieser Sache nachzugehen, und muss nun befürchten, dass die Arme deswegen im Grabe noch beunruhigt sei, was für mich eben auch nicht die angenehmsten Folgen haben kann!«

Pineiß sah den Spiegel misstrauisch an und sagte: »Wärst du wohl imstande, Bürschchen!, mir den Schatz ein wenig nachzuweisen und augenscheinlich zu machen?«

»Zu jeder Stunde!«, versetzte Spiegel, »aber Ihr müsst wissen, Herr Stadthexenmeister, dass Ihr das Gold nicht etwa so ohne weiteres herausfischen dürftet! Man würde Euch unfehlbar das Genick umdrehen; denn es ist nicht ganz geheuer in dem Brunnen, ich habe darüber bestimmte Inzichten, welche ich aus Rücksichten nicht näher berühren darf!«

»Hei, wer spricht denn von Herausholen?«, sagte Pineiß etwas furchtsam, »führe mich einmal hin und zeige mir den Schatz! Oder vielmehr will ich dich führen an einem guten Schnürlein, damit du mir nicht entwischest!«

»Wie Ihr wollt!«, sagte Spiegel, »aber nehmt auch eine andere lange Schnur mit und eine Blendlaterne, welche Ihr daran in den Brunnen hinablassen könnt; denn der ist sehr tief und dunkel!«

Pineiß befolgte diesen Rat und führte das muntere Kätzchen nach dem Garten jener Verstorbenen. Sie überstiegen miteinander die Mauer, und Spiegel zeigte dem Hexer den Weg zu dem alten Brunnen, welcher unter verwildertem Gebüsche verborgen war. Dort ließ Pineiß sein Laternchen hinunter, begierig nachblickend, während er den angebundenen Spiegel nicht von der Hand ließ. Aber richtig sah er in der Tiefe das Gold funkeln unter dem grünlichen Wasser und rief. »Wahrhaftig, ich seh's, es ist wahr! Spiegel, du bist ein Tausendskerl!« Dann guckte er wieder eifrig hinunter und sagte: »Mögen es auch zehntausend sein?« – »Ja, das ist nun nicht zu schwören!«, sagte Spiegel, »ich bin nie da unten gewesen und hab's nicht gezählt! Ist auch möglich, dass die Dame dazumal einige Stücke auf dem Wege verloren hat, als sie den Schatz hierhertrug, da sie in einem sehr aufgeregten Zustande war.« – »Nun, seien es auch ein Dutzend oder mehr weniger!«, sagte Herr Pineiß, »es soll mir darauf nicht ankommen!« Er setzte sich auf den Rand des Brunnens, Spiegel setzte sich auch nieder und leckte sich das Pfötchen. »Da wäre nun der Schatz!«, sagte Pineiß, indem er sich hinter den Ohren kratzte, »und hier wäre auch der Mann dazu; fehlt nur noch das bildschöne Weib!« – »Wie?«, sagte Spiegel. – »Ich meine, es fehlt nur noch diejenige, welche die zehntausend als Mitgift bekommen soll, um mich damit zu überraschen am Hochzeitmorgen, und welche alle jene angenehmen Tugenden hat, von denen du gesprochen!« – »Hm!«, versetzte Spiegel, »die Sache verhält sich nicht ganz so, wie Ihr sagt! Der Schatz ist da, wie Ihr richtig einseht; das schöne Weib habe ich, um es aufrichtig zu gestehen, allbereits auch schon ausgespart; aber mit dem Mann, der sie unter diesen schwierigen Umständen heiraten möchte, da hapert es eben; denn heutzutage muss die Schönheit obenein vergoldet sein wie die Weihnachtsnüsse, und je hohler die Köpfe werden, desto mehr sind sie bestrebt, die Leere mit einigem Weibergut nachzufüllen, damit sie die Zeit besser zu verbringen vermögen; da wird dann mit wichtigem Gesicht ein Pferd besehen und ein Stück Sammet gekauft, mit Laufen und Rennen eine gute Armbrust bestellt, und der Büchsenschmied kommt nicht aus dem Hause; da heißt es: Ich muss meinen Wein einheimsen und meine Fässer putzen, meine Bäume putzen lassen und mein Dach decken; ich muss meine Frau ins Bad schicken, sie kränkelt und kostet mich viel Geld, und muss mein Holz fahren lassen und mein Ausstehendes eintreiben; ich habe ein Paar Windspiele gekauft und meine Bracken vertauscht, ich habe einen schönen eichenen Ausziehtisch eingehandelt und meine große Nussbaumlade drangegeben; ich habe meine Bohnenstangen geschnitten, meinen Gärtner fortgejagt, mein Heu verkauft und meinen Salat gesäet, immer mein und mein vom Morgen bis zu Abend. Manche sagen sogar: Ich habe meine Wäsche die nächste Woche, ich muss meine Betten sonnen, ich muss eine Magd dingen und einen neuen Metzger haben, denn den alten will ich abschaffen; ich habe ein allerliebstes Waffeleisen erstanden, durch Zufall, und habe mein silbernes Zimmetbüchschen verkauft, es war mir so nichts nütze. Alles das sind wohlverstanden die Sachen der Frau, und so verbringt ein solcher Kerl die Zeit und stiehlt unserm Herrgott den Tag ab, indem er alle diese Verrichtungen aufzählt, ohne einen Streich zu tun. Wenn es hoch kommt und ein solcher Patron sich etwa ducken muss, so wird er vielleicht sagen: unsere Kühe und unsere Schweine, aber –« Pineiß riss den Spiegel an der Schnur, dass er miau! schrie, und rief: »Genug, du Plappermaul! Sag jetzt unverzüglich: wo ist sie, von der du weißt?« Denn die Aufzählung aller dieser Herrlichkeiten und Verrichtungen, die mit einem Weibergute verbunden sind, hatte dem dürren Hexenmeister den Mund nur noch wässeriger gemacht. Spiegel sagte erstaunt: »Wollt Ihr denn wirklich das Ding unternehmen, Herr Pineiß?«

»Versteht sich, will ich! Wer sonst als ich? Drum heraus damit: wo ist diejenige?«

»Damit Ihr hingehen und sie freien könnt?«

»Ohne Zweifel!«

»So wisset, die Sache geht nur durch meine Hand! Mit mir müsst Ihr sprechen, wenn Ihr Geld und Frau wollt!«, sagte Spiegel kaltblütig und gleichgültig und fuhr sich mit den beiden Pfoten eifrig über die Ohren, nachdem er sie jedesmal ein bisschen nass gemacht. Pineiß besann sich sorgfältig, stöhnte ein bisschen und sagte: »Ich merke, du willst unsern Kontrakt aufheben und deinen Kopf salvieren!«

»Schiene Euch das so uneben und unnatürlich?«

»Du betrügst und belügst mich am Ende wie ein Schelm!«

»Dies ist auch möglich!«, sagte Spiegel.

»Ich sage dir: Betrüge mich nicht!«, rief Pineiß gebieterisch.

»Gut, so betrüge ich Euch nicht!«, sagte Spiegel.

»Wenn du's tust!«

»So tu ich's.«

»Quäle mich nicht, Spiegelchen!«, sprach Pineiß beinahe weinerlich, und Spiegel erwiderte jetzt ernsthaft: »Ihr seid ein wunderbarer Mensch, Herr Pineiß! Da haltet Ihr mich an einer Schnur gefangen und zerrt daran, dass mir der Atem vergeht! Ihr lasset das Schwert des Todes über mir schweben seit länger als zwei Stunden – was sag ich! Seit einem halben Jahre! – und nun sprecht Ihr: Quäle mich nicht, Spiegelchen! Wenn Ihr erlaubt, so sage ich Euch in Kürze: Es kann mir nur lieb sein, jene Liebespflicht gegen die Tote doch noch zu erfüllen und für das bewusste Frauenzimmer einen tauglichen Mann zu finden, und Ihr scheint mir allerdings in aller Hinsicht zu genügen; es ist keine Leichtigkeit, ein Weibstück wohl unterzubringen, sosehr dies auch scheint, und ich sage noch einmal: Ich bin froh, dass Ihr Euch hiezu bereit finden lasset! Aber umsonst ist der Tod! Eh ich ein Wort weiter spreche, einen Schritt tue, ja eh ich nur den Mund noch einmal aufmache, will ich erst meine Freiheit wiederhaben und mein Leben versichert! Daher nehmt diese Schnur weg und legt den Kontrakt hier auf den Brunnen, hier auf diesen Stein, oder schneidet mir den Kopf ab, eins von beiden!«

»Ei du Tollhäusler und Obenhinaus!«, sagte Pineiß. »Du Hitzkopf, so streng wird es nicht gemeint sein? Das will ordentlich besprochen sein und muss jedenfalls ein neuer Vertrag geschlossen werden!« Spiegel gab keine Antwort mehr und saß unbeweglich da, ein, zwei und drei Minuten. Da ward dem Meister bänglich, er zog seine Brieftasche hervor, klaubte seufzend den Schein heraus, las ihn noch einmal durch und legte ihn dann zögernd vor Spiegel hin. Kaum lag das Papier dort, so schnappte es Spiegel auf und verschlang es; und obgleich er heftig daran zu würgen hatte, so dünkte es ihn doch die beste und gedeihlichste Speise zu sein, die er je genossen, und er hoffte, dass sie ihm noch auf lange wohl bekommen und ihn rundlich und munter machen würde. Als er mit der angenehmen Mahlzeit fertig war, begrüßte er den Hexenmeister höflich und sagte: »Ihr werdet unfehlbar von mir hören, Herr Pineiß, und Weib und Geld sollen Euch nicht entgehen. Dagegen macht Euch bereit, recht verliebt zu sein, damit Ihr jene Bedingungen einer unverbrüchlichen Hingebung an die Liebkosungen Eurer Frau, die schon so gut wie Euer ist, ja beschwören und erfüllen könnt! Und hiemit bedanke ich mich des Vorläufigen für genossene Pflege und Beköstigung und beurlaube mich!«

Somit ging Spiegel seines Weges und freute sich über die Dummheit des Hexenmeisters, welcher glaubte, sich selbst und alle Welt betrügen zu können, indem er ja die gehoffte Braut nicht uneigennützig, aus bloßer Liebe zur Schönheit, ehelichen wollte, sondern den Umstand mit den zehntausend Goldgülden vorher wusste. Indessen hatte er schon eine Person im Auge, welche er dem törichten Hexenmeister aufzuhalsen gedachte für seine gebratenen Krammetsvögel, Mäuse und Würstchen.

Dem Hause des Herrn Pineiß gegenüber war ein anderes Haus, dessen vordere Seite auf das sauberste geweißt war und dessen Fenster immer frisch gewaschen glänzten. Die bescheidenen Fenstervorhänge waren immer schneeweiß und wie soeben geplättet, und ebenso weiß war der Habit und das Kopf- und Halstuch einer alten Begine, welche in dem Hause wohnte, also dass ihr nonnenartiger Kopfputz, der ihre Brust bekleidete, immer wie aus Schreibpapier gefaltet aussah, so dass man gleich darauf hätte schreiben mögen; das hätte man wenigstens auf der Brust bequem tun können, da sie so eben und so hart war wie ein Brett. So scharf die weißen Kanten und Ecken ihrer Kleidung, so scharf war auch die lange Nase und das Kinn der Begine, ihre Zunge und der böse Blick ihrer Augen; doch sprach sie nur wenig mit der Zunge und blickte wenig mit den Augen, da sie die Verschwendung nicht liebte und alles nur zur rechten Zeit und mit Bedacht verwendete. Alle Tage ging sie dreimal in die Kirche, und wenn sie in ihrem frischen, weißen und knitternden Zeuge und mit ihrer weißen spitzigen Nase über die Straße ging, liefen die Kinder furchtsam davon und selbst erwachsene Leute traten gern hinter die Haustüre, wenn es noch Zeit war. Sie stand aber wegen ihrer strengen Frömmigkeit und Eingezogenheit in großem Rufe und besonders bei der Geistlichkeit in hohem Ansehen, aber selbst die Pfaffen verkehrten lieber schriftlich mit ihr als mündlich, und wenn sie beichtete, so schoss der Pfarrer jedes Mal so schweißtriefend aus dem Beichtstuhl heraus, als ob er aus einem Backofen käme. So lebte die fromme Begine, die keinen Spaß verstand, in tiefem Frieden und blieb ungeschoren. Sie machte sich auch mit niemand zu schaffen und ließ die Leute gehen, vorausgesetzt, dass sie ihr aus dem Wege gingen; nur auf ihren Nachbarn Pineiß schien sie einen besondern Hass geworfen zu haben; denn sooft er sich an seinem Fenster blicken ließ, warf sie ihm einen bösen Blick hinüber und zog augenblicklich ihre weißen Vorhänge vor, und Pineiß fürchtete sie wie das Feuer und wagte nur zuhinterst in seinem Hause, wenn alles gut verschlossen war, etwa einen Witz über sie zu machen. So weiß und hell aber das Haus der Begine nach der Straße zu aussah, so schwarz und räucherig, unheimlich und seltsam sah es von hinten aus, wo es jedoch fast gar nicht gesehen werden konnte als von den Vögeln des Himmels und den Katzen auf den Dächern, weil es in eine dunkle Winkelei von himmelhohen Brandmauern ohne Fenster hineingebaut war, wo nirgends ein menschliches Gesicht sich sehen ließ. Unter dem Dache dort hingen alte zerrissene Unterröcke, Körbe und Kräutersäcke, auf dem Dache wuchsen ordentliche Eibenbäumchen und Dornsträucher, und ein großer rußiger Schornstein ragte unheimlich in die Luft. Aus diesem Schornstein aber fuhr in der dunklen Nacht nicht selten eine Hexe auf ihrem Besen in die Höhe, jung und schön und splitternackt, wie Gott die

Weiber geschaffen und der Teufel sie gern sieht. Wenn sie aus dem Schornstein fuhr, so schnupperte sie mit dem feinsten Näschen und mit lächelnden Kirschenlippen in der frischen Nachtluft und fuhr in dem weißen Scheine ihres Leibes dahin, indes ihr langes rabenschwarzes Haar wie eine Nachtfahne hinter ihr herflatterte. In einem Loch am Schornstein saß ein alter Eulenvogel, und zu diesem begab sich jetzt der befreite Spiegel, eine fette Maus im Maule, die er unterwegs gefangen.

»Wünsch' guten Abend, liebe Frau Eule! Eifrig auf der Wacht?«, sagte er, und die Eule erwiderte: »Muss wohl! Wünsch' gleichfalls guten Abend! Ihr habt Euch lange nicht sehen lassen, Herr Spiegel!«

»Hat seine Gründe gehabt, werde Euch das erzählen. Hier habe ich Euch ein Mäuschen gebracht, schlecht und recht, wie es die Jahrszeit gibt, wenn Ihr's nicht verschmähen wollt! Ist die Meisterin ausgeritten?«

»Noch nicht, sie will erst gegen Morgen auf ein Stündchen hinaus. Habt Dank für die schöne Maus! Seid doch immer der höfliche Spiegel! Habe hier einen schlechten Sperling zur Seite gelegt, der mir heut zu nahe flog; wenn Euch beliebt, so kostet den Vogel! Und wie ist es Euch denn ergangen?«

»Fast wunderlich«, erwiderte Spiegel, »sie wollten mir an den Kragen. Hört, wenn es Euch gefällig ist.« Während sie nun vergnüglich ihr Abendessen einnahmen, erzählte Spiegel der aufmerksamen Eule alles, was ihn betroffen und wie er sich aus den Händen des Herrn Pineiß befreit habe. Die Eule sagte: »Da wünsch ich tausendmal Glück, nun seid Ihr wieder ein gemachter Mann und könnt gehen, wo Ihr wollt, nachdem Ihr mancherlei erfahren!«

»Damit sind wir noch nicht zu Ende«, sagte Spiegel, »der Mann muss seine Frau und seine Goldgülden haben!«

»Seid Ihr von Sinnen, dem Schelm noch wohlzutun, der Euch das Fell abziehen wollte?«

»Ei, er hat es doch rechtlich und vertragsmäßig tun können, und da ich ihn in gleicher Münze weiter bedienen kann, warum sollt ich es unterlassen? Wer sagt denn, dass ich ihm wohltun will? Jene Erzählung war eine reine Erfindung von mir, meine in Gott ruhende Meisterin war eine simple Person, welche in ihrem Leben nie verliebt noch von Anbetern umringt war, und jener Schatz ist ein ungerechtes Gut, das sie einst ererbt und in den Brunnen geworfen hat, damit sie kein Unglück daran erlebe. ›Verflucht sei, wer es da herausnimmt und verbraucht‹, sagte sie. Es macht sich also in betreff des Wohltuns!«

»Dann ist die Sache freilich anders! Aber nun, wo wollt Ihr die entsprechende Frau hernehmen?«

»Hier aus diesem Schornstein! Deshalb bin ich gekommen, um ein vernünftiges Wort mit Euch zu reden! Möchtet Ihr denn nicht einmal wieder frei werden aus den Banden dieser Hexe? Sinnt nach, wie wir sie fangen und mit dem alten Bösewicht verheiraten!«

»Spiegel, Ihr braucht Euch nur zu nähern, so weckt Ihr mir ersprießliche Gedanken.«

»Das wusst ich wohl, dass Ihr klug seid! Ich habe das Meinige getan, und es ist besser, dass Ihr auch Euren Senf dazugebt und neue Kräfte vorspannt, so kann es gewiss nicht fehlen!«

»Da alle Dinge so schön zusammentreffen, so brauche ich nicht lang zu sinnen, mein Plan ist längst gemacht!«

»Wie fangen wir sie?«

»Mit einem neuen Schnepfengarn aus guten starken Hanfschnüren; geflochten muss es sein von einem zwanzigjährigen Jägerssohn, der noch kein Weib angesehen hat, und es muss schon dreimal der Nachttau darauf gefallen sein, ohne dass sich eine Schnepfe gefangen; der Grund aber hievon muss dreimal eine gute Handlung sein. Ein solches Netz ist stark genug, die Hexe zu fangen.«

»Nun bin ich neugierig, wo Ihr ein solches hernehmt«, sagte Spiegel, »denn ich weiß, dass Ihr keine vergeblichen Worte schwatzt!«

»Es ist auch schon gefunden, wie für uns gemacht; in einem Walde nicht weit von hier sitzt ein zwanzigjähriger Jägerssohn, welcher noch kein Weib angesehen hat; denn er ist blind geboren. Deswegen ist er auch zu nichts zu gebrauchen als zum Garnflechten und hat vor einigen Tagen ein neues, sehr schönes Schnepfengarn zustande gebracht. Aber als der alte Jäger es zum ersten Male ausspannen wollte, kam ein Weib daher, welches ihn zur Sünde verlocken wollte; es war aber so hässlich, dass der alte Mann voll Schreckens davonlief und das Garn am Boden liegen ließ. Darum ist ein Tau darauf gefallen, ohne dass sich eine Schnepfe fing, und war also eine gute Handlung daran schuld. Als er des andern Tages hinging, um das Garn abermals auszuspannen, kam eben ein Reiter daher, welcher einen schweren Mantelsack hinter sich hatte; in diesem war ein Loch, aus welchem von Zeit zu Zeit ein Goldstück auf die Erde fiel. Da ließ der Jäger das Garn abermals liegen und lief eifrig hinter dem Reiter her und sammelte die Goldstücke in seinen Hut, bis der Reiter sich umkehrte, es sah und voll Grimm seine Lanze auf ihn richtete. Da bückte der Jäger sich erschrocken, reichte ihm den Hut dar und sagte: ›Erlaubt, gnädiger Herr, Ihr habt hier viel Gold verloren, das ich Euch sorgfältig aufgelesen!‹ Dies war wiederum eine gute Handlung, indem das ehrliche Finden eine der schwierigsten und besten ist; er war aber so weit von dem Schnepfengarn entfernt, dass er es die zweite Nacht im Walde liegen ließ und den nähern Weg nach Hause ging. Am dritten Tag endlich, nämlich gestern, als er eben wieder auf dem Wege war, traf er eine hübsche Gevattersfrau an, die dem Alten um den Bart zu gehen pflegte und der er schon manches Häslein geschenkt hat. Darüber vergaß er die Schnepfen gänzlich und sagte am Morgen: ›Ich habe den armen Schnepflein das Leben geschenkt; auch gegen Tiere muss man barmherzig sein!‹ Und um dieser drei guten Handlungen willen fand er, dass er jetzt zu gut sei für diese Welt, und ist heute vormittag beizeiten in ein Kloster gegangen. So liegt das Garn noch ungebraucht im Walde, und ich darf es nur holen.« – »Holt es geschwind!«, sagte Spiegel. »Es wird gut sein zu unserm Zweck!« – »Ich will es holen«, sagte die Eule, »steht nur so lang Wache für mich in diesem Loch, und wenn etwa die Meisterin den Schornstein hinaufrufen sollte, ob die Luft rein sei? so antwortet, indem Ihr meine Stimme nachahmt: Nein, es stinkt noch nicht in der Fechtschul'!« Spiegel stellte sich in die Nische, und die Eule flog still über die Stadt weg nach dem Wald. Bald kam sie mit dem Schnepfengarn zurück und fragte: »Hat sie schon gerufen?« – »Noch nicht!«, sagte Spiegel.

Da spannten sie das Garn aus über den Schornstein und setzten sich daneben still und klug; die Luft war dunkel, und es ging ein leichtes Morgenwindchen, in welchem ein paar Sternbilder flackerten. »Ihr sollt sehen«, flüsterte die Eule, »wie geschickt die durch den Schornstein heraufzusäuseln versteht, ohne sich die blanken Schultern schwarz zu machen!« – »Ich hab sie noch nie so nah gesehen«, erwiderte Spiegel leise, »wenn sie uns nur nicht zu fassen kriegt!«

Da rief die Hexe von unten: »Ist die Luft rein?« Die Eule rief: »Ganz rein, es stinkt herrlich in der Fechtschul'!« Und alsobald kam die Hexe heraufgefahren und wurde in dem Garne gefangen, welches die Katze und die Eule eiligst zusammenzogen und verbanden. »Halt fest!« sagte Spiegel und »Binde gut!« die Eule. Die Hexe zappelte und tobte mäuschenstill wie ein Fisch im Netz; aber es half ihr nichts, und das Garn bewährte sich auf das beste. Nur der Stiel ihres Besens ragte durch die Maschen. Spiegel wollte ihn sachte herausziehen, erhielt aber einen solchen Nasenstüber, dass er beinahe in Ohnmacht fiel und einsah, wie man auch einer Löwin im Netz nicht zu nahe kommen dürfe. Endlich hielt sich die Hexe still und sagte: »Was wollt ihr denn von mir, ihr wunderlichen Tiere?«

»Ihr sollt mich aus Eurem Dienste entlassen und meine Freiheit zurückgeben!«, sagte die Eule. »So viel Geschrei und wenig Wolle!«, sagte die Hexe. »Du bist frei, mach dies Garn auf!« – »Noch nicht!«, sagte Spiegel, der immer noch seine Nase rieb. »Ihr müsst Euch verpflichten, den Stadthexenmeister Pineiß, Euren Nachbar, zu heiraten auf die Weise, wie wir Euch sagen werden, und ihn nicht mehr zu verlassen!« Da fing die Hexe wieder an zu zappeln und zu prusten wie der Teufel, und die Eule sagte: »Sie will nicht dran!« Spiegel aber sagte: »Wenn Ihr nicht ruhig seid und alles tut, was wir wünschen, so hängen wir das Garn samt seinem Inhalte da vorn an den Drachenknopf der Dachtraufe, nach der Straße zu, dass man Euch morgen sieht und die Hexe erkennt! Sagt also: Wollt Ihr lieber unter dem Vorsitze des Herrn Pineiß gebraten werden oder ihn braten, indem Ihr ihn heiratet?«

Da sagte die Hexe mit einem Seufzer: »So sprecht, wie meint Ihr die Sache?« Und Spiegel setzte ihr alles zierlich auseinander, wie es gemeint sei und was sie zu tun hätte. »Das ist allenfalls noch auszuhalten, wenn es nicht anders sein kann!«, sagte sie und ergab sich unter den stärksten Formeln, die eine Hexe binden können. Da taten die Tiere das Gefängnis auf und ließen sie heraus. Sie bestieg sogleich den Besen, die Eule setzte sich hinter sie auf den Stiel und Spiegel zuhinterst auf das Reisigbündel und hielt sich da fest, und so ritten sie nach dem Brunnen, in welchen die Hexe hinabfuhr, um den Schatz heraufzuholen.

Am Morgen erschien Spiegel bei Herrn Pineiß und meldete ihm, dass er die bewusste Person ansehen und freien könne; sie sei aber allbereits so arm geworden, dass sie, gänzlich verlassen und verstoßen, vor dem Tore unter einem Baume sitze und bitterlich weine. Sogleich kleidete sich Herr Pineiß in sein abgeschabtes gelbes Samtwämschen, das er nur bei feierlichen Gelegenheiten trug, setzte die bessere Pudelmütze auf und umgürtete sich mit seinem Degen; in die Hand nahm er einen alten grünen Handschuh, ein Balsamfläschchen, worin einst Balsam gewesen und das noch ein bisschen roch, und eine papierne Nelke, worauf er mit Spiegel vor das Tor ging, um zu freien. Dort traf er ein weinendes Frauenzimmer sitzen unter einem Weidenbaum, von so großer Schönheit, wie er noch nie gesehen; aber ihr Gewand war so dürftig und zerrissen, dass, sie mochte sich auch schamhaft gebärden, wie sie wollte, immer da oder dort der schneeweiße Leib ein bisschen durchschimmerte. Pineiß riss die Augen auf und konnte vor heftigem Entzücken kaum seine Bewerbung vorbringen. Da trocknete die Schöne ihre Tränen, gab ihm mit süßem Lächeln die Hand, dankte ihm mit einer himmlischen Glockenstimme für seine Großmut und schwur, ihm ewig treu zu sein. Aber im selben Augenblicke erfüllte ihn eine solche Eifersucht und Neideswut auf seine Braut, dass er beschloss, sie vor keinem menschlichen Auge jemals sehen zu lassen. Er ließ sich bei einem uralten Einsiedler mit ihr trauen und feierte das Hochzeitsmahl in seinem Hause, ohne andere Gäste als Spiegel und die Eule, welche ersterer mitzubringen sich die Erlaubnis erbeten hatte. Die zehntausend Goldgülden standen in einer Schüssel auf dem Tisch, und Pineiß griff zuweilen hinein und wühlte in dem Golde; dann sah er wieder die schöne Frau an, welche in einem meerblauen Sammetkleide dasaß, das Haar mit einem goldenen Netze umflochten und mit Blumen geschmückt und den weißen Hals mit Perlen umgeben. Er wollte sie fortwährend küssen, aber sie wusste verschämt und züchtig ihn abzuhalten, mit einem verführerischen Lächeln, und schwur, dass sie dieses vor Zeugen und vor Anbruch der Nacht nicht tun würde. Dies machte ihn nur noch verliebter und glückseliger, und Spiegel würzte das Mahl mit lieblichen Gesprächen, welche die schöne Frau mit den angenehmsten, witzigsten und einschmeichelndsten Worten fortführte, so dass der Hexenmeister nicht wusste, wie ihm geschah vor Zufriedenheit. Als es aber dunkel geworden, beurlaubten sich die Eule und die Katze und entfernten sich bescheiden; Herr Pineiß begleitete sie bis unter die Haustüre mit einem Lichte und dankte dem Spiegel nochmals, indem er ihn einen trefflichen und höflichen Mann nannte, und als er in die Stube zurückkehrte, saß die alte weiße Begine, seine Nachbarin, am Tisch und sah ihn mit einem bösen Blick an. Entsetzt ließ Pineiß den Leuchter fallen und lehnte sich zitternd an die Wand. Er hing die Zunge heraus und sein Gesicht war so fahl und spitzig geworden wie das der Begine. Diese aber stand auf, näherte sich ihm und trieb ihn vor sich her in die Hochzeitskammer, wo sie mit höllischen Künsten ihn auf eine Folter spannte, wie noch kein Sterblicher erlebt. So war er nun mit der Alten unauflöslich verehelicht, und in der Stadt hieß es, als es ruchbar wurde: »Ei seht, wie stille Wasser tief sind! Wer hätte gedacht, dass die fromme Begine und der Herr Stadthexenmeister sich noch verheiraten würden! Nun, es ist ein ehrbares und rechtliches Paar, wenn auch nicht sehr liebenswürdig!«

Herr Pineiß aber führte von nun an ein erbärmliches Leben; seine Gattin hatte sich sogleich in den Besitz aller seiner Geheimnisse gesetzt und beherrschte ihn vollständig. Es war ihm nicht die geringste Freiheit und Erholung gestattet, er musste hexen vom Morgen bis zum Abend, was das Zeug halten wollte, und wenn Spiegel vorüberging und es sah, sagte er freundlich: »Immer fleißig, fleißig, Herr Pineiß?«

Seit dieser Zeit sagt man zu Seldwyla: Er hat der Katze den Schmer abgekauft! Besonders wenn einer eine böse und widerwärtige Frau erhandelt hat.

Robert Walser

Das Kätzchen

Ich kam nur eben vom Berg herab in eine kleine, nette, altertümliche Vorstadt hinein. Ein Haus stand da, das war so zart, als blinzle es mit seinen Augen, will sagen, mit seinen Fenstern. Eine alte Frau stand an der Straße und streckte ihren Kopf in eines der Fenster, sie führte wohl ein gehäkeltes Gespräch mit einer Nachbarin. Aber die Hauptsache ist: Ich sah vor dem Haus eine Katze, nein, keine Katze, sondern ein junges Kätzchen, gelb und schneeweiß von Farbe. Durchs Fenster, welches geschlossen war, sah ich eine gute alte Frau an der Nähmaschine sitzen und fleißig nähen. Ganz entzückt von dem lieben kleinen Kätzchen blieb ich stehen, um das Tier sorgfältig zu betrachten, welches da ganz still saß, den Schwanz zwischen die Vorderpfoten geringelt. Die Frau sah, dass da ein fremder Mann so still stand, sie trat ans andere Fenster, das offen war, und schaute zu mir heraus mit freundlichen Augen. »Ach so«, sagte sie, »Sie schauen sich wohl die Katze an.« – »Ja«, sagte ich. Das Kätzchen schaute zu der Frau hinauf und ließ ein kleines, feines, süßes Miauen vernehmen, wobei es die Zähnchen zeigte. Ich grüßte die Frau und ging weiter. Noch aber bog ich mich einmal zurück und sah, wie das Kätzchen nach einem dürren Blatt haschte. Wie der Wind wirbelte das liebe muntere Tier herum. Wirklich wehte auch gerade der Seewind.

Ich kam durch die Stadt, die nur eine einzige, dafür aber breite Straße besitzt. Nun, und da kugelten zwei Jungen am Boden, zwei drollige Jungen, noch nicht einmal für die Schule reif. Was vermag ich noch beizufügen? Nicht sonderlich viel. Ein großes, altersgraues Schloss war da, und daneben floss ein Strom. Ich ging heim, und während ich so heimwärts ging, hatte ich immer noch in Gedanken mit dem gelben und weißen Kätzchen zu tun. Wie man doch nur achten mag auf so kleinliche Dinge.

Edgar Allan Poe

Die schwarze Katze

Dass man den so unheimlichen und doch so natürlichen Geschehnissen, die ich jetzt berichten will, Glauben schenkt, erwarte ich nicht, verlange es auch nicht. Ich müsste wirklich wahnsinnig sein, wenn ich da Glauben verlangen wollte, wo ich selbst das Zeugnis meiner eigenen Sinne verwerfen möchte. Doch wahnsinnig bin ich nicht – und sicherlich träume ich auch nicht. Morgen aber muss ich sterben, und darum will ich heute meine Seele entlasten. Aller Welt will ich kurz und sachlich eine Reihe von rein häuslichen Begebenheiten enthüllen, deren Wirkungen mich entsetzt – gemartert – vernichtet haben. Ich will jedoch nicht versuchen, sie zu deuten. Mir brachten sie die fürchterlichste Qual – anderen werden sie vielleicht nicht mehr scheinen als groteske Zufälligkeiten. Es ist wohl möglich, dass später einmal irgendein besonderer Geist sich findet, der meine anscheinend phantastischen Berichte als nüchterne Selbstverständlichkeiten zu erklären vermag – ein klarer und scharfer Geist, weniger exaltiert als ich, der in den Umständen, die ich mit bebender Scheu enthülle, nichts weiter sieht als die einfache Folge ganz natürlicher Ursachen und Wirkungen.

Seit meiner Kindheit galt ich als ein weichherziger und anschmiegsamer Mensch. Ja, meine hingebende Herzlichkeit trat so offen hervor, dass sie oft den Spott meiner Kameraden herausforderte. Da ich eine ganz besondere Zuneigung für die Tiere empfand, beglückten mich meine Eltern gern mit allerlei Lieblingen. Mit diesen verbrachte ich all meine freie Zeit, und nie war ich glücklicher, als wenn ich sie fütterte und liebkoste. Diese Liebhaberei wuchs mit mir heran, und noch im Mannesalter war sie mir eine Hauptquelle meiner Freuden. Wer jemals für einen treuen und klugen Hund wahre Zärtlichkeit hegte, den brauche ich nicht auf die innige Dankbarkeit, die das Tier uns dafür entgegenbringt, hinzuweisen. In der selbstlosen und opferfreudigen Liebe eines Tieres ist etwas, was jedem tief zu Herzen gehen muss, der je Gelegenheit hatte, die armselige ›Freundschaft‹ und geschwätzige Treue des ›erhabenen‹ Menschen zu erproben.

Ich heiratete früh und war herzlich froh, in meinem Weibe ein mir verwandtes Gemüt zu finden. Als sie meine Liebhaberei für allerlei zahmes Getier erkannt hatte, versäumte sie keine Gelegenheit, solche Hausgenossen der angenehmsten Art anzuschaffen. Wir besaßen Vögel, Goldfische, einen schönen Hund, Kaninchen, einen kleinen Affen und – eine Katze.

Diese letztere war ein auffallend großes und schönes Tier, ganz schwarz und erstaunlich klug. Wenn wir auf ihre Intelligenz zu sprechen kamen, gedachte meine Frau, die übrigens nicht im Geringsten abergläubisch war, manchmal des alten Volksglaubens, dass Hexen oft die Gestalt schwarzer Katzen anzunehmen pflegen. Nicht, dass sie damit jemals eine ernstliche Anspielung hätte machen wollen – ich erwähne es nur, weil ich gerade jetzt daran denken musste.

Die Katze war mein bevorzugter Freund und Spielkamerad. Ich selbst fütterte sie, und wo ich im Hause stand und ging, war sie bei mir. Nur schwer konnte ich sie davon zurückhalten, mir auch auf die Straße zu folgen.

So bestand und bewährte sich unsere Freundschaft mehrere Jahre lang. In dieser Zeit aber hatte mein Charakter infolge meiner teuflischen Trunksucht – ich erröte bei diesem Bekenntnis – eine völlige Wandlung zum Bösen durchgemacht. Ich wurde von Tag zu Tag mürrischer, reizbarer, rücksichtsloser gegen die Gefühle anderer. Ich erlaubte mir selbst meiner Frau gegenüber rohe Worte. Schließlich schlug ich sie sogar. Meine Tiere mussten unter meiner Verkommenheit selbstverständlich ganz besonders leiden. Ich vernachlässigte sie nicht nur, sondern misshandelte sie auch. Auf die Katze indessen nahm ich noch immer so viel Rücksicht, dass ich sie nicht ebenso schlecht behandelte wie die Kaninchen, den Affen und auch den Hund, die ich bei jeder Gelegenheit misshandelte, wenn sie mir zufällig oder aus alter Anhänglichkeit in den Weg liefen. Doch mein Leiden wuchs – denn welches Leiden ist lebenszäher als der Hang zum Alkohol! –, und endlich musste selbst die Katze, die jetzt alt und daher etwas grämlich wurde, die Ausbrüche meiner Übellaunigkeit fühlen.

Eines Nachts, als ich schwer betrunken aus einer meiner Schnapsspelunken nach Hause kam, schien es mir so, als ob die Katze mir ausweiche. Ich packte sie – und da, wahrscheinlich erschreckt durch meine Heftigkeit, riss sie mir mit den Zähnen eine leichte Schramme über die Hand. Im Augenblick geriet ich in wahnsinnige Wut. Ich war nicht mehr ich selbst. Mein wahres Wesen war plötzlich entflohen, und an seiner Stelle spannte eine viehische, trunkene Bosheit jeden Nerv in mir. Ich nahm aus der Westentasche ein

Federmesser, öffnete es, riss das arme Tier am Halse empor und bohrte bedachtsam eins seiner Augen aus der Augenhöhle heraus! – Die brennende Glut der Scham und kalte Schauer des Entsetzens überfallen mich jetzt, da ich jener höllischen Verruchtheit gedenke.

Am andern Morgen, nachdem ich meinen Rausch verschlafen hatte und mir die Vernunft zurückgekehrt war, empfand ich halb Grauen, halb Reue über das Verbrechen, dessen ich mich schuldig gemacht hatte; aber es war das nur ein schwaches, oberflächliches Gefühl, und meine Seele blieb unbewegt. Ich stürzte mich aufs neue in wüste Ausschweifungen, und bald war im Wein jede Erinnerung an meine Untat ersäuft.

Inzwischen erholte sich die Katze langsam. Die leere Augenhöhle bot allerdings einen schrecklichen Anblick, aber Schmerzen schien das Tier nicht mehr zu haben. Wie früher ging es im Hause umher, floh aber, wie nicht anders zu erwarten, in wahnsinniger Angst davon, sobald ich in seine Nähe kam. Es war mir noch immer so viel von meinem Gefühl geblieben, dass ich diese offenbare Abneigung eines Geschöpfes, das mich vordem so geliebt hatte, anfangs schmerzlich empfand. Doch dieses Empfinden wich bald einem anderen – der Erbitterung. Und dann kam, wie zu meiner endgültigen und unaufhaltsamen Vernichtung, noch der Geist des *Eigensinns* hinzu. Diesen Geist beachtet die Philosophie nicht, und dennoch bin ich wie von dem Leben meiner Seele davon überzeugt, dass Eigensinn eine der ursprünglichsten Regungen des menschlichen Wesens ist – eine der elementaren, primären Eigenschaften oder Empfindungen, die dem Charakter des Menschen seine Richtung geben. Wer hat nicht schon hundertmal eine gemeine oder dumme Handlung begangen, einzig und allein weil er wusste, dass er eigentlich *nicht* so handeln sollte! Haben wir nicht eine beständige Neigung, das *Gesetz* zu übertreten, nur weil wir eben wissen, dass es ›Gesetz‹ ist? Ich sage, dieser Geist des Eigensinns war es, der mich endgültig umwarf. Es war jene unergründliche Gier der Seele, sich selbst zu quälen und im Trotz gegen ihre erhabene Reinheit allein um des Bösen willen das Böse zu tun, die mich antrieb, meine Schuld an der wehrlosen Katze noch zu erweitern, so weit nur eben möglich. So legte ich ihr eines Morgens eine Schlinge um den Hals und knüpfte sie an einem Baumast auf; ich erhängte sie unter strömenden Tränen und bittersten Gewissensqualen; erhängte sie, eben *weil* ich wusste, dass sie mich geliebt hatte, und *weil* ich fühlte, dass sie mir keinen Grund zu dieser Greueltat gegeben hatte; erhängte sie, *weil* ich wusste, dass ich damit eine Sünde beging – eine Todsünde, die meine unsterbliche Seele so befleckte, dass, wenn irgendeine Sünde *nicht* vergeben werden könnte, die unendliche Gnade des allbarmherzigen Gottes sich *meiner* Seele nicht erbarmen könnte.

In der auf diese grausame Tat folgenden Nacht wurde ich durch Feuerlärm aus dem Schlafe aufgeschreckt. Meine Bettvorhänge brannten. Das ganze Haus stand in Flammen. Mit knapper Not entrannen wir, meine Frau, unsere Magd und ich, dem Feuertode. Alles wurde vernichtet. Meine ganze irdische Habe war dahin, und ich überließ mich von nun an haltloser Verzweiflung.

Ich habe nicht die Schwäche, zwischen meiner Schandtat und diesem Unglück einen Zusammenhang, wie etwa Ursache und Wirkung, suchen zu wollen. Da ich aber eine Kette von Tatsachen anführe, so glaube ich, auch das allerkleinste Glied nicht unerwähnt lassen zu dürfen. An dem Tage nach dem Brande besichtigte ich die Trümmerstätte. Die Mauern waren bis auf eine eingestürzt. Dies war eine nicht sehr starke Scheidewand, ungefähr aus der Mitte des Hauses, gegen die das Kopfende meines Bettes gelehnt hatte. Sie hatte der Einwirkung des Feuers hartnäckig widerstanden, eine Tatsache, die ich dem Umstand zuschrieb, dass dort der Bewurf erst kürzlich erneuert worden war. Vor dieser Mauer stand eine dichte Menschenmenge, und einzelne Personen schienen eine bestimmte Stelle eingehend und aufmerksam zu untersuchen. Die Worte ›sonderbar!‹, ›seltsam!‹ und andere ähnliche Ausrufe erregten meine Neugier. Ich trat heran – und sah auf die helle Fläche eingedrückt das Reliefbild einer großen Katze. Der Abdruck war erstaunlich naturgetreu. Um den Hals des Tieres lag ein Strick.

Als ich zuerst diesen Höllenspuk erblickte – denn für etwas anderes konnte ich es nicht halten –, geriet ich außer mir vor Staunen und Entsetzen. Schließlich aber kam mir die Überlegung zu Hilfe. Der Garten, in dem ich die Katze erhängt hatte, lag dicht bei dem Hause. Auf den Feuerlärm hin war sofort eine Menschenmenge in den Garten eingedrungen, und irgendeiner musste dort das Tier abgeschnitten und durch das offenstehende Fenster in mein Zimmer geworfen haben, wahrscheinlich in der guten Absicht, mich dadurch aus dem Schlaf zu wecken. Durch stürzendes Mauerwerk war das Opfer meiner Grausamkeit in die Masse des frisch aufgetragenen Bewurfs eingedrückt worden, und der Kalk dieses letzteren in Verbindung mit der Brandglut und dem Ammoniak des Kadavers hatten dann das Reliefbild so wunderbar geprägt, wie es nun zu sehen war.

Obgleich ich dieser eigenen vernünftigen Erklärung bereitwillig Glauben schenkte, konnte mein Gewissen sich nicht so leicht beruhigen, und das Ereignis lastete schwer auf meiner Seele. Monatelang beschäftigte sich meine Phantasie mit der Katze, und es erwachte in mir ein Gefühl, das beinahe Reue sein konnte. Es kam so weit, dass ich den Verlust des Tieres bedauerte und mich in den Spelunken, in denen ich mich jetzt meistens herumtrieb, nach einer anderen Katze umsah, die der ermordeten möglichst ähnlich sein und deren Platz bei mir ausfüllen sollte.

Als ich einmal in der Nacht halb stumpfsinnig vor Trunkenheit in einer ganz gemeinen Schnapskneipe saß, wurde ich plötzlich auf einen schwarzen Gegenstand aufmerksam, der oben auf einem riesenhaften Oxhoft Branntwein oder Rum, dem Hauptmöbel der dunstigen Höhle, thronte. Da ich schon einige Minuten lang stier auf die Höhe des Fasses geblickt hatte, war ich jetzt erstaunt darüber, dass ich den Gegenstand dort oben nicht schon früher bemerkt hatte. Es war eine schwarze Katze – eine sehr große –, gerade so groß wie die ermordete und dieser auch in allem ähnlich – bis auf eins: die meine hatte nicht ein einziges weißes Haar an ihrem ganzen Körper, diese Katze aber hatte einen großen, allerdings nicht scharf abgegrenzten weißen Fleck, der fast die ganze Brust bedeckte.

Als ich sie berührte, erhob sie sich sofort, schnurrte laut, rieb sich an meiner Hand und schien von der Beachtung, die ich ihr schenkte, entzückt zu sein. Das war also ganz ein Geschöpf, wie ich es suchte. Ich bot dem Wirt sofort an, ihm das Tier abzukaufen; der aber erhob keinen Anspruch auf die Katze: er kenne sie gar nicht – habe sie nie vorher gesehen.

Ich liebkoste das Tier, und als ich mich zum Heimgehen anschickte, zeigte es Lust, mich zu begleiten. Das erlaubte ich ihm. Unterwegs beugte ich mich manchmal zu ihm nieder und streichelte es. In meinem Hause fühlte sich die Katze sofort heimisch, und auch mit meiner Frau war sie vom ersten Tage an sehr befreundet.

In mir aber regte sich bald eine Abneigung gegen die Katze; das war gerade das Gegenteil dessen, was ich erwartet hatte, aber – ich weiß nicht, wie und weshalb es so kam – ihre aufdringliche Liebe zu mir war mir unangenehm, ja sogar zuwider. Nach und nach steigerte sich dieses Gefühl der Abneigung und des Ekels bis zu bitterstem Hass. Ich ging dem Vieh aus dem Wege; was mich davon zurückhielt, es zu misshandeln, war allein ein gewisses Schamgefühl und die Erinnerung an meine frühere Greueltat. Einige Wochen lang konnte ich mich noch so weit beherrschen, die Katze weder zu schlagen noch sonstwie absichtlich schlecht zu behandeln, aber allmählich – mit jedem Tage mehr – sah ich sie nur noch mit unaussprechlichem Abscheu und floh bei ihrem unerträglichen Anblick entsetzt davon, wie vor dem Gifthauch der Pestilenz.

Was meinen Hass gegen das Katzenvieh zweifellos genährt hatte, war eine Entdeckung gewesen, die ich sofort, nachdem ich es zu mir genommen, gemacht hatte – die Entdeckung, dass es, wie die erste Katze, um eines seiner Augen beraubt war. Für meine Frau hingegen, die, wie ich schon sagte, jene unendliche Herzensgüte besaß, die auch mich einst auszeichnete und mir viele reine und harmlose Freuden gebracht hatte, war dies nur ein Grund mehr, das Tier zu lieben.

Mit meiner Abneigung gegen die Katze schien deren Vorliebe für mich nur zu wachsen. Sie folgte meinen Schritten mit einer unbeschreiblichen Beharrlichkeit, von der man sich kaum einen Begriff machen kann. Wenn ich mich setzte, kroch sie unter meinen Stuhl oder sprang auf meine Knie und belästigte mich mit ihren widerwärtigen Liebkosungen. Wenn ich aufstand, um fortzugehen, lief sie mir zwischen die Beine, so dass ich in Gefahr geriet hinzufallen, oder sie hängte sich mit ihren langen und scharfen Krallen in meine Kleider und kletterte mir bis zur Brust hinauf. Obwohl ich mich dann stets versucht fühlte, sie mit einem Faustschlag umzubringen, schreckte ich doch davor zurück, teils im Gedanken an mein früheres Verbrechen, hauptsächlich aber – ich will es nur gleich bekennen – aus sinnloser Angst vor der Bestie.

Diese Angst war nicht gerade Furcht davor, dass mir das Tier irgendeine Verletzung zufügen könnte, aber ich wüsste auch nicht, wie ich sie anders erklären sollte. Ich kann nur mit Beschämung gestehen – ja, selbst in dieser Verbrecherzelle schäme ich mich dessen –, dass die Gefühle des Schreckens und Entsetzens, die das Tier in mir hervorrief, durch ein Hirngespinst, wie man sich kaum eines närrischer denken kann, maßlos gesteigert wurden. Meine Frau hatte mich mehr als einmal auf die Form des weißen Brustfleckes aufmerksam gemacht, von dem ich bereits gesprochen habe und der das einzig sichtbare Unterscheidungsmerkmal zwischen dieser fremden und der von mir umgebrachten Katze bildete.

Man wird sich meiner obigen Beschreibung entsinnen, wonach dieser Fleck, obschon er ziemlich groß war, ursprünglich nur undeutlich hervortrat; doch nach und nach, in kaum merklich fortschreitendem Wachstum – einem Vorgang, den meine Vernunft lange Zeit als reine Augentäuschung zu verwerfen strebte – wurde dieses Zeichen in scharfen Umrissen deutlich sichtbar. Es hatte nun die Form eines Gegenstandes, den ich nur mit Grausen nennen kann und dessen Abbild mich mehr als alles andere schreckte und entsetzte, so dass ich das Scheusal am liebsten umgebracht hätte, wenn ich nur den Mut dazu hätte finden können. Es war das Bild – so sei es denn herausgesagt – eines *Galgens!* – O schrecklich drohendes Werkzeug des greuelhaften Mordens – des martervollen Todes!

Und jetzt war ich wirklich elend – elend weit über alles Menschenelend hinaus. Und ein vernunftloses Vieh – von dessen Geschlecht ich eines verächtlich umgebracht hatte –, ein vernunftloses Vieh konnte *mich* – mich, den Menschen, das Ebenbild Gottes – so unsäglich elend machen! Ach, ich kannte nicht mehr den Segen der Ruhe, weder bei Tag noch bei Nacht! Bei Tage ließ das Tier mich nicht einen Augenblick allein, und in der Nacht fuhr ich fast jede Stunde aus qualvollen Angstträumen empor, um den heißen Atem des Viehes über mein Gesicht wehen zu fühlen und den Druck seines schweren Gewichts – wie die Verkörperung eines Albgespenstes, das ich nicht abzuschütteln vermochte – auf meiner Brust zu tragen.

Unter der Wucht solcher Qualen erlag in mir der schwache Rest des Guten. Böse Gedanken wurden die Vertrauten meiner Seele – schwarze, ekle Höllengedanken! Meine bisherige Stimmung schwoll an zu bösem Hass gegen alles in der Welt und gegen die ganze Menschheit; und meistens war es nun, ach!, mein schweigend duldendes Weib, die das unglückliche Opfer meiner häufigen, plötzlichen und zügellosen Wutausbrüche wurde.

Eines Tages begleitete sie mich irgendeines häuslichen Geschäftes wegen in den Keller des alten Gebäudes, das wir in unserer Armut zu bewohnen genötigt waren. Die Katze folgte mir die Stufen der steilen Treppe hinab und war mir dabei so hinderlich, dass ich beinahe kopfüber hinuntergestürzt wäre. Das machte mich rasend. In sinnlosem Zorn vergaß ich die kindische Furcht, die meine Hand bisher zurückgehalten hatte, ergriff eine Axt und führte einen Hieb nach dem Tier, der augenblicklich tödlich gewesen wäre, wenn er sein Ziel getroffen hätte. Aber meine Frau fiel mir in den Arm. Diese Einmischung brachte mich in wahrhaft teuflische Wut. Ich entwand mich ihrem Griff und schlug die Axt tief in ihren Schädel ein. Sie brach lautlos zusammen.

Nachdem dieser grässliche Mord geschehen war, machte ich mich sogleich und mit voller Überlegung daran, den Leichnam zu verbergen. Ich wusste, dass ich ihn weder am Tage noch in der Nacht aus dem Hause schaffen konnte, ohne dabei Gefahr zu laufen, von den Nachbarn beobachtet zu werden. Mancherlei Pläne schossen mir durch den Sinn. Zuerst dachte ich daran, den Körper in kleine Stücke zu zerhacken und diese durch Feuer zu vernichten. Dann beschloss ich, ihm im Boden des Kellers ein Grab zu graben. Ich überlegte mir aber auch, ob ich ihn nicht lieber im Hof in den Brunnen werfen sollte – oder ob ich ihn wie eine Ware in eine mit unauffälligen Aufschriften versehene Kiste packen und diese durch einen Träger fortschaffen lassen sollte. Endlich kam ich auf einen Gedanken, der mir der richtige Ausweg zu sein schien: Ich entschloss mich, die Leiche in den Keller einzumauern – ganz so, wie es alten Erzählungen zufolge die Mönche des Mittelalters mit ihren bedauernswerten Opfern gemacht haben mochten.

Zur Ausführung gerade dieses Plans war der Keller sehr geeignet. Die Mauern waren leicht gebaut und erst kürzlich mit einem groben Mörtel beworfen worden, der infolge der Feuchtigkeit der Kellerluft noch nicht hart geworden war. Überdies war an einer der Mauern ein Vorsprung, hinter dem sich ein unbenutzter Rauchschlot oder eine Feuerstelle befand und der neuerdings wieder ausgefüllt und den übrigen Wänden des Kellers gleichgemacht worden war. Ich zweifelte nicht daran, dass es mir leicht möglich sein würde, an dieser Stelle die Ziegelsteine herauszunehmen, den Leichnam in die Höhlung hineinzubringen und die Wand wieder zuzumauern, so dass kein Mensch etwas Verdächtiges entdecken könnte.

Und diese Berechnung täuschte mich nicht. Mit Hilfe eines Brecheisens gelang es mir mühelos, die Steine zu lockern; nachdem ich den Leichnam mit aller Vorsicht aufrecht gegen die innere Wand gelehnt hatte, stützte ich ihn in dieser Stellung fest und füllte das Mauerloch ohne Schwierigkeit wieder aus, genau so, wie es zuvor gewesen war. Ich hatte mir in aller Stille Mörtel, Sand und Haar zu verschaffen gewusst und stellte daraus einen Bewurf her, der von dem der anderen Wände nicht zu unterscheiden war; mit diesem bestrich ich sehr sorgfältig die neue Vermauerung. Als ich damit fertig war, fand ich zu meiner Befriedigung, dass nun alles in Ordnung sei. Man sah der Mauer nicht im Geringsten an, dass sie aufgebrochen worden war. Den Schutt am Boden hatte ich mit peinlichster Sorgfalt entfernt. Triumphierend sah ich auf mein Werk und sagte zu mir selbst: »Hier wenigstens ist deine Arbeit nicht umsonst gewesen.«

Das Nächste, was ich nun tat, war, mich nach der Bestie umzusehen, die so viel Elend veranlasst hatte, denn ich hatte ihr inzwischen längst das Urteil gesprochen: Sie musste sterben! Hätte sie sich jetzt vor mir blicken lassen, so wäre es zweifellos sofort um sie geschehen gewesen; aber es schien, als ob das verschlagene Tier, noch beunruhigt durch meinen heftigen Wutanfall, es mit Absicht vermied, mir in meiner gegenwärtigen Stimmung vor die Augen zu kommen. Es ist unmöglich, zu beschreiben oder auch nur sich vorzustellen, wie tief beruhigend das Gefühl der Erlösung war, das ich über die Abwesenheit der verhassten Katze empfand. Auch in der Nacht ließ sie sich nicht blicken – und so schlief ich, seitdem ich sie in mein Haus gebracht hatte, wenigstens eine Nacht hindurch tief und ruhig; ja, ich *schlief*, selbst mit der Last des Mordes auf der Seele.

Der zweite und der dritte Tag vergingen, ohne dass mein Quälgeist zurückkehrte. Ich atmete wieder auf wie ein Befreiter. Der Schrecken hatte das Ungeheuer für immer vertrieben. Ich sollte es nie mehr erblicken! Meine Seligkeit war grenzenlos! Das Bewusstsein meiner schwarzen Tat störte mich nur wenig. Ein paar Nachfragen, die erhoben worden waren, hatte ich schlagfertig beantwortet. Selbst eine Haussuchung hatte stattgefunden – aber natürlich war nichts zu entdecken gewesen. Ich brauchte also für die Zukunft nichts mehr zu befürchten.

Am vierten Tage nach dem spurlosen Verschwinden meiner Frau kam ganz unerwartet eine Polizeikommission und begann von neuem, alle Räumlichkeiten gründlich zu durchsuchen. Ich war jedoch nicht im Geringsten darüber beunruhigt, da ich sicher war, dass die Leiche in ihrem geheimen Versteck nicht entdeckt werden konnte. Die Beamten forderten mich auf, sie bei der Durchsuchung zu begleiten. Sie übersahen keinen Winkel, kein Versteck. Schließlich stiegen sie zum dritten oder vierten Mal in den Keller hinab. Ich blieb ruhig wie Stein. Mein Herz schlug so friedlich wie das eines Menschen, der in Unschuld schläft. Ich folgte den Herren von einem Ende des Kellers bis zum andern. Die Arme über der Brust verschränkt, ging ich festen Schrittes einher. Die Beamten waren vollkommen beruhigt und schickten sich an, fortzugehen. Die Freude meines Herzens war zu groß – ich musste sie irgendwie äußern! Ich brannte darauf, wenigstens ein Wort des Triumphes auszurufen, das zugleich aber auch die Herren in ihrer Überzeugung von meiner Unschuld bestärken sollte.

»Meine Herren«, sagte ich, als sie bereits wieder die Kellerstufen emporstiegen, »ich bin entzückt, Ihren Verdacht zerstreut zu haben. Ich wünsche Ihnen viel Glück und ein wenig mehr Höflichkeit. Nebenbei bemerkt, meine Herren, dies – dies ist ein sehr gut gebautes Haus« (in dem verrückten Wunsch, irgendetwas Herausforderndes zu sagen, wusste ich kaum, was ich überhaupt redete), »ich möchte sagen, ein hervorragend gut gebautes Haus. Diese Mauern – gehen Sie schon, meine Herren? –, diese Mauern sind solide aufgeführt.« Und hier – rein aus tollem Übermut – schlug ich mit einem Stock, den ich gerade bei der Hand hatte, kräftig auf die Stelle des Mauerwerks, hinter der sich die Leiche meines einst so geliebten Weibes befand.

Aber – möge Gott mir gnädig sein und mich retten aus den Krallen meines Erzfeindes! – kaum war der Schall meiner Schläge verhallt, als eine Stimme aus dem Grabe mir Antwort gab. Es war ein Schreien, zuerst erstickt und abgebrochen wie das Weinen eines Kindes, dann aber schwoll es an zu einem ununterbrochenen, durchdringenden und unheimlichen Gekreisch, das keiner menschlichen Stimme mehr zu vergleichen war – zu einem bald jammervoll klagenden, bald höhnisch johlenden Geheul, wie es nur aus der Hölle kommen kann, wenn das Wehklagen der zu ewiger Todespein Verdammten sich mit dem Frohlocken der Höllengeister zu einem Schall vereint.

Es ist wohl überflüssig, noch davon zu sprechen, was ich in diesem Augenblick empfand. Ohnmächtig taumelte ich an die gegenüberliegende Mauer. Die Leute auf der Treppe standen regungslos, von Schreck und Entsetzen gelähmt. Im nächsten Moment aber arbeitete ein Dutzend kräftiger Hände daran, die Mauer einzureißen. Sie fiel. Der schon stark in Verwesung übergegangene und mit geronnenem Blut bedeckte Leichnam stand aufrecht vor den Augen der Männer. Auf seinem Kopfe saß, mit weit aufgesperrtem rotem Rachen und dem einen glühenden Auge, die fürchterliche Katze, deren teuflische Gewalt mich zum Mörder gemacht und deren Stimme mich nun den Henkern überlieferte. Ich hatte das Scheusal in das Grab mit eingemauert.

Ernest Hemingway

Katze im Regen

Im Hotel wohnten nur zwei Amerikaner. Von all den Leuten, die ihnen auf ihrem Weg in ihr Zimmer auf der Treppe begegneten, kannten sie niemanden. Ihr Zimmer war in der zweiten Etage mit dem Blick aufs Meer und auch auf die öffentlichen Anlagen und das Kriegerdenkmal. In den öffentlichen Anlagen gab es große Palmen und grüne Bänke. Bei gutem Wetter war da immer auch ein Maler mit seiner Staffelei. Maler mochten die Art, wie die Palmen wuchsen, und die leuchtenden Farben der Hotels, die den Gärten und dem Meer gegenüberlagen. Italiener kamen von weit her, um an dem Kriegerdenkmal emporzusehen. Es war aus Bronze und glänzte im Regen. Es regnete. Der Regen tropfte von den Palmen. Wasser stand in Pfützen auf den Kieswegen. Das Meer durchbrach in einer langen Linie den Regen, glitt über den Strand zurück und kam herauf, um sich wieder in einer langen Linie im Regen zu brechen. Die Autos waren von dem Platz beim Kriegerdenkmal verschwunden. Auf der Schwelle eines gegenüberliegenden Cafés stand ein Kellner und blickte über den leeren Platz.

Die junge Amerikanerin stand am Fenster und sah hinaus. Grad unter ihrem Fenster hockte eine Katze unter einem der von Regen triefenden Tische. Die Katze suchte sich so zusammenzuballen, dass es nicht auf sie tropfen konnte.

»Ich geh runter und hole das Kätzchen«, sagte die junge Amerikanerin.

»Ich werd's machen«, erbot sich ihr Mann vom Bett her.

»Nein, ich hol's. Das arme Kätzchen da draußen; was es sich anstrengt, um unter dem Tisch trocken zu bleiben.«

Ihr Mann las weiter; er lag am Fußende des Bettes auf die zwei Kopfkissen gestützt.

»Werd nicht nass«, sagte er.

Seine Frau ging hinunter, und der Hotelbesitzer stand auf und verbeugte sich, als sie am Büro vorbeikam. Sein Pult stand ganz hinten im Büro. Er war ein alter und sehr großer Mann.

»Il piove«, sagte die Frau. Sie mochte den Hotelbesitzer.

»Sì, sì, Signora, brutto tempo. Es ist sehr schlechtes Wetter.«

Er stand hinter seinem Pult in der Tiefe des dämmerigen Zimmers. Die Frau mochte ihn. Sie mochte die todernste Art, mit der er alle Beschwerden entgegennahm. Sie mochte seine Würde. Sie mochte die Art, wie er ihr gegenüber immer dienstbereit war. Sie mochte, wie er sich als Hotelbesitzer fühlte. Sie mochte sein altes, schweres Gesicht und seine großen Hände.

Sie mochte ihn, machte die Tür auf und sah hinaus. Es regnete stärker. Ein Mann in einem Gummicape überquerte den leeren Platz zum Café. Rechts um die Ecke musste die Katze sein. Vielleicht konnte sie unter der Dachtraufe trocken bis dahin gelangen. Während sie auf der Schwelle stand, öffnete sich hinter ihr ein Regenschirm. Es war das Mädchen, das ihr Zimmer aufräumte.

»Sie sollen nicht nass werden«, sagte sie lächelnd auf Italienisch. Natürlich hatte sie der Hotelbesitzer geschickt.

Das Mädchen hielt den Schirm über sie, während sie auf dem Kiesweg unter ihr Fenster ging. Der Tisch stand da, vom Regen hellgrün gewaschen, aber die Katze war fort. Sie war plötzlich enttäuscht. Das Mädchen sah fragend zu ihr auf.

»Ha perduto qualque cosa, Signora?«

»Da war eine Katze«, sagte die junge Amerikanerin.

»Eine Katze?«

»Sì, il gatto.«

»Eine Katze?«, lachte das Mädchen. »Eine Katze im Regen?«

»Ja«, sagte sie, »unterm Tisch«, und dann: »Ach, ich wollte sie so gern haben. Ich wollte so gern ein Kätzchen haben.«

Als sie englisch sprach, nahm das Gesicht des Zimmermädchens einen verschlossenen Ausdruck an.

»Kommen Sie, Signora«, sagte sie, »wir müssen wieder hinein, Sie werden sonst nass.«

»Vermutlich«, sagte die junge Amerikanerin.

Sie gingen den Kiesweg zurück und überschritten die Schwelle. Das Mädchen blieb draußen, um den Schirm zuzumachen. Als die junge Amerikanerin an dem Büro vorbeiging, verbeugte sich der Padrone hinter seinem Pult. Sie fühlte sich innerlich irgendwie sehr klein und wie zugeschnürt. Beim Anblick des Padrone fühlte sie sich sehr klein und gleichzeitig wirklich wichtig. Einen Augenblick hatte sie ein Gefühl von höchster Wichtigkeit. Sie ging weiter, die Treppe hinauf. Sie öffnete die Zimmertür. George lag lesend auf dem Bett.

»Hast du die Katze?«, fragte er und legte das Buch hin.

»Sie war weg.«

»Wo sie wohl hin sein mag?«, sagte er, während er seine Augen vom Lesen ausruhte.

Sie setzte sich aufs Bett.

»Ich wollte sie so furchtbar gern haben«, sagte sie. »Ich weiß eigentlich gar nicht, warum ich sie so gern haben wollte. Ich wollte das arme Kätzchen haben. Es ist kein Spaß, ein armes Kätzchen draußen im Regen zu sein.«

George las wieder.

Sie ging hinüber, setzte sich vor den Spiegel ihres Toilettentisches und besah sich in ihrem Handspiegel. Sie besah sich prüfend ihr Profil, erst eine Seite, dann die andere. Dann betrachtete sie ihren Hinterkopf und ihren Nacken.

»Was meinst du, wäre es nicht eine gute Idee, wenn ich meine Haare wachsen ließe?«, fragte sie und besah sich nochmals ihr Profil.

George blickte auf und sah ihren Nacken, der wie bei einem Jungen ausrasiert war.

»Ich mag es so, wie es ist.«

»Ach, ich hab's so über«, sagte sie. »Ich hab's so über, wie ein Junge auszusehen.«

George veränderte seine Lage auf dem Bett. Er hatte, seitdem sie redete, nicht von ihr weggesehen.

»Du siehst ganz verteufelt hübsch aus«, sagte er.

Sie legte den Spiegel auf den Toilettentisch, ging zum Fenster hinüber und sah hinaus. Es wurde dunkel.

»Ich möchte meine Haare ganz straff und glatt nach hinten ziehen und hinten einen schweren Knoten machen, den ich wirklich fühlen kann«, sagte sie. »Und ich möchte ein Kätzchen haben, das auf meinem Schoß sitzt und schnurrt, wenn ich es streichle.«

»Wahrhaftig?«, sagte George vom Bett her.

»Und ich will an meinem eigenen Tisch mit meinem eigenen Besteck essen, und ich will Kerzen. Und ich will, dass es Frühling ist, und ich will mein Haar vor dem Spiegel richtig bürsten können, und ich will ein Kätzchen haben, und ich will ein paar neue Kleider haben.«

»Nun hör schon auf, und nimm dir was zu lesen«, sagte George. Er las wieder.

Seine Frau sah aus dem Fenster. Draußen war es jetzt ganz dunkel, und es regnete immer noch in den Palmen.

»Auf jeden Fall will ich eine Katze haben«, sagte sie. »Ich will eine Katze haben. Ich will sofort eine Katze haben. Wenn ich keine langen Haare oder sonst ein bisschen Spaß haben kann, eine Katze kann ich haben.«

George hörte nicht zu. Er las sein Buch. Seine Frau sah aus dem Fenster auf den Platz, wo die Laternen jetzt angezündet waren. Jemand klopfte an die Tür.

»Avanti«, sagte George. Er sah von seinem Buch auf.

In der Tür stand das Zimmermädchen. Sie hielt eine große, schildpattfarbene Katze eng an sich gepresst, die an ihrem Körper herunterhing.

»Verzeihung«, sagte sie. »Der Padrone sagte, ich soll dies der Signora bringen.«

Juan Carlos Onetti

Der Kater

Über John lassen sich viele unangenehme Dinge sagen oder phantasieren. Aber niemals habe ich ihn einer Lüge verdächtigt; er hatte zu viel Verachtung für die Leute, um sich irgendeine Fabel auszudenken, die ihn in günstiges Licht stellte.

Als er mir fröhlich und einen trockenen Martini trinkend die Geschichte – für mich vor allem – von einer seiner gescheiterten Verheiratungen erzählte, hegte ich also keine Zweifel. Es war – war bei diesem Mal –, wie wenn man einen Film sieht und hört ohne die Möglichkeit, wieder von vorn zu beginnen, und ohne Bange, ihn womöglich nicht glaubhaft zu finden. Ebenso wenig blieb ein Spalt für ein Lächeln.

Ich war eine Woche zuvor aus Paris angekommen und wollte die Gerüchte auf den neuesten Stand bringen, bestätigen und beiseiteräumen, die über gemeinsame Freunde während meiner Abwesenheit zu mir gelangt waren.

John war Engländer, ein Causeur, der es verstand, sich über alles zu mokieren, mit Gleichgültigkeit, manchmal Bedauern, niemals mit Bosheit.

Wir tranken, und es gab eine lange Pause: John schien mit gerunzelter Stirn unschlüssig nachzusinnen.

Er setzte sein Glas auf dem Tisch ab und sagte zu mir, indem er seine Haltung – übereinandergeschlagene Beine und entschlossenes Profil – beibehielt:

»Sie war Französin, und du kennst sie. Vielleicht weißt du Bescheid, denn wir waren praktisch verheiratet. Es fehlten nur noch der Priester, der Standesbeamte und die Ankunft einiger alter und teurer Möbel, von denen sie sich nicht losreißen konnte. Urgroßeltern und Großeltern und Eltern, fast die ganze Geschichte Frankreichs. Und mir bedeutete nur sie etwas, Marie. Jetzt kannst du zwischen all den Maries suchen, an die du dich erinnerst. Ich war verrückt, und manchmal habe ich gedacht, es war sexuelle Verrücktheit. Sie zu sehen genügte; ein vergessenes Taschentuch zu riechen genügte; das Bad zu betreten, nachdem sie herausgekommen war, genügte. Wir sahen uns jede Woche, hier oder in Paris. Zwei oder drei Tage hintereinander. Ein Kommen, ein Gehen. Und mein Begehren vergrößerte sich immer mehr, und ich gab mich ihm hin, ich suhlte mich darin; ich liebte mehr und mehr. Und jedes Mehr war wie eine Stufe, die mich dazu trieb, eine weitere zu betreten. Immer hinab, denn ich wusste, dass ich dabei war, Gesundheit und Verstand zu verlieren.«

Ohne aufzuhören, mir eine Schulter darzubieten, machte er Jeeves ein Zeichen, und es kamen zwei Gläser: Martini dry für ihn und ein Gin Tonic für mich. Er zündete die Pfeife an (er wusste, dass Rauchen meinen Tod beschleunigen würde) und war eine Weile in Gedanken, auf den Lippen so etwas wie ein nicht von Freude versüßtes Lächeln. Wie es so ist bei dieser Art von Geschichten, verhielt ich mich still, wartete ab; ich wurde belohnt. Johny sagte, ohne mich anzusehen: »Den Kater habe ich Edgar getauft. Und nicht, weil er ein schwarzer Kater gewesen wäre, mit weißen Insignien des Grauens auf der Brust.

Ein Abend, als Marie wie geplant am Flughafen ankam. Ich holte sie ab, wir tranken ein paar Cocktails mit der Fröhlichkeit wie eh und je. Wir stießen auf das eheliche Glück an. Das bringt einen nicht zum Lachen, aber komisch ist es. Wir gingen essen und danach in meine Wohnung. Ich hab dir nicht erzählt, weil ich es eben nicht weiß und es mir vielleicht egal ist, dass die Concierge und Quasi-Hausherrin einen Narren an mir gefressen hatte oder mich einfach grundlos hasste. Irgend so etwas.

Wir traten ein, und ich machte das Licht an. Sie war noch nie dort gewesen. Sie blickte sich um mit einem Lächeln, das billigend war, schon bevor es entstand. Und sie sah, wir sahen, mitten auf dem großen Bett mit seiner mädchenweißen Überdecke, einen schwarzen großen, fetten Kater. Einen Kater, den ich zum ersten Mal sah und der es gewohnt schien, dort vor sich hin zu schnurren. Die Pfoten unter der Brust geknickt, blickte er uns mit neugierigen Augen an und schloss sie wieder. Bis heute weiß ich nicht, wie er hineingekommen ist. Ich kann nur eben vermuten. Ich trat vor, um ihm den Rücken und den Brustansatz zu streicheln, und da explodierte sie. Dass ich dieses ekelhafte Tier rausschmeißen solle, das ihr das ganze Bett mit Flöhen vollmachen würde. Schreiend und auf den Boden stampfend. Ich zündete mir eine Zigarette an und öffnete die Tür. Ich sagte ihr, dass es mich glücklich gemacht habe, überraschend jemanden anzutreffen, der uns willkommen hieß. Sie nannte mich Idiot und schlug in die Hände, bis der Kater zur Tür und ins Dunkel des Flurs lief. Gut, nehmen wir noch ein Glas, das genügt nämlich als Prolog. Was passierte, ist simpel und für mich mühsam zu erklären. In dem Augenblick entschied ich, dass ich mich niemals mit dieser Frau verheiraten könnte; dass es unmöglich war, mit ihr zu leben, glücklich mit ihr zu sein. Ich habe es ihr damals nicht gleich gesagt, und der Rest der Nacht bis zur Erschöpfung des Morgengrauens verging, wie wir es vorausgefühlt und gewünscht hatten.«

Er nahm einen langen Schluck, zündete erneut seine Pfeife an und lächelte fröhlich und herausfordernd. Jetzt drehte er sich um, mir in die Augen zu sehen, und sagte:

»Was für jeden intelligenten Typ erklärt, warum ich seitdem bloß Abenteuer gehabt habe und mir vorgenommen habe, dass sie nicht lange dauern sollen.«

Hugo Loetscher

Der Kater in der Mainacht

Sein schwarzes Fell besitzt einen Glanz, wie ihn Haustiere haben, die viel draußen an der Luft sind. Der Kater gelangt durch ein Schlupfloch ins Freie. Sein Freies liegt über den Straßen zwischen Dächern und verwinkelten Altstadtmauern. Hier klettert er, ein schwarzes Tier, über Abzugsrinnen, hier streicht er Geländer entlang, springt auf Simse und von denen auf Balkone und streicht um Töpfe mit Geranien und Kräutern. In diesem Revier hausten einst Tauben. Der städtische Taubenvernichter hat die meisten geschossen und die Stelle unter einem Dachvorsprung, die als Schlag diente, vergiftet; ein paar flüchteten sich auf ein Hinterterrässchen, wo sie weitergurrten. Doch der Kater hat sich auf diesem Stück Flachdach den Mauern genähert, rückwärts gehend, den Schwanz erhoben, der wie der Hinterleib zitterte, als er Harn verspritzte. Im Windschatten eines Kamins zu Füßen einer Fernsehantenne liegt er, sanft gebuckelt in sein schwarzes Fell gekuschelt, in seinem runden Kopf rötliche Augen. Die Lider scheinen ihm vor Langeweile zuzufallen, doch plötzlich ortet er eine Geräuschquelle, und aus seinen Ohrmuscheln schauen weiße Härchen hervor. Dann gehen durch das glatte schwarze Fell lautlose Bewegungen. Der Kater schleicht sich an, er lässt die Hinterpfoten bis zum letzten Moment auf dem Kies, springt die Taube an und haut ihr die Säbel seiner Eckzähne ins Gefieder; er jagt das verwirrte Tier durchs offene Fenster ins Zimmer, wo der Vogel an die Decke stößt und die Wand entlang herunterfällt; der Kater wirbelt das Tier zwischen seinen Zähnen herum und springt dabei von einer Pfote auf die andere, rupft mit den Krallen an den Flügeln und beißt nach der piepsenden Gurgel. Bis der Katerbesitzer dem fauchenden Kater den Vogel aus den Krallen zerrt und die Taube auf den Balkon legt, wo sie sich röchelnd zu Tode flattert. Indessen scharrt und kratzt der Kater vor einer Kommode, hinter die eine Feder flog, an der Blut klebt. Die gesträubten Haare legen sich, und das schwarze Fell deckt den hellen Haaransatz zu. Der Kater irrt unter dem Tisch herum und streicht um einen Fauteuil. Er wetzt seine Krallen am Velours und zieht dünne Bahnen in den Stoff. Lang und schmal wird sein schwarzer Körper, als er, die Hinterbeine auf dem Teppich, die Vorderpfoten auf den Fenstersims stützt; unter dem schwarzen Fell zeichnen sich die Schulterblätter ab. Er kratzt an der Scheibe, seine Pfote gleitet quietschend übers Glas, und er verfängt sich mit den Krallen im Gittermuster des Vorhangs. Schräg hält er seinen Kopf und schaut nach draußen in die einfallende Mainacht; seine Augen werfen den Schimmer einer Laterne zurück. Bis er in seiner Lauer die Schnurrbarthaare hochstellt und seine Lippen leckt. Er lässt sich fallen und fängt mit den gepolsterten Ballen sein Gewicht auf, legt sich hin, die eine Hinterpfote senkrecht hochgestreckt, und fährt mit der Zunge zwischen die Beine, leckt sein schwarzes Fell und streichelt die Haare glatt. Am hochgestreckten Hinterbein wird an der schwarzbehaarten Pfote zwischen den Zehen ein weißes Büschel sichtbar, und wie er sich auf die Seite legt und alle viere von sich streckt, zeigen auch die andern Pfoten solch weiße Haare. Doch dann rollt er sich ein, deckt mit einem Hinterbein das andere zu, bettet die Vorderpfoten an die Brust, legt Schultern und Kopf darüber und ist wieder nur ein schwarzes Tier. Sein Schnurren geht in einem leisen Atmen auf, und ihn durchzuckt ein Seufzen, das sich unterm Fell im Körper verteilt; kurz schaut der Kater auf, blinzelt und sinkt erneut in Schlaf. Doch dann schnellt er hoch, macht einen Buckel und drückt den Kopf zwischen die Beine fast bis zum Boden, gähnt und zeigt ein gelangweiltes Gebiss. Er läuft los, durch den Flur ins Schlafzimmer, stoppt, schaut nach seinem Schwanz, beißt nach ihm und dreht sich ein paarmal um sich selber, entdeckt ein zerknülltes Papier, bringt es mit den Pfoten zum Rollen, kriecht ihm unters Bett nach, lässt es rascheln und lässt es bleiben. Er misst seine Schritte und geht zurück, den Schwanz aufrecht, das Ende spielerisch gebogen, unter dem schwarzen Schwanzansatz das helle Afterrund. Er hockt sich vor seinen Napf, hält das Fleisch mit den Vorderpfoten fest, reißt Portionen ab, wirft mit jedem Bissen den Kopf zurück und raspelt mit seiner Zunge am Knochen. Bevor er die Küche verlässt, bleibt er an der Tür stehen und reibt sich den Rücken am Pfosten. In der Stube verweilt er einen Moment und legt sich hin. Sein Körper wird länger und schmaler, weil er mit ihm zugleich die Vorder- und Hinterbeine streckt und die Krallen aus den Hornscheiden schnellen lässt. Er wälzt sich, wohlig und wollüstig, hebt den Kopf und schaut in alle Richtungen, legt den Kopf in den Nacken, reibt ihn am Boden, streichelt sich selber mit dem Flor des Teppichs und macht mit dem Unterleib stößige Bewegungen. Er zeigt den Bauch in seiner ganzen Länge. Nur bis unterhalb des Halses reicht das schwarze Fell, von da ab färbt sich die Brust auf bis zwischen die Hinterbeine. Gelbliche, rote und braune Haare stehen ab, wirr durcheinander, einzelne Haare weisen gleichzeitig die verschiedensten Farbtöne auf. Dieses kunterbunte Stück Bastardfell des schwarzen Katers erinnert an die lauen Maimonate seiner Vorfahren, als die Katzen in der Nacht von den Dächern riefen und die Männchen in ihr raues Jaulen und Heulen ausbrachen, zu den Weibchen hinaufkletterten oder sie herunterlockten, als die Katzen nach der Begattung fauchten und mit den Pfoten nach den Männchen schlugen, als diese Köpfchen gaben, und die Weibchen von neuem stillhielten, und als das Männchen beim Erguss die Kätzin in den Nacken biss. Dem schwarzen Kater, der sich auf dem Teppich räkelnd liebkost, deckt das farbengeile Fell die Narbe zu, die sich bildete, wo ihm die Hoden weggeschnitten wurden.

Saki

Tobermory

Es war der kühle, regenverwaschene Nachmittag eines der letzten Augusttage – in jener nichtssagenden Jahreszeit also, in der die Rebhühner sich noch in Sicherheit oder in den Kühlhäusern befinden und es nichts zu jagen gibt. Ohne Ausnahme hatten sich die Gäste von Lady Blemleys Hausparty um den Tisch versammelt. Trotz der Öde der Jahreszeit und der Alltäglichkeit dieses Ereignisses deutete nichts auf jene schwelende Unruhe hin, die gleichbedeutend ist mit der Furcht vor einem Klavierkonzert oder einer beherrschten Sehnsucht nach einer Partie Bridge. Die unverhüllte, durch nichts verborgene Aufmerksamkeit der Anwesenden konzentrierte sich vielmehr auf die anspruchslose, unscheinbare Persönlichkeit des Mr. Cornelius Appin. Von allen Gästen Lady Blemleys war er der Einzige, der in keinem festumrissenen Ruf stand. Irgendjemand hatte einmal erwähnt, dass Appin ›klug‹ sei, und so schickte man ihm eine Einladung in der unausgesprochenen Erwartung – zumindest vonseiten der Gastgeberin –, dass er wenigstens einen Teil seiner Klugheit zu der allgemeinen Unterhaltung beisteuern würde. Bisher hatte Lady Blemley jedoch nicht feststellen können, in welcher Richtung sich seine Klugheit – wenn überhaupt – bewegte. Weder war er witzig, noch spielte er auffallend gut Krocket; weder verfügte er über hypnotische

Fähigkeiten noch hatte er jemals eine Amateuraufführung inszeniert. Auch sein Äußeres deutete nicht auf einen jener Männer hin, denen die Frauen ein erhebliches Maß an mangelndem Geist nachsehen. Er war zu einem bloßen ›Mr. Appin‹ hinabgesunken, und ›Cornelius‹ schien nichts als eine durchsichtige Täuschung zu sein, die man bei seiner Taufe begangen hatte.

Jetzt aber behauptete er plötzlich, der Welt eine Entdeckung geschenkt zu haben, neben der die Erfindung des Schießpulvers, der Druckerpresse oder der Dampfmaschine belanglose Lappalien seien. Die Wissenschaft habe zwar im Verlauf der letzten Jahrzehnte atemberaubende Fortschritte auf allen Gebieten gemacht – seine Entdeckung schien jedoch eher auf dem Gebiet der Wunder als auf dem der Wissenschaft zu liegen.

»Und wir sollen Ihnen also glauben«, sagte Sir Wilfried gerade, »dass Sie eine Möglichkeit gefunden haben, den Tieren die Kunst der menschlichen Sprache beizubringen, und dass sich der liebe alte Tobermory als Ihr erster erfolgreicher Schüler entpuppt hat?«

»Während der letzten siebzehn Jahre habe ich an diesem Problem gearbeitet«, sagte Mr. Appin. »Aber erst während der letzten acht oder neun Monate bin ich mit den Andeutungen eines Erfolges belohnt worden. Bis dahin hatte ich natürlich schon mit Tausenden von Tieren experimentiert – zuletzt jedoch ausschließlich mit Katzen, diesen wundervollen Geschöpfen, die sich in phantastischer Weise unserer Zivilisation angepasst haben, ohne dabei ihren hochentwickelten Raubtierinstinkt aufzugeben. Hin und wieder stößt man bei Katzen auf einen überragenden Intellekt – genauso wie bei der Masse der menschlichen Geschöpfe; und als ich vor einer Woche die Bekanntschaft Tobermorys machte, merkte ich sofort, dass ich einer ›Über-Katze‹ von ungewöhnlicher Intelligenz gegenüberstand. Bei meinen letzten Versuchen war ich dem Erfolg ein großes Stück nähergekommen; bei Tobermory – wie Sie ihn nennen – habe ich jedoch mein Ziel erreicht.«

Mr. Appin beschloss seine bemerkenswerten Ausführungen in dem spürbaren Bemühen, seinen Triumph nicht laut werden zu lassen. Keiner der Anwesenden murmelte »Unsinn«, obgleich Clovis' Lippen ein zweisilbiges Wort formten, das diesem nagenden Unglauben vermutlich entsprach.

»Damit wollen Sie also sagen, dass Tobermory jetzt in der Lage ist, zu sprechen und einfache Sätze aus einsilbigen Wörtern zu verstehen?«, meinte Miss Resker nach einer kurzen Stille.

»Meine liebe Miss Resker«, erwiderte der Wundermann geduldig, »in der von Ihnen erwähnten Form unterrichtet man kleine Kinder, Wilde und geistig zurückgebliebene Erwachsene. Wenn man jedoch erst einmal das Problem hat, bei einem Tier mit sehr hoch entwickelter Intelligenz den Anfang zu finden, braucht man diese ermüdende Methode nicht mehr. Tobermory ist in der Lage, unsere Sprache völlig korrekt zu sprechen.«

In diesem Augenblick sagte Clovis deutlich vernehmbar: »Wahnsinn!« Sir Wilfrid war zwar höflicher, jedoch nicht weniger skeptisch.

»Vielleicht ist es am besten, wir lassen Tobermory hereinholen und bilden uns dann selbst ein Urteil?«, schlug Lady Blemley vor.

Sir Wilfrid begab sich auf die Suche nach dem Tier, und die Übrigen lehnten sich bequem und in der anspruchslosen Erwartung zurück, Zeugen eines mehr oder weniger geschickten Bauchrednertricks zu werden.

Nur Sekunden später stand Sir Wilfrid wieder in der Tür: trotz der Bräune war sein Gesicht blass, und in den Augen spiegelte sich seine Aufregung wider. »Bei Gott – es ist wahr!«

Seine Erschütterung war echt, und seine Zuhörer waren auf einmal hellwach und blickten ihn gespannt an.

Sir Wilfrid ließ sich in einen Sessel fallen; das Erlebnis hatte ihm fast den Atem verschlagen. »Er war im Rauchzimmer und schlief. Ich rief ihm zu, er wolle zum Tee kommen. Wie üblich blinzelte er mich an, und ich sagte: ›Los, Toby – wir haben keine Lust zu warten!‹ Und bei Gott – mit einer entsetzlich natürlichen Stimme erwiderte er daraufhin, dass er käme, wenn es ihm passte! Mich hat es fast umgeworfen!«

Appin hatte vor völlig ungläubigen Zuschauern gepredigt; Sir Wilfrieds Feststellung überzeugte jedoch sofort. Ein Durcheinander verwirrter, aufgeregter Stimmen erhob sich, in dem der Wissenschaftler schweigend in seinem Sessel saß und die ersten Früchte seiner erstaunlichen Entdeckung genoss.

Dann betrat Tobermory den Raum; auf seinen Sammetpfoten schritt er mit betonter Gleichgültigkeit zu der Gruppe, die um den Teetisch saß.

Alle Anwesenden waren plötzlich verlegen und befangen; niemand wagte es, eine Hauskatze anzusprechen, deren geistige Fähigkeiten denen der Anwesenden ebenbürtig waren.

»Möchtest du etwas Milch haben?«, fragte Lady Blemley schließlich mit ziemlich aufgeregter Stimme.

»Meinetwegen«, lautete die Antwort, die in einem völlig gleichgültigen Ton gesprochen wurde. Ein Schauer unterdrückter Aufregung überlief die Zuhörer, und Lady Blemley goss die Milch mit bebender Hand in die kleine Schüssel. Aber das war verständlich.

»Ich glaube, ich habe etwas danebengegossen«, sagte sie entschuldigend.

»Schließlich gehört der Teppich nicht mir«, erwiderte Tobermory nur.

Wieder senkte sich ein Schweigen über die Anwesenden. Schließlich fragte Miss Resker mit ihrem hochmütigen Gesicht, ob die menschliche Sprache schwer zu erlernen sei. Tobermory sah sie einen Augenblick aufmerksam an und senkte dann vorwurfsvoll den Blick, damit zeigte er deutlich, dass er nicht geneigt war, auf derartig einfältige Fragen einzugehen.

»Was hältst du von der menschlichen Intelligenz?«, fragte Mavis Pellington schüchtern.

»Wessen Intelligenz meinen Sie im Besonderen?«, fragte Tobermory kühl.

»Zum Beispiel – zum Beispiel meine«, sagte Mavis und lachte dabei verlegen.

»Damit bringen Sie mich in eine peinliche Situation«, sagte Tobermory, dessen Ton und Benehmen jedoch keinerlei Peinlichkeit verrieten. »Als Ihr Name im Zusammenhang mit den Einladungen zu dieser Party genannt wurde, erhob Sir Wilfried Einspruch, weil Sie die dümmste Frau seines ganzen Bekanntenkreises seien und weil zwischen Gastfreundschaft und der Wohltätigkeit für geistig Minderbemittelte ein erheblicher Unterschied bestehe. Lady Blemley erwiderte darauf, dass ihr mangelnder Verstand doch gerade der Grund zu der Einladung sei, da Sie – Lady Blemleys Ansicht nach – der Einzige infrage kommende Mensch wären, der ihren alten Wagen kaufen würde. Sie kennen den Wagen doch, nicht wahr? Man nennt ihn hier den ›Neid des Sisyphos‹, weil er jede Steigung sehr flott nimmt, wenn man ihn schiebt.«

Lady Blemleys Protest wäre erheblich wirkungsvoller gewesen, wenn sie nicht am gleichen Morgen – ganz nebenbei – zu Mavis gesagt hätte, dass der fragliche Wagen genau das Richtige für sie sei, da sie schließlich in dem hügeligen Gebiet von Devonshire wohne.

Um von diesem Thema abzulenken, stürzte Major Barfield sich in das Gespräch.

»Was ist eigentlich mit der gefleckten Stallkatze, mit der du dich dauernd herumtreibst? Antwort!«

Jeder der Anwesenden merkte im gleichen Augenblick, dass diese Frage ein großer Fehler war.

»Normalerweise redet man vor anderen nicht über derartige Dinge«, erwiderte Tobermory kalt. »Nach allem, was Sie sich seit Ihrer Ankunft in diesem Hause geleistet haben, würde es Ihnen aller Wahrscheinlichkeit nach auch nicht passen, wenn ich die Unterhaltung auf Ihre eigenen Affären brächte.«

Die Unruhe, die diese Worte auslösten, beschränkte sich nicht nur auf den Major.

»Könntest du vielleicht in der Küche nachfragen, ob dein Essen schon fertig ist?«, schlug Lady Blemley sofort vor und versuchte damit die Tatsache zu übersehen, dass es bis zu Tobermorys Abendbrot mindestens noch zwei Stunden dauern würde.

»Nein, danke«, sagte Tobermory, »das hat noch Zeit. Ich möchte nicht an einer Magenverstimmung sterben.«

»Du weißt doch, dass Katzen neun Leben haben«, meinte Sir Wilfried nachdrücklich.

»Möglich ist es«, erwiderte Tobermory. »Aber sie haben nur eine Leber.«

»Adelaide!«, warf Mrs. Cornett ein, »willst du diese Katze etwa noch dazu ermuntern, draußen mit dem Personal über uns zu lästern?«

Das Entsetzen hatte inzwischen alle Anwesenden ergriffen. Vor den meisten Schlafzimmerfenstern lief nämlich eine schmale, mit Ornamenten verzierte Balustrade entlang, und man erinnerte sich auf einmal, dass sie zu jeder Zeit Tobermorys Lieblingsaufenthalt war, von dem aus er die Tauben beobachtete – und der Himmel allein wusste, wen noch! Mrs. Cornett, die einen erheblichen Teil ihrer Zeit vor dem Toilettenspiegel verbrachte und der man ein nomadenhaftes, wenn auch pünktliches Wesen nachsagte, machte einen genauso unruhigen Eindruck wie der Major. Sollte Tobermory in seiner offenen Art sich einiger Dinge erinnern, würde die Wirkung mehr als nur verwirrend sein. Miss Scrawen, die ausgesprochen sinnliche Gedichte verfasste und ein makelloses Leben führte, zeigte nur Entsetzen; wenn man in persönlichen Dingen systematisch und tugendsam vorgeht, hat man nicht unbedingt das Verlangen, dass alle Welt es erfährt. Bertie van Than, der schon mit siebzehn Jahren so verdorben war, dass er bereits vor einiger Zeit den Wunsch, noch schlimmer zu werden, fallengelassen hatte, verfärbte sich und wurde kalkweiß; immerhin beging er nicht den Fehler, den Raum überstürzt zu verlassen – wie Odo Finsberry, ein junger Mann, der Theologie studierte und den der Gedanke, in die Skandale anderer Menschen eingeweiht zu werden, völlig verwirrte. Clovis besaß die Geistesgegenwart, äußerlich völlig unbeteiligt zu wirken. Er überschlug in Gedanken, wie lange es dauern würde, sich irgendwoher eine Kiste mit besonders zarten Mäusen schicken zu lassen – als eine Art Schweigegeld.

Selbst in dieser heiklen Situation konnte Agnes Resker es nicht ertragen, längere Zeit im Hintergrund stehen zu müssen.

»Warum bin ich nur hierhergekommen?«, rief sie dramatisch aus.

Tobermory ergriff sofort die Gelegenheit.

»Nach allem, was Sie gestern Mrs. Cornett gegenüber während des Krocketspiels äußerten, sind Sie wegen des ausgezeichneten Essens gekommen. Von den Blemleys sagten Sie, sie seien die langweiligsten Menschen, die Sie kennen; dann meinten Sie jedoch, dass die Blemleys immerhin so klug gewesen seien, sich einen ausgezeichneten Koch zu halten – sonst wäre es Ihrer Ansicht nach auch kaum vorstellbar, dass irgendein Gast zum zweiten Mal hierherkäme.«

»Nicht ein einziges Wort davon ist wahr! Mrs. Cornett ist mein Zeuge …«

»Mrs. Cornett wiederholte Ihre Worte gegenüber Bertie van Than«, fuhr Tobermory fort, »und sagte noch: ›Dieses Weib ist ein regelrechter Fresssack. Wenn sie weiß, dass sie ihre vier ausgiebigen Mahlzeiten pro Tag bekommt, geht sie überall hin!‹ Und Bertie van Than sagte …«

Glücklicherweise wurde der Bericht an dieser Stelle unterbrochen. Tobermory hatte Tom, den großen gelben Kater aus dem Pfarrhaus, entdeckt, der durch die Ziersträucher zum Stall schlich. Mit einem gewaltigen Satz war er durch die offen stehende Terrassentür verschwunden.

Nach der Flucht seines allzu gelehrigen Schülers fand sich Cornelius Appin plötzlich inmitten eines Orkans erbitterter Vorwürfe, ängstlicher Fragen und flehender Bitten. Allein bei ihm liege die Verantwortung für die entsetzliche Situation, und an ihm sei es jetzt, dafür zu sorgen, dass alles nicht noch schlimmer würde. Ob Tobermory seine gefährliche Begabung auch anderen Katzen mitteilen könne, war das Erste, was man ihn fragte. Möglich sei es, erwiderte er, dass er seine intime Freundin, die Stallkatze, in seine neuen Fähigkeiten einweihe; es sei jedoch unwahrscheinlich, dass er damit Erfolg hätte.

»Meinetwegen mag Tobermory eine wertvolle Katze und ein besonders liebes Tier sein«, meinte Mrs. Cornett. »Du wirst jedoch zugeben müssen, Adelaide, dass man ihn möglichst schnell beseitigen muss – und die Stallkatze auch!«

»Glaubst du etwa, dass ich die letzte Viertelstunde besonders genossen habe?«, sagte Lady Blemley verbittert. »Mein Mann und ich mögen Tobermory wirklich gern – wenigstens mochten wir ihn, solange er diese schrecklichen Fähigkeiten noch nicht besaß. Aber jetzt gibt es natürlich keine andere Lösung, als ihn so schnell wie möglich zu beseitigen.«

»Vielleicht könnten wir etwas Strychnin in sein Fressen tun«, meinte Sir Wilfrid. »Die Stallkatze werde ich persönlich ersäufen. Der Kutscher wird seinem Liebling zwar nachtrauern, aber ich werde einfach sagen, dass bei beiden Katzen eine ansteckende Räude ausgebrochen sei und dass wir fürchteten, sie könnten auch die Hunde infizieren.«

»Und meine einzigartige Entdeckung!«, unterbrach Mr. Appin ihn. »Nach so vielen Jahren des Forschens und Experimentierens...«

»Meinetwegen experimentieren Sie mit Rindviechern weiter, die man eingesperrt halten kann«, sagte Mrs. Cornett. »Oder auch mit den Elefanten in den Zoologischen Gärten. Elefanten sollen doch so intelligent sein, und außerdem sagt man von ihnen, dass sie sich weder in Schlafzimmern herumtreiben noch unter Sesseln verstecken!«

Ein Erzengel, der verzückt das Tausendjährige Reich verkündet hat und dann feststellen muss, dass es aus irgendeinem Grund auf unbestimmte Zeit hinausgeschoben wird, könnte kaum enttäuschter sein als Cornelius Appin über das Echo, das sein wunderbarer Erfolg ausgelöst hatte. Die öffentliche Meinung stand jedoch gegen ihn, und hätte man auf die Stimme der Allgemeinheit gehört, wäre eine bedeutende Minderheit vermutlich dafür gewesen, ihm ebenfalls eine strychningewürzte Speise vorzusetzen.

Schlechte Zugverbindungen und der nervöse Wunsch, das hoffentlich gute Ende noch mitzuerleben, verhinderten die sofortige Abreise der Beteiligten; aber trotzdem war das Abendessen kein gesellschaftlicher Erfolg. Besonders Sir Wilfrid hatte aufregende Stunden hinter sich – zuerst wegen der Katze, dann wegen des Kutschers. Agnes Resker begnügte sich – für alle sichtbar – mit einem trockenen Toast, in den sie jedoch hineinbiss, als sei er ihr persönlicher Feind. Mavis Pellington befleißigte sich eines störrischen Schweigens; Lady Blemley dagegen redete ununterbrochen und hoffte, dass man es als Unterhaltung ansehen würde, während ihre Augen immer wieder zur Tür wanderten. Auf dem

Büfett stand eine Schüssel mit sorgfältig präpariertem Fisch – aber nachdem Nachspeise, Käse und Mokka abserviert waren, hatte man Tobermory weder im Speisezimmer noch in der Küche gesehen.

Der Leichenschmaus fand seine würdige Fortsetzung in der Nachtwache, die im Rauchzimmer abgehalten wurde. Essen und Trinken hatten zumindest zur Folge, dass die herrschende Verlegenheit bemäntelt und man von ihr abgelenkt wurde. Eine Partie Bridge stand jedoch bei der vorhandenen Nervenanspannung und aufgrund der allgemeinen Stimmung gar nicht zur Debatte. Um elf Uhr ging das Personal zu Bett, nachdem noch Bescheid gesagt worden war, dass das kleine Fenster in der Anrichte – Tobermorys Privateingang – wie üblich offen stehe. Die Gäste hingegen lasen sich standhaft durch die vorhandenen Magazine hindurch und griffen sogar auf literarische Zeitschriften sowie auf die verschiedenen Sammelbände des Punch zurück. In regelmäßigen Abständen suchte Lady Blemley die Anrichte auf, kehrte jedoch immer mit einem Ausdruck dumpfer Niedergeschlagenheit zurück, der jede Frage überflüssig machte.

Um zwei Uhr brach Clovis das lastende Schweigen.

»Heute Nacht kommt er doch nicht mehr. Vermutlich sitzt er in der Redaktion der hiesigen Zeitung und diktiert das erste Kapitel seiner Memoiren. Sie werden alles Übrige aus dem Felde schlagen und die Sensation des Tages werden.«

Nachdem Clovis seinen Beitrag zur allgemeinen Unterhaltung beigesteuert hatte, begab er sich zu Bett. In längeren Abständen folgten die anderen Gäste seinem Beispiel.

Die Diener, die am folgenden Morgen den Frühstückstee auf den Zimmern servierten, gaben auf die stets gleiche Frage eine ständig wiederkehrende Antwort: Tobermory sei noch nicht nach Hause gekommen.

Das gemeinsame Frühstück verlief – wenn überhaupt möglich – noch unerfreulicher, als das gestrige Abendessen; bevor man sich jedoch wieder erhob, wurde die Situation geklärt: Tobermorys Leichnam wurde ins Haus gebracht. Einer der Gärtner hatte ihn zwischen den Ziersträuchern gefunden. Aus der Bisswunde an seiner Kehle und den gelben Haarbüscheln an seinen Krallen wurde deutlich, dass er in dem ungleichen Kampf mit dem Tom aus dem Pfarrhaus unterlegen war.

Gegen Mittag hatten die meisten Gäste das Haus verlassen, und nach dem Essen hatte sich Lady Blemley wieder so weit erholt, dass sie an das Pfarrhaus einen äußerst unangenehmen Brief wegen des Verlustes ihres Lieblings schreiben konnte.

Tobermory war Mr. Appins erster erfolgreicher Schüler gewesen, und das Schicksal wollte es, dass er keinen Nachfolger bekam. Wenige Wochen später riss sich im Dresdener Zoo – ohne vorher die geringste Erregung zu zeigen – ein Elefant los und tötete einen Engländer, der ihn offenbar geärgert hatte. Der Name des Unglücklichen wurde von den Zeitungen verschieden angegeben: einmal als Oppin, dann wieder als Eppelin. Als Vorname wurde jedoch überall gleichlautend ›Cornelius‹ genannt.

»Wenn er versucht haben sollte, dem armen Tier die deutschen unregelmäßigen Verben beizubringen, hat er es auch nicht anders verdient«, sagte Clovis.

P. G. Wodehouse

Der Katzenhasser

Es war Harold, der uns miteinander bekannt machte, als ich eines Abends im Café Britannique, in Soho, zu Abend aß. Das Café Britannique besitzt die Eigenart, dass man dort immer und selbst im Winter Fliegen antrifft. An jenem Abend fiel Schnee, als ich durch die Tür trat; als ich mich jedoch umblickte, bemerkte ich verschiedene bekannte Gesichter. Mein alter Bekannter Percy, der Brummer, sah trotz seiner Jahre ungeheuer rüstig aus und beschäftigte sich gerade schwer atmend mit einem Hammelkotelett, sodass er nur ganz kurz innehielt, um mir zuzunicken; sein Vetter Harold dagegen, der immer Tätige, sichtete mich ebenfalls und setzte sich sofort in Bewegung, um mich zu begrüßen.

Er hatte gerade sein Spiel mit meinem rechten Ohr beendet und kreiste langsam in der Luft, wobei er überlegte, auf welche Weise er mich noch unterhalten könnte, als es plötzlich in der Luft rauschte, eine Serviette an meinem Kopf vorbeizischte und Harold nicht mehr war.

Ich wandte mich zur Seite, um meinem Retter zu danken, der am Nebentisch saß. Es war ein Franzose, ein melancholisch aussehender Mann. Alles in allem ähnelte er einem Menschen, der mit einer brennenden Kerze das Loch in der Gasleitung des Lebens gesucht hat und den die geballte Faust des Schicksals unterhalb des dritten Knopfes seiner Gemütsweste getroffen hat.

Mit einer Handbewegung wischte er meinen Dank beiseite. »Eine Bagatelle!«, sagte er. Wir freundeten uns an. Er setzte sich an meinen Tisch, und beim Kaffee schlossen wir Bruderschaft.

Plötzlich wurde er unruhig. Mit dem Fuß stieß er unter dem Tisch nach einem unsichtbaren Gegenstand. Seine Augen funkelten ärgerlich. »Pssst!«, zischte er. *»Va-t'en!«*

Ich blickte seitlich unter den Tisch und gewahrte die Restaurantkatze, die sich würdevoll auf dem Rückzug befand.

»Mögen Sie Katzen nicht?«, sagte ich.

»Ich 'asse alle Tiere, Monsieur. Katzen besonders.« Er furchte die Stirne. Er schien zu zögern. »Ich werde Ihnen meine Geschichte erzählen«, sagte er. »Sie werden Sympathie empfinden. Sie 'aben ein sympathisches Gesicht. Es ist die Geschichte von der Tragik eines Mannes. Es ist die Geschichte eines zerstörten Lebens. Es ist die Geschichte einer Frau, die nicht verzei'en wollte. Es ist die Geschichte ...«

»Ich bin um elf verabredet«, sagte ich.

Er nickte geistesabwesend, zog an seiner Zigarette und begann zu erzählen.

Dass ich Tiere 'asse, Monsieur, 'abe ich vor vielen Jahren in Paris gemerkt. Tiere sind für mich ein Symbol für vergessene Jugendträume, für vereitelte Absichten, für grausam unterdrückte künstlerische Impulse. Sie sind erstaunt. Sie fragen, warum ich so etwas sage, und ich werde es Ihnen erzählen.

Ich bin in Paris, jung, brennend, künstlerisch begabt. Ich wünsche Bilder zu malen. Ich 'abe das Genie, die Begeisterung. Ich wünsche, Schüler des großen Bouguereau zu sein. Aber nein. Ich bin von der Unterstützung durch meinen Onkel ab'ängig. Er ist reich. Er ist Besitzer des großen 'otels Jules Priaulx. Ich 'eiße ebenfalls Priaulx. Er 'at kein Mitgefühl. Ich sage: »Onkel, ich 'abe das Genie, die Begeisterung. Erlaube mir zu malen.« Er schüttelt den Kopf. Er sagt: »Ich gebe dir eine Stellung in meinem 'otel, und du verdienst dir deinen Lebensunter'alt.« Was tun? Ich weine, aber er mordet meine Träume, und ich werde Kassierer im 'otel meines Onkels mit einem Ge'alt von fünfunddreißig Francs die Woche. Ich, der Künstler, werde eine Maschine für Geldwechseln bei verdammt schlechtem Ge'alt. Was 'ätten Sie gemacht? Was tun? Ich bin ab'ängig. Ich ge'e in das 'otel, und dort lerne ich, alle Tiere zu 'assen. Katzen besonders.

Ich will Ihnen den Grund sagen. Das 'otel meines Onkels ist ein bekanntes 'otel. Reiche Amerikaner, reiche Ma'aradschas, reiche Leute aus jeder Nation kommen in das 'otel meines Onkels. Sie kommen, und bei sich 'aben sie ihre Schoßtiere. Monsieur, es war ein richtiger Albtraum. Wo'in ich blickte, sind Tiere. 'ören Sie zu. Da ist ein indischer Fürst. Er 'at zwei Dromedare bei sich. Da ist ein anderer indischer Fürst. Er 'at eine Giraffe bei sich. Die Giraffe trinkt täglich ein Dutzend Flaschen besten Champagner, damit der Pelz schön bleibt. Ich, der Künstler, 'abe mein Glas Bier, und mein Pelz ist nicht schön. Da ist ein Gast mit einem jungen Löwen. Da ist ein Gast mit einem Alligator. Aber da ist vor allem eine Katze – ein Kater. Er ist fett. Sein Name ist Alexander. Er ge'ört einer Amerikanerin. Sie ist auch fett. Sie zeigt ihn mir. Er ist in eine Création aus Seide und Pelz gehüllt, wie eine Operndiva. Jeden Tag zeigt sie ihn. Immer 'eißt es »Alexander 'ier« und »Alexander dort«, bis ich Alexander sehr 'asse. Ich 'asse alle Tiere, aber besonders Alexander.

Und so, Monsieur, geht es weiter, Tag für Tag, in diesem 'otel, das ein Zoologischer Garten ist. Und jeden Tag 'asse ich die Tiere mehr. Aber besonders Alexander.

Wir Künstler, Monsieur, sind Märtyrer unserer Nerven. Es wurde unerträglich, diese Geschichte. Jeden Tag wurde es unerträglicher. Nachts träume ich von allen Tieren, eins nach dem anderen – die Giraffe, die beiden Dromedare, der junge Löwe, der Alligator und Alexander. Besonders Alexander. Sie 'aben von Leuten ge'ört, die die Gesellschaft einer Katze nicht ertragen können – wie sie aufschreien und in die Luft springen, wenn eine Katze unter den Anwesenden ist. *Hein?* Ihr Lord Roberts? Richtig, Monsieur. Ich 'abe sehr viel gelesen. Also 'ören Sie zu. Ich bin langsam wie er geworden, fast. Ich schreie nicht auf und springe nicht in die Luft, wenn ich den Kater Alexander se'e, aber ich knirsche mit den Zähnen, und ich 'asse ihn.

Ja, ich bin ein untätiger Vulkan, und eines Morgens erleide ich einen Ausbruch. Es war folgendermaßen. Ich werde es Ihnen erzählen.

Zu dieser Zeit bin ich nicht nur Märtyrer meiner Nerven, sondern auch von Zahnschmerzen. An jenem Morgen 'abe ich die Zahnschmerzen sehr schlimm. Ganz fürchterlich sind die Schmerzen. Ich stöhne, während ich die Zahlen in meinem Buch zusammenzähle.

Während ich stöhne, 'öre ich eine Stimme.

»Sag M. Priaulx guten Morgen, Alexander.« Bedenken Sie

meine Empfindungen, Monsieur, als dieser fette bestialische Kater auf meinen Tisch gesetzt wird, direkt vor mich 'in!

Das brachte das Wasser zum Überlaufen – nein, die Redensart 'eißt anders: das Fass. Das brachte das Fass zum Überlaufen. Mein ganzer unterdrückter 'ass auf die Tiere bricht aus. Ich kann meinen 'ass nicht mehr verbergen.

Ich ste'e auf. Ich war fürchterlich. Ich packte ihn am Schwanz. Ich schleudere ihn fort – wo'in, das weiß ich nicht. Es interessiert mich nicht. Damals nicht. Später, ja, aber damals nicht.

Ihr Longfellow 'at ein Gedicht geschrieben. Ungefähr so: »Ich schoss einen Pfeil in den 'immel. Er kam auf die Erde zurück – wo, weiß ich nicht.« Und dann 'at er ihn gefunden, den Pfeil, im 'erzen seines Freundes. Richtig? Genauso tragisch war es mit mir. Ich schleuderte den Kater Alexander weg. Mein Onkel, von dem ich ab'ängig bin, geht in diesem Moment vorbei. Er 'at den Kater mitten in sein Gesicht bekommen. –

Mit dem Instinkt des Künstlers für einen ›Vorhang‹ schwieg mein Tischnachbar. Er sah sich in dem hellerleuchteten Restaurant um: überall das Klirren von Messer und Gabel und dazu das klare, scharfe Geräusch jener, die ihre Suppe schlürften. In einer fernen Ecke rief ein kleiner Kellner mit einer kräftigen Stimme dem Koch irgendwelche Namen zu. Es war ein fröhliches Bild; meinen Tischnachbarn machte es jedoch keineswegs fröhlich. Er seufzte tief und erzählte weiter.

– Ich überge'e schnell die peinliche Szene. Es entsteht Lärm. Mein Onkel ist ein 'eißblütiger Mann. Der Kater ist ein schwerer Kater. Ich 'abe ihn kräftig weggeschleudert, denn meine Nerven und meine Zahnschmerzen und mein 'ass 'aben mir die Kraft eines Giganten verlie'en. Allein das ist genug, um meinen 'eißblütigen Onkel in Wut zu bringen. Ich arbeite in seinem 'otel, Sie verstehen, als Kassierer, nicht als Katzenwerfer. Und davon einmal ganz abgese'en, 'abe ich den geschätzten Gast beleidigt. Sie 'at das 'otel noch am selben Tag verlassen.

In meinen Gedanken ist kein Zweifel, was nun kommt. Mit dieser Überzeugung erwarte ich mein *congé*. Und nach peinlicher Szene ist es so weit. Ich muss ge'en. Sofort. Er 'at der zornigen amerikanischen Dame versprochen, dass ich sofort ge'e.

Er 'at mich in sein Privatbüro gerufen. »Jean«, 'at er schließlich und endlich gesagt, »du bist ein Dummkopf, ein Tölpel, ein nichtsnutziger Idiot. Ich gebe dir gute Stelle in meinem 'otel, und du 'ast nichts Besseres zu tun, als Katzen 'erumzuwerfen. Ich will dich nicht mehr se'en. Aber selbst jetzt kann ich nicht vergessen, dass du das Kind meines lieben Bruders bist. Ich werde dir jetzt eintausend Francs geben und dich nie mehr wiederse'en.«

Ich 'abe ihm dafür gedankt, denn für mich bedeutet das Reichtum. Noch nie 'atte ich eintausend Francs für mich allein besessen.

Ich verlasse das 'otel. Ich ge'e in ein Café und bestelle ein Glas Bier. Ich rauche eine Zigarette. Es ist notwendig, dass ich Pläne ausdenke. Soll ich mit den tausend Francs ein Atelier im Quartier mieten und mein Leben als Künstler beginnen? Nein. Ich 'abe immer noch das Genie, die Begeisterung, aber ich 'abe keine Ausbildung. Um mich selbst im

Malen von Bildern auszubilden, muss ich lange studieren, und sogar tausend Francs 'alten nicht für ewig vor. Was also soll ich tun? Ich weiß nicht. Ich bestelle ein zweites Glas Bier und rauche noch ein paar Zigaretten, aber ich weiß immer noch nicht.

Und dann sage ich mir: »Ich werde zu meinem Onkel zurückkehren und mich mit ihm unter'alten. Ich werde günstige Gelegenheit abwarten. Ich werde mich ihm nach dem Abendessen nä'ern, wenn er guter Laune ist. Dazu muss ich jedoch in der Nä'e sein. Ich muss – wie sagen Sie – auf Deck sein.«

Ich 'abe mich entschlossen. Ich 'abe einen guten Plan.

Ich bin zum 'otel meines Onkels zurückgekehrt, und ich 'abe ein nicht zu teures 'otelzimmer genommen. Mein Onkel weiß nichts. Er ist immer noch in seinem Privatbüro. Ich schließe mein Zimmer ab.

Ich esse an diesem Abend billig, aber ich ge'e in das Theater, und nach dem Theater soupiere ich, denn 'abe ich nicht meine tausend Francs? Es ist spät, als ich mein 'otelzimmer betrete.

Ich ge'e zu Bett. Ich schlafe ein.

Aber ich schlafe nicht lange. Eine Stimme 'at mich geweckt.

Es ist eine Stimme, die sagt: »Eine Bewegung, und ich schieße! Eine Bewegung, und ich schieße!« Ich liege regungslos. Ich rühre mich nicht. Ich bin tapfer, aber ich bin unbewaffnet.

Und die Stimme wieder'olt: »Eine Bewegung, und ich schieße!« Vielleicht Räuber? Oder ein Marodeur, der in mein Zimmer gedrungen ist, um mich auszuplündern?

Ich weiß nicht. Ich denke: vielleicht ja.

»Wer sind Sie?«, 'abe ich gefragt.

Keine Antwort.

Ich nehme allen Mut zusammen. Ich springe vom Bett. Ich stürze zur Tür. Kein Pistolenknall. Ich ste'e auf dem Korridor und schreie um 'ilfe.

'otelangestellte laufen 'erbei. Türen öffnen sich. »Was ist los?«, rufen Stimmen.

»In meinem Zimmer ist ein bewaffneter Räuber«, versichere ich beru'igend.

Und dann 'abe ich es gemerkt – nein, ich 'abe mich geirrt. Meine Tür ist, wie Sie sich vorstellen können, weit offen. – Und wie ich diese Worte ausgesprochen 'abe, kommt ein großer grüner Papagei 'erausge'üpft. Mein Mörder ist bloß ein grüner Papagei.

»Eine Bewegung, und ich schieße!«, 'at er zu denen gesagt, die auf dem Korridor zusammengekommen waren. Dann 'at er mich in die 'and gebissen und ist weitergeflattert.

Ich bin verärgert, Monsieur. Aber nur für einen Moment. Dann 'atte ich meinen Ärger vergessen. Denn eine Stimme sagt aus einer Tür, die sich geöffnet 'at, voller Freude: »Es ist mein Polly, den ich 'eute Abend verloren 'abe!«

Ich dre'e mich um. Mir verschlägt es die Luft vor Bewunderung. Ich vergesse alles – nur nicht, dass sie anbetungswürdig ist. Ich vergesse die Leute, die um mich 'erumste'en. Ich vergesse, dass der Papagei mich in die 'and gebissen 'at. Ich vergesse sogar, dass ich dort im Pyjama ste'e, mit nichts an den Füßen. Ich kann sie nur anstarren und anbeten.

Ich finde wieder Worte.

»Mademoiselle«, 'abe ich gesagt, »ich bin 'ocherfreut,

dass ich der Anlass war, Ihnen diesen Vogel wieder zu verschaffen.«

Sie 'at mir mit den Augen gedankt und dann auch mit Worten. Ich bin verzaubert. Sie ist göttlich. Ich merke gar nicht, dass meine Füße kalt werden. Ich wünsche, die ganze Nacht dort ste'en und mit ihr sprechen zu können.

Sie 'at einen Schrei der Bestürzung ausgestoßen.

»Ihre 'and! Sie sind verwundet!«

Ich blicke meine 'and an. Ja, sie blutet, wo der Vogel mich gebissen 'at.

»Ah bah, Mademoiselle«, 'abe ich gesagt. »Eine Bagatelle.«

Aber nein. Sie ist unglücklich. Sie ist, was Ihr Dichter Scott gesagt 'at, ein gottgesandter Engel! Sie 'at ihr Taschentuch zerrissen und verbindet meine Wunde. Ich bin entzückt. Diese Schön'eit! Diese Freundlichkeit! Ich kann kaum widerste'en, vor ihr auf die Knie zu fallen und ihr meine Leidenschaft zu erklären.

Wir sind Zwillingsseelen. Sie 'at mir wieder gedankt. Sie 'at den Papagei geschimpft. Sie 'at mich angelächelt, als sie sich in ihr Zimmer zurückzieht. Es genügt. Nichts ist gesagt – aber ich bin ein Mann mit Sensibilität und Urteilsvermögen, und ich verste'e, dass sie nicht beleidigt sein wird, wenn ich versuche, unsere Freundschaft bei einer passenderen Occasion zu erneuern.

Die Türen schließen sich. Die Gäste sind in ihre Betten zurückgekehrt, die 'otelangestellten an ihre Arbeit. Und ich ge'e in mein Zimmer zurück. Aber ich schlafe nicht. Es ist sehr spät, aber ich schlafe nicht. Ich liege wach und denke an sie.

Sie werden sich vorstellen können, Monsieur, mit welchen gemischten Gefühlen ich mich am nächsten Morgen er'ob. Auf der einen Seite muss ich scharf auf meinen Onkel achten, denn ich muss ihn meiden, bis er – wie sagt man in Ihrer Sprache? Richtig, jetzt 'abe ich es – bis sein Zorn verraucht und er sich wieder gefasst 'at. Auf der anderen Seite muss ich auf meine Dame mit Papagei achten. Ich zähle die Minuten bis zu unserem Wiederse'en.

Ich ge'e meinem Onkel erfolgreich aus dem Weg, und als die Zeit des *déjeuner* kommt, se'e ich sie. Sie spricht mit einem alten Gentleman. Ich 'abe mich verneigt. Sie 'at gelächelt und mich mit einer 'andbewegung aufgefordert, näher zu kommen.

»Vater«, 'at sie gesagt, »das ist der Gentleman, der Polly eingefangen 'at.«

Wir 'aben uns die 'and gegeben. Er ist ein nachsichtiger Papa. Er 'at gelächelt und sich ebenfalls bedankt. Wir 'aben uns gegenseitig unsere Namen genannt. Er ist Engländer. Er besitzt viel Land in England. Er ist länger in Paris gewesen. Er ist reich. Er 'eißt 'enderson. Er spricht mit seiner Tochter und nennt sie Marion. In meinem 'erzen nenne ich sie ebenfalls Marion. Sie werden merken, dass ich – wie sagt man bei Ihnen – ziemlich weit gegangen bin.

Die Zeit zum *déjeuner* ist gekommen. Ich bitte sie, meine Gäste zu sein. Ich kann es mir leisten, verste'en Sie, denn in meiner Tasche sind noch sehr viele Francs von meinem Onkel. Sie nehmen meine Einladung an. Ich bin – wie sagt man bei Ihnen – im siebenten 'immel.

Alles ist gut. Unsere Freundschaft 'at sich mit wunderbarer Schnelligkeit entwickelt. Der alte Gentleman und ich sind bald gute alte Freunde. Ich 'abe ihm meine Träume von künstlerischem Ruhm anvertraut, und er 'at mir erzählt, wie sehr er Ihren Lloyd George verachtet. Er 'at erwähnt, dass er und Miss Marion noch am selben Tag nach London abfahren. Ich bin verzweifelt. Mein Gesicht verfällt. Er 'at meinen Gram gemerkt. Er 'at mich eingeladen, sie in London zu besuchen.

Stellen Sie sich meinen Schmerz vor. Sie in London zu besuchen ist mein einziger, mein größter 'erzenswunsch. Aber wie? Ich nehme die Einladung dankbar an, aber ich frage mich, wie ich es tun kann. Ich bin ein armer Lump, der nichts als neun'undert Francs besitzt. Er 'at es als selbstverständlich genommen, dass ich wohl'abend bin.

Was soll ich tun? Ich verbringe den Nachmittag mit dem Versuch, einen Plan auszudenken. Und dann 'abe ich einen Entschluss gefasst. Ich will zu meinem Onkel ge'en und sagen: »Onkel, ich 'abe die großartige Chance, die Tochter eines wohl'abenden englischen Großgrundbesitzers zu 'eiraten. Schon jetzt ist sie mir dankbar. Bald – denn ich bin jung, 'übsch und 'öflich – wird sie mich lieben. Sei vernünftig, alter Knabe, und lege das Geld für diese Affäre auf den Tisch.«

Ich bin fest entschlossen, diese Worte meinem Onkel zu sagen.

Ich kehre zum 'otel zurück. Ich betrete sein Privatbüro. Ich verrate kein Ge'eimnis, wenn ich sage, dass er nicht 'erzlich zu mir ist.

»Zehntausend Teufel!«, 'at er geschrien. »Was tust du 'ier?«

Ich beeile mich, ihm alles zu erzählen, und bitte ihn sehr, kein Spielverderber zu sein. Er glaubt nichts.

»Wer ist es?«, fragt er. »Dieser englische Gutsbesitzer? Wie 'ast du ihn kennengelernt? Und wo?«

Ich sage es. Er ist verblüfft.

»Du 'ast die teuflische Unverschämt'eit, dir in meinem 'otel ein Zimmer zu nehmen?«, 'at er geschrien.

Ich bin listig. Ich bin Diplomat.

»Wo denn sonst, lieber Onkel?«, sage ich. »In ganz Paris gibt es kein ebenso gutes 'otel. Die Küche – exquisit! Die Betten – wie Rosenblätter! Die Bedienung – süperb! Auch wenn nur für eine Nacht, 'abe ich mir gesagt, dann nur dieses 'otel.«

Ich 'abe – wie sagt man bei Ihnen – ins Schwarze getroffen.

»In dem, was du sagst«, meint mein Onkel, »liegt etwas Wahres. Es ist wirklich ein gutes 'otel, mein 'otel!«

Das einzige 'otel, 'abe ich ihm versichert. Das Meurice? Pah? Ich schnipse mit den Fingern. Das Ritz? Pah! Wieder schnipse ich mit den Fingern. »In ganz Paris gibt es kein 'otel wie dieses.«

Sein Zorn verraucht. Er 'at sich wieder gefasst. »Erkläre mir noch einmal deine Pläne, Jean.«

Als ich ihn verlasse, 'aben wir uns geeinigt. Wir 'aben abgemacht, dass ich noch eine letzte Chance bekommen soll. Wegen eines 'alben Eimers Teer will er dieses vielversprechende Schiff nicht unterge'en lassen. Er wird mir Geld für meine Zwecke geben. Aber er 'at gesagt, als wir uns trennten, wenn ich versage, will er mit mir nichts mehr zu schaffen 'aben. Er kann noch nicht vergessen, dass ich das Kind seines lieben Bruders bin. Aber wenn es mir nicht gelingt, die göttliche Miss Marion zu gewinnen, glaubt er, dass es ihm doch möglich sein wird.

Es ist gut. Eine Woche später folge ich den 'endersons nach London.

In den nun folgenden Tagen, Monsieur, bin ich im Paradies. Mein Gastgeber 'at ein sehr 'übsches 'aus am Eaton Square. Er ist reich, ist bekannt. Es gibt viel Geselligkeit. Und ich – ich 'abe *succès fou.* Ich bin jung, 'übsch und 'öflich. Ich kann nicht sehr gut Ihre Sprache sprechen – nicht so gut wie jetzt –, aber es geht. Ich komme zurecht. Ich bin intelligent, liebenswürdig. Alle lieben mich.

Nein, nicht alle. Captain Bassett, der liebt mich nicht. Und warum? Weil er die bezaubernde Miss Marion liebt und merkt, dass ich ihr auffalle wie ein in Flammen ste'endes 'aus. Er ist *ami de famille.* Er ist Captain bei Ihrer *Garde Ecossais,* und mein Gastgeber 'at mir erzählt, dass er sich als Soldat sehr ausgezeichnet 'at. Das mag sein. Als Soldat, vielleicht. Aber in der Konversation ist er weniger gut. Er ist ein ziemlich netter Bursche, verste'en Sie? 'übsch – ja. Tapfer – ja. Aber er brilliert nicht. Er 'at nicht mein *verve,* meinen *élan.* Ich – wie sagt man bei Ihnen –, ich stecke ihn glatt in die Tasche.

Aber was denn! Damals 'ätte ich die ganze britische Armee in die Tasche gesteckt! Jawohl, und dazu noch das ganze Corps Diplomatique. Denn ich bin inspiriert. Liebe 'at mich inspiriert. Ich bin Eroberer.

Aber ich will Sie nicht mit den Details meines Werbens langweilen, Monsieur. Sie sind mitfühlend, aber ich darf Sie nicht langweilen. Sagen wir also nur, dass ich in vier oder fünf Tagen den bemerkenswertesten Fortschritt erzielte und mich dem tragischen Ende nä'erte.

Fast könnte ich es Ihnen in vier Worten erzählen. In ihnen ist nahezu fast alles enthalten. Damals gab es in London ein Lied, das sehr beliebt war, ein komisches, vulgäres Lied aus den Ballsälen: »Die Katze kam zurück.« Kennen Sie es? Ja? Ich 'abe es auch ge'ört, damals, ohne mir etwas dabei zu denken. Es war für mich keine un'eilvolle Warnung. Ich empfand es nicht als Omen. Und dennoch liegt in diesen vier Worten meine Tragödie, Monsieur.

Wieso? Ich werde es Ihnen erzählen. Jedes einzelne Wort ist ein Schwert, das in meinem 'erzen herumgedreht wird, aber ich werde es Ihnen erzählen.

Eines Nachmittags saßen wir beim Tee. Alles ist gut. Ich bin leb'aft, lustig, Miss Marion ist charmant, graziös. Anwesend ist auch eine Tante, Mr. 'endersons Schwester. Aber um sie kümmere ich mich nicht sehr. Es ist Marion, zu der ich spreche – sowohl mit meinen Lippen als auch mit meinen Augen.

Wie wir so sitzen, wird Captain Bassett annonciert.

Er ist eingetreten. Wir 'aben uns 'öflich, aber kühl begrüßt, denn wir sind Rivalen. Er 'at etwas an sich, das mir nicht gefällt – eine Art ver'altenen Triumph, ge'obene Stimmung.

Mir ist nicht wohl – aber nichts Bestimmtes, verste'en Sie? Ich 'abe nicht die geringste Vorahnung, dass er nun gleich mein Todesurteil sprechen wird.

Er wendet sich an Miss Marion. Es ist Jubel in seiner Stimme. »Miss 'enderson«, 'at er gesagt, »ich 'abe eine verdammt gute Nachricht für Sie. Sie erinnern sich doch bestimmt an die Katze in dem Pariser 'otel, die der Amerikanerin ge'örte und von der Sie mir so viel erzählt 'aben? Gestern Abend 'abe ich beim Essen neben ihr gesessen. Zuerst war ich mir nicht sicher, ob sie es war. Dann sagte ich mir, dass es nicht zwei Mrs. Balderstone Rockmettler in Europa geben kann, und so erwähnte ich ihre Katze. Kurz und gut: Ich 'abe mir erlaubt, Ihnen den Kater Alexander als Geschenk mitzubringen.«

Ich 'abe einen Schrei des Entsetzens ausgestoßen, der aber wegen Miss Marions Schrei des Entzückens nicht vernommen wurde.

»Oh, Captain Bassett«, 'at sie gesagt, »wie großzügig von Ihnen! Seit ich Alexander zum ersten Mal sah, 'abe ich ihn geliebt. Ich kann Ihnen gar nicht sagen, wie dankbar ich bin. Es erstaunt mich jedoch, dass Sie sie veranlassen konnten, sich von ihm zu trennen. In Paris 'at sie alle meine Angebote abgelehnt.«

Er 'at geschwiegen, verwirrt.

»Die Tatsache ist«, 'at er dann gesagt, »dass zwischen ihr und Alexander eine gewisse Kühle existiert. Er 'at sie getäuscht, und sie liebt ihn nicht mehr. Unmittelbar nach Eintreffen in London 'atte er das Missgeschick, sechs kleine Kätzchen zu bekommen. Aber aus Unglück entsteht Glück, und so war ich in der Lage, ihn für Sie zu besorgen. Er ist unten in einem Korb.«

Miss Marion 'at geläutet und befohlen, dass er sofort nach oben gebracht wird.

Ich will die Begegnung nicht beschreiben, Monsieur. Sie sind mitfühlend. Sie werden meine Gefühle verste'en. Eilen wir ganz schnell weiter.

Stellen Sie sich vor, Monsieur, in welchem Ausmaß ich verwirrt war. Ich bin Künstler. Ich bin ein Mensch mit Nerven. In Gegenwart einer Katze kann ich nicht lustig, nicht brillant, nicht 'öflich sein. Trotzdem ist die Katze immer da. Es ist fürchterlich.

Ich merke, dass ich in dem Rennen zurückfalle. Ihre Dankbarkeit ist schuld, dass sie diesem Captain Bassett gegenüber immer reizender wird. Sie lächelt ihn an. Und wie ein Gockel bei Sonnenaufgang schlägt er mit den Flügeln und kräht. Er ist nicht mehr der schweigsame Zu'örer. Ich bin es, der zum schweigsamen Zu'örer geworden ist.

Ich 'abe mir selbst gesagt, dass irgendetwas passieren muss.

Zufall 'at mir den Weg gezeigt. Eines Nachmittags bin ich zufälligerweise allein in der 'alle. In seinem Käfig 'üpft der Papagei Polly. Ich spreche mit ihm durch das Gitter.

»Eine Bewegung, und ich schieße!«, 'at er geschrien.

Tränen sind mir in die Augen gestiegen. Wie deutlich steht die Szene mir wieder vor Augen!

Während ich weine, gewahre ich, dass der Kater Alexander sich nähert.

Ich 'abe einen Plan ausgedacht. Ich 'abe die Käfigtür geöffnet und den Papagei 'erausgelassen. Der Kater, so denke ich, wird den Papagei, dem Miss 'enderson so zugetan ist, angreifen. Sie wird ihn nicht mehr lieben. Er wird verbannt werden. –

Er verstummte. Wahrscheinlich hatte mein Gesicht den Ausdruck angeblichen Mitgefühls zu einem Teil verloren, als er von diesem teuflischen Komplott berichtete. Selbst Percy, der Brummer, wirkte erschreckt. Er hatte sich zuvor auf der Zuckerschale niedergelassen, aber bei diesen Worten erhob er sich sichtlich verstört und verließ den Tisch.

»Sie billigen es nicht?«, sagte er.

Ich zuckte die Schultern.

»Es geht mich nichts an«, sagte ich. »Aber finden Sie nicht

selbst, dass Sie sich damit unter Ihr Niveau begeben hatten? Kam Ihnen nicht – wenn auch nur dunkel – der Gedanke, dass Ihr Verhalten dem Vogel gegenüber etwas grob war?«

»Das schon, Monsieur. Aber was 'ätten Sie getan? Es ist notwendig, das Ei aufzuschlagen, um eine Omelette zu machen. Im Krieg und in der Liebe ist, wie es 'eißt, alles erlaubt, und 'ier war beides. Außerdem müssen Sie verste'en, dass ich dem Papagei doch nicht befahl, was er tun sollte. Er ist in seinen Entschlüssen frei. Ich 'abe nur die Käfigtür geöffnet. Sollte er 'eraus'üpfen und auf dem Fußboden spazieren, wo die Katze ist, so ist das seine Affäre. Ich werde fortfahren, ja?«

– *Alors!* Ich öffne die Käfigtür und entferne mich diskret. Es ist nicht 'öflich, Zeuge dessen zu sein, was sich abspielen wird. Es ist nötig, dass ich ein Alibi 'abe. Ich ge'e in das Wohnzimmer, wo ich verbleibe.

Beim Abendessen 'at Mr. 'enderson gelacht.

»Zufällig 'abe ich 'eute Nachmittag in der 'alle eine verdammt komische Sache erlebt«, sagt er. »Dein Papagei, Marion, ist wieder einmal aus seinem Käfig entwischt und stritt sich mit dem Kater, den Captain Bassett dir geschenkt 'at.«

»Oh! 'offentlich 'at Alexander dem armen Polly nichts getan, wo ich ihn doch so gern 'abe«, sagt sie.

»Dazu ist es gar nicht erst gekommen«, sagt Mr. 'enderson. »Du kannst überzeugt sein, dass der Vogel sich schon allein zu 'elfen weiß. Als ich dazukam, 'atte die Katze sich in eine Ecke verkrochen und machte mit gesträubten 'aaren einen Buckel, während Polly vor ihr stand und sagte, dass er sie bei der ersten Bewegung erschießen werde. Und die

Katze rührte sich auch nicht, bis ich den Papagei ergriffen und wieder in den Käfig gesperrt 'atte; dann aber sauste sie wie ein Blitz die Treppe 'inauf. Durch bloße Charakterstärke 'at der Vogel einen unblutigen Sieg errungen. Ich trinke auf sein Wohl!«

Sie können sich meine Gefühle vorstellen, Monsieur. Ich bin wie die Mäuse und Menschen des Dichters, deren ausgeklügelte Pläne vereitelt worden sind. Ich bin sprachlos. Ich bin entmutigt. Ich weiß nicht, was ich tun soll. Ich muss einen neuen Plan machen; ich weiß aber nichts mehr.

Wie soll ich den Kater beseitigen? Soll ich ihn umbringen? Nein, denn man könnte mich verdächtigen.

Soll ich jemanden beauftragen, ihn zu stehlen? Nein, denn mein Komplice könnte mich verraten.

Soll ich ihn selbst stehlen? Ah – das ist schon besser. Das ist ein sehr guter Plan.

Bald 'abe ich ihn fertig, den Plan. Monsieur, 'ören Sie gut zu; es ist folgendermaßen. Es ist ganz einfach, aber es ist gut. Ich warte eine günstige Gelegen'eit ab. Ich schaffe die Katze 'eimlich aus dem 'aus. Ich bringe sie zu einer Speditionsfirma. Ich ordne an, dass sie sofort in das Katzenasyl gebracht wird und dass *M. le Directeur* veranlasst wird, sie sofort zu töten. Es ist ein ganz einfacher Plan, aber es ist ein guter Plan.

Ich führe ihn aus, ohne jede Störung. Es ist nicht schwierig, die Katze zu fangen. Sie schläft im Wohnzimmer. Niemand ist in der Nä'e. Ich 'abe in meinem Schlafzimmer eine 'utschachtel, die ich aus Paris mitgebracht 'abe. Ich 'abe die Katze 'ineingetan. Ich 'abe das 'aus unbemerkt verlassen. Die Katze 'at einen Schrei ausgestoßen, aber keiner 'at etwas ge'ört. Ich 'abe die Spedition erreicht. Ich 'abe die Schachtel mit der Katze abgegeben. Der Manager ist 'öflich, mitfühlend. Ein Bote ist mit einem Wagen zum Katzenasyl losgefahren. Ich 'abe einen Seufzer der Erleichterung ausgestoßen. Ich bin gerettet.

Das ist es wenigstens, was ich mir bei meiner Rückkehr sage. Meine Sorgen sind weg, und ich bin wieder vergnügt, 'öflich, leb'aft zu Miss Marion, denn nie mehr wird der Kater Alexander anwesend sein und mich irritieren.

Als ich zurück bin, gibt es im 'ause einen Aufruhr. Ich komme auf der Treppe an Domestiken vorbei, die dauernd »Puß, Puß!« rufen. Der Butler zwitschert laut und stochert mit einem Schirm unter den Möbeln. Alles ist Konfusion und Aufregung.

Im Wohnzimmer ist Miss Marion. Sie ist in großer Not.

»Nirgends«, sagt sie, »ist der Kater Alexander zu finden, dem ich so zugetan bin. Nirgends im 'ause ist er. Wo kann er nur sein? Er ist verlorengegangen.«

Ich bin freundlich, mitfühlend. Ich wage es, sie zu trösten; ich deute an, ob ich nicht vielleicht ein vollwertiger Ersatz für den scheußlichen Kater bin. Sie ist jedoch untröstlich. Ich muss Geduld 'aben. Ich muss den richtigen Moment abwarten.

Captain Bassett wird gemeldet. Er ist darüber informiert, was passiert ist. Er ist in Sorge. Er 'at etwas an sich, als wollte er ebenfalls wagen, 'öflich zu sein und zu trösten. Aber ich bin auf Deck. Ich bleibe, bis er gegangen ist.

Am nächsten Tag wieder: »Puß, Puß!« Wieder 'at der Butler mit dem Schirm unter den Möbeln gestochert. Wieder ist Miss Marion in großer Not. Wieder 'abe ich gewagt, sie zu trösten.

Dieses Mal glaube ich, nicht ganz ohne Erfolg zu sein. Sie verstehen: Ich bin jung, 'übsch, mitfühlend. Noch zwei Momente, und ich ergreife ihre 'and und erkläre ihr meine Leidenschaft.

Aber bevor ich dazu komme, wird Captain Bassett gemeldet.

Er 'at angefangen zu sprechen.

»Miss 'enderson«, 'at er gesagt, »ich 'abe mal wieder verdammt gute Nachrichten. Ich glaube fast, ich 'abe die Spur des vermissten Alexander gefunden – verste'en Sie?«

Miss Marion 'at vor Freude einen Schrei ausgestoßen. Aber ich bin ru'ig, denn ist Alexander gestern nicht getötet worden?

»Es ist folgendermaßen«, 'at er weiter gesagt. »Ich 'abe mich gefragt, wo kann eine verloren gegangene Katze 'öchstwahrscheinlich sein? Und ich 'abe mir geantwortet: im Katzenasyl. Ich ge'e also 'eute Vormittag zum Katzenasyl, und dort se'e ich eine Katze, die entweder der verlorengegangene Alexander selbst oder sein lebendiges Ebenbild ist. In seinem ganzen Ausse'en gleicht er genau dem verloren gegangenen Alexander. Aber wie ich ihn kaufen will, gibt es eine komische Schwierigkeit, die mir keiner erklären will. Sie brauchen etwas Zeit, sagen sie, um alles zu überlegen. Sie können darüber nicht sofort entscheiden.«

»Aber das ist doch Unsinn!«, 'at Miss Marion geschrien. »Wenn die Katze meine Katze ist, dann müssen sie sie mir zurückgeben! Kommen Sie«, 'at sie gesagt, »wir drei fahren gleich zusammen mit einem Wagen zum Katzenasyl. Wenn wir drei den verlorengegangenen Alexander wiedererkennen, dann müssen sie ihn mir sofort zurückgeben.«

Monsieur, mir ist unbe'aglich. Ich 'abe Ahnungen. Aber

wir fahren. Was tun? Wir fahren in einem Mietwagen zum Katzenasyl.

Der *directeur* ist 'öflich und mitfühlend. Er 'at uns mit der Katze bekannt gemacht, und mein 'erz bleibt ste'en, denn es ist Alexander. Warum ist er nicht getötet worden?

Der *directeur* spricht. Ich 'öre ihn wie in einem Traum.

»Wenn Sie ihn als Ihre Katze wiedererkennen, Miss«, 'at er gesagt, »ist die Angelegenheit damit erledigt. Mein Zögern, als Sie, Sir, sich mir 'eute Morgen in dieser Angelegenheit nä'erten, entspringt der Tatsache, dass der Bote die Anweisung mitbrachte, ihn sofort zu töten.«

»Ziemlich übel, was, diese Geschichte mit dem Boten, jawohl!«, 'at der Captain Bassett gesagt. Er ist lustig, verste'en Sie, denn er ist Eroberer.

Ich ver'alte mich still. Ich bin nicht lustig. Denn ich fühle schon – wie sagt man –, ich komme in Teufels Küche.

»Nicht der Bote, Sir«, 'at der *directeur* gesagt. »Sie 'aben mich missverstanden. Es war der Kater, der getötet werden sollte, entsprechend der Anordnung des anonymen Absenders.«

»Wer konnte nur so gemein gewesen sein?«, 'at Miss Marion unwillig gefragt.

Der *directeur* 'at sich gebeugt, und unter einem Tisch 'at er eine Schachtel 'ervorge'olt.

»In dieser Schachtel«, 'at er dann gesagt, »wurde das erwähnte Tier abgeliefert. Ein Begleitbrief lag nicht dabei. Der Absender war anonym.«

»Vielleicht«, 'at Captain Bassett gesagt – und immer noch 'öre ich ihn wie in einem Traum –, »vielleicht steht auf der Schachtel irgendwo ein verdammter Name, was?«

Ich 'alte mich am Tisch fest. Das Zimmer dreht sich immer schneller um mich. Ich 'abe keinen Magen mehr – nur Leere.

»Donnerwetter, ja«, 'at der *directeur* gesagt, »Sie 'aben recht, Sir, 'ier 'abe ich es schon. Komisch, dass es mir nicht vor'er eingefallen ist. 'ier steht ein Name, und auch eine Adresse. Der Name 'eißt Jean Priaulx, und die Adresse lautet: 'otel Jules Priaulx, Paris.« –

Mein Tischnachbar schwieg unvermittelt. Mit einem Taschentuch fuhr er sich über die Stirne. Dann griff er mit einer schnellen Bewegung nach seinem Glas und stürzte den Likör auf einmal hinunter.

»Monsieur«, sagte er, »Sie werden nicht wünschen, dass ich die Szene schildere? Es ist nicht nötig, dass ich – *hein?* – einem Zola nacheifere. Sie können es sich vorstellen?«

»Sie schmiss Sie raus?« In gefühlsbetonten Augenblicken ist es die schlichteste Sprache, die einem über die Lippen kommt.

Er nickte.

»Und heiratete Captain Bassett?«

Er nickte wieder.

»Und Ihr Onkel?«, sagte ich. »Wie nahm er es auf?«

Er seufzte.

»Wieder einmal«, sagte er, »entstand Lärm.«

»Und er wollte von nun an nichts mehr von Ihnen wissen?«

»Nicht ganz, Monsieur. Er war ärgerlich, aber er gab mir noch eine Chance. Ich bin immer noch das Kind seines lieben Bruders, Monsieur, und das kann er nicht vergessen.

Ein Bekannter von ihm, ein Mann des Wortes, ein M. Paul Sartines, benötigte dringend einen Sekretär. Der Posten war nicht gut bezahlt, aber es war eine Dauerstellung. Mein Onkel bestand darauf, dass ich ihn übernahm. Was tun? Ich nahm ihn. Es ist die Stelle, die ich 'eute noch 'abe.«

Er bestellte einen neuen Likör und stürzte ihn hinunter.

»Der Name ist Ihnen bekannt, Monsieur? Sie 'aben von M. Sartines schon ge'ört?«

»Das glaube ich kaum. Was ist er?«

»Er ist ein Gelehrter, ein *savant*. Fünf Jahre lang 'at er sich schon mit einem großen Werk beschäftigt. Und das ist es, wo ich ihm be'ilflich bin, indem ich Fakten dafür sammle, damit er sie verwenden kann. 'eute Nachmittag 'abe ich im Britischen Museum Fakten gesammelt. Morgen ge'e ich wieder 'in. Übermorgen auch und den dann folgenden Tag ebenfalls. Das Buch wird noch zehn Jahre beanspruchen, bis es vollendet ist. Es ist sein Lebenswerk.«

»Den Eindruck habe ich auch«, sagte ich. »Wovon handelt es?«

Er gab dem Kellner ein Zeichen.

»*Garçon,* noch einen Likör. Das Buch, Monsieur, ist eine Geschichte der Katze im alten Ägypten.«

Karel Čapek
Die unsterbliche Katze

Diese Katzengeschichte beginnt sonderbarerweise mit einem Kater, und zwar mit einem geschenkten. Jedes Geschenk hat etwas Übernatürliches an sich; es ist, wenn ich so sagen darf, aus einer anderen Welt. Es dringt in unser Leben ein, unabhängig davon, ob es uns passt oder nicht. Auch der geschenkte Kater mit dem blauen Schleifchen um den Hals hatte diese Eigenschaften an sich. Nach eben diesen verschieden gearteten Eigenschaften nannten wir ihn Filip, Racker, Gauner oder Räuber. Er war ein Angorakater, aber seinem Äußeren nach einem kessen Jungen nicht unähnlich. Und eines Tages geschah es: Auf einer seiner zahlreichen Entdeckungsreisen – diesmal hatte er sich den Balkon vorgenommen – fiel er, wie konnte so ein waghalsiger Spaziergang auch enden, von der Brüstung und einer Frau direkt auf den Kopf. Sie fühlte sich zum Teil tief beleidigt, zum Teil schrecklich zerkratzt und erstattete gegen meinen Kater eine Anzeige, als handle es sich um ein gefährliches Tier, das den Leuten regelmäßig auf den Kopf springt. Ich konnte zwar die Unschuld dieses Tierchens beweisen, aber nach drei Tagen hauchte der arme Kater sein Leben aus. Arsen und menschliche Bosheit haben ihn vergiftet.

Als er in den letzten Zügen lag und endlich ausgelitten hatte, miaute es plötzlich vor der Tür: Zitternd stand eine schwarzgraue Katze an der Schwelle, dürr wie eine Zaunlatte und verängstigt wie ein verlorengegangenes Kind. Nun, komm schon her, Mieze! Vielleicht ist es ein Fingerzeig des Himmels, ein geheimer Wink, der Wille des Schicksals oder wie man es auch nennen mag; wahrscheinlich hat dich der selige Kater als Ersatz gesandt.

Das also war der Einzug der Katze, die den Namen Pudlenka erhielt. Ihre Vergangenheit war recht undurchsichtig. Aber ich versichere, dass sie sich ihrer geheimen und vielleicht auch übernatürlichen Herkunft niemals gebrüstet hat. Im Gegenteil, sie benahm sich wie jede andere sterbliche Katze: Sie trank Milch und stahl Fleisch, schlief auf meinem Schoß und trieb sich des Nachts umher. Und eines Tages gebar sie fünf Kätzchen: ein Angorakätzchen, ein rothaariges, ein schwarzes, ein dreifarbiges und ein schwarzgraues. Ich begann sämtliche Bekannten anzuhalten: »Hören Sie«, bot ich ihnen großmütig an, »ich habe ein wunderhübsches Kätzchen für Sie.«

Einige redeten sich (wahrscheinlich aus übergroßer Bescheidenheit) heraus, dass sie ja gerne eines nehmen würden, aber leider nicht könnten, und dies und jenes … Andere wieder waren so überrascht, dass ich ihnen, ehe sie noch etwas erwidern konnten, die Hand drückte und versicherte, die Katze so bald wie möglich zu schicken; und schon war ich beim Nächsten.

Nichts ist schöner als solch ein Katzenmutterglück. Nach sechs Wochen ließ Pudlenka Katzen Katzen sein und verschwand. Der Heldentenor des Katers aus der Nachbarstraße hatte es ihr angetan. Ihn wollte sie sich aus der Nähe anhören. Nach dreiundfünfzig Tagen gebar sie sechs Junge. Binnen Jahresfrist waren es im Ganzen siebzehn.

Ich hatte mir immer eingebildet, einen großen Bekanntenkreis zu besitzen; aber, hol's der Teufel, seit Pudlenka sich auf die Produktion von Katzen verlegt hat, musste ich feststellen, dass ich schrecklich einsam bin auf dieser Welt; dass ich zum Beispiel niemanden mehr hatte, dem ich die sechsundzwanzigste Katze anbieten konnte.

Musste ich mich jemandem vorstellen, murmelte ich meinen Namen und sagte: »Möchten Sie nicht eine Katze?«

»Was für eine Katze?«, fragten die Leute unsicher.

»Das weiß ich noch nicht«, antwortete ich in der Regel, »aber ich denke, dass ich wieder welche bekomme.«

Mit der Zeit bekam ich den Eindruck, dass mir die Leute aus dem Weg gingen. Vielleicht waren sie neidisch, dass ich solch ein Glück mit den Katzen hatte. Nach Brehm bekommen Katzen zweimal im Jahr Junge. Pudlenka bekam, ohne Rücksicht auf die Jahreszeit, drei- bis viermal im Jahr junge Kätzchen. Sie war eben eine übernatürliche Katze. Offenbar hatte sie die höhere Sendung, den ermordeten Kater zu rächen und sein Leben hundertfach zu ersetzen.

Nach drei Jahren kam Pudlenka plötzlich um; irgend so ein Hausmeister, dem sie eine Gans aus der Vorratskammer gestohlen haben sollte, hatte sie erschlagen. An dem Tag, an dem Pudlenka verschwunden war, kam ihre jüngste Tochter, die ich einem Nachbarn aufgedrängt hatte, zurück. Sie blieb bei uns unter dem Namen Pudlenka II. und entpuppte sich als genaues Ebenbild ihrer entschlafenen Mutter; sie ersetzte sie vollkommen. Sie gebar vier Kätzchen. Eins war schwarz, das andere von der edlen Rasse der rothaarigen Vršovicer Katzen, das dritte sah den Strašnicer Katzen mit ihren langgezogenen Nasen sehr ähnlich, während das vierte gefleckt war wie eine Bohne. Pudlenka II. bekam mit erstaunlicher Regelmäßigkeit dreimal im Jahr Junge. Binnen zweieinhalb Jahren hatte sie die Welt um einundzwanzig Katzen aller Farben und Rassen reicher gemacht, mit Ausnahme der schwanzlosen Katzen, die auf der Insel Man zu Hause sind. Für die einundzwanzigste Katze fand ich wirklich keinen Abnehmer mehr. Gerade hatte ich mich entschlossen, etwas zu unternehmen, um einen neuen Bekanntenkreis zu gewinnen, als Nachbars Pluto Pudlenka II. totbiss. Man brachte sie nach Hause und legte sie aufs Bett.

Nun blieb das Kätzchen, für das wir keinen Abnehmer gefunden hatten, bei uns unter dem Namen Pudlenka III. Nach vier Monaten gebar Pudlenka III. fünf Katzenkinder. Seitdem erfüllt sie ihre Lebensaufgabe bewusst in regelmäßigen Intervallen von fünfzehn Wochen.

Man sieht ihr gar nicht an, dass sie solch eine große Sendung erfüllt. Sie sieht aus wie eine gewöhnliche dreifarbige Hauskatze, die den ganzen Tag über entweder auf dem Schoß des Hausherrn oder auf dem Bett vor sich hin döst, einen hochentwickelten Sinn für persönliche Bequemlichkeit hat, ein gesundes Misstrauen gegen Menschen und Tiere hegt und, wenn es darauf ankommt, ihre Interessen mit Zähnen und Krallen verteidigt.

In letzter Zeit ist mir aufgefallen, dass vom Norden her, wo sich die Olšaner Friedhöfe befinden, immer ein ungewöhnlich großer schwarzer Kater heranschleicht; vom Süden, wo Vršovice liegt, ein rothaariger und einäugiger Raufbold; vom Westen her ein Angorakater mit einem Schwanz wie eine Straßenfeder, vom Osten ein weißes Tier mit einem geringelten Schwanz.

In ihrer Mitte sitzt die dreifarbige schlichte Pudlenka III. und lauscht verzaubert und mit glänzenden Augen ihrem Geheule, das, dem Gebrüll betrunkener Seeleute, Saxophonen, dem Lärmen von Trommeln und anderen Instrumenten ähnelnd, sich zu einer großen Katzensymphonie vereinigt.

Nun wird Pudlenka III. sicher in angemessener Frist bald wieder fünf Junge werfen. Ich habe in dieser Hinsicht schon meine Erfahrung; es werden fünf sein. Ich sehe sie schon, diese teuren, süßen, kleinen Tierchen, wie sie wieder durch die Wohnung purzeln, die Lampe vom Tisch reißen und in die Schuhe nässen werden; wie sie mir an den Beinen hoch auf den Schoß klettern (sie haben mir meine Beine bereits so zerkratzt, dass ich aussehe wie der arme Lazarus), wie ich ein Kätzchen im Ärmel finde, wenn ich den Mantel anziehen will, und die Krawatte unter dem Bett liegt, wenn ich sie brauche.

In der Redaktion, wo ich arbeite, ist bereits jeder mit einer Katze versorgt. Gut, ich werde mir also in einer anderen Redaktion Arbeit suchen müssen. Ich bemühe mich auch, an irgendeinen Verein oder an eine Organisation zu schreiben, ob man mir nicht dort wenigstens die einundzwanzigste Katze abnehmen will.

In der Zeit, in der ich mich in der Welt umtue, um einen Platz für die kommenden Generationen zu finden, wird Pudlenka III. oder Pudlenka IIIV. den unsterblichen Faden des Katzenlebens weiterspinnen. Sie wird von einer Katzenwelt träumen.

Überlege es dir noch einmal, und nimm mir wenigstens solch ein Katzentier ab. Ja? Sei so gut!

Rudyard Kipling

Die Katze geht ihre eigenen Wege

Hör zu und pass auf und gib acht, denn dies ereignete und begab sich und trug sich zu, als die Haustiere noch wild waren. Der Hund war wild, und das Pferd war wild, die Kuh war wild, und das Schaf war ebenso wild, und das Schwein war so wild, wie es nur sein konnte, und alle liefen auf wilden Wegen im nassen wilden Wald herum. Aber das wildeste aller wilden Tiere war die Katze. Sie ging ihre eigenen Wege, und es war ihr gleichgültig, wohin diese Wege sie führten.

Natürlich war der Mensch auch wild. Er war sogar furchtbar wild. Und er dachte nicht daran, zahmer zu werden, bis eines Tages der Mann die Frau traf und die Frau dem Mann sagte, dass es ihr nicht gefiele, auf so wilde Weise zu leben. Sie suchte eine hübsche trockene Höhle als Schlafstätte aus, weil ihr das Lager des Mannes, ein Haufen nasser Blätter, nicht angenehm genug war, und sie streute sauberen Sand auf den Boden und machte ein feines Holzfeuer hinten in der Höhle und hängte – mit dem Schwanz nach unten – die getrocknete Haut eines wilden Pferdes vor den Eingang der Höhle und sagte: »Streich dir die Füße ab, wenn du nach Hause kommst, mein Herz, und nun wollen wir ein glückliches Familienleben anfangen.«

An diesem Abend aßen sie wildes Hammelkotelett, das

sie auf heißen Steinen geröstet und mit wildem Knoblauch und wildem Pfeffer gewürzt hatten. Als zweiten Gang aßen sie Wildente, die mit wildem Reis, wilden Kastanien und wilden Äpfeln gefüllt war, und schließlich Brötchen, die mit dem Mark wilder Ochsen belegt waren, dazu wilde Kirschen und wilden Kuhkäse. Darauf legte sich der Mann dicht vor dem Feuer zum Schlafen nieder und schlief selig ein, aber die Frau blieb noch auf und kämmte ihr Haar.

Dann nahm sie den Schulterknochen eines Hammels – jenen großen flachen Knochen – und sah sich an, wie merkwürdig er gezeichnet war. Sie warf mehr Holz in das Feuer, und dann machte sie einen Zauber. Dies war der erste Zauber, der je in der Welt gemacht worden ist.

Draußen in den nassen wilden Wäldern standen alle die wilden Tiere beieinander und sahen nach dem Schein des Feuers hinüber, das weithin sichtbar war, und sie zerbrachen sich die Köpfe, was es bedeuten könne.

Da stampfte das wilde Pferd mit seinem wilden Huf auf und sagte: »O Freunde und Feinde, warum haben der Mann und die Frau ein so großes Licht in der großen Höhle gemacht, und wie viel Böses haben wir davon zu erwarten?«

Der wilde Hund streckte seine wilde Nase empor und erschnüffelte das wilde Hammelkotelett und sagte: »Ich will hingehen und nachsehen und euch Bescheid sagen – das kann uns ganz nützlich sein. Katze, du sollst mich begleiten.«

»Nein, nein«, sagte die Katze, »ich bin die Katze, die ihre eigenen Wege geht. Ich pflege nicht in Begleitung zu gehen. Ich komme nicht mit.«

»So werden wir nie wieder Freunde sein«, sagte der wilde Hund und machte sich auf den Weg nach der Höhle. Als er ein kleines Stückchen fort war, sagte die Katze zu sich selbst: ›Mir ist's gleichgültig, wohin meine Wege führen. Warum soll ich nicht auch dorthin gehen und mir alles ansehen und wieder fortgehen, wie es mir passt!‹ So schlich sie dem wilden Hund leise, ganz leise nach und versteckte sich an einer Stelle, wo sie alles mit anhören konnte.

Als der wilde Hund an den Eingang der Höhle kam, schob er die getrocknete Pferdehaut mit seiner Nase empor und sog den Duft des wilden Hammelkoteletts mit vollen Zügen ein. Als die Frau, die noch immer den Schulterknochen betrachtete, ihn bemerkte, lachte sie und sagte: »Da kommt der Erste. Wildes Tier aus wildem Wald, was willst du?«

Der Hund antwortete: »O Feindin und Frau meines Feindes, was riecht so herrlich im wilden Wald?«

Da nahm die Frau einen schönen Knochen, der von einem wilden Hammelkotelett übriggeblieben war, warf ihn dem Hund hinüber und sagte: »Wildes Tier aus wildem Wald, koste und friss.« Der Hund nagte den Knochen ab und fraß ihn auf, und er schmeckte herrlicher als alles, was er jemals gegessen hatte, und er sagte: »O Feindin und Frau meines Feindes, gib mir noch einen.«

Die Frau antwortete: »Wildes Tier aus wildem Wald, hilf am Tage meinem Mann jagen und bewache die Höhle in der Nacht, und ich gebe dir so viele Knochen, wie du willst.«

»Aha«, sagte die Katze in ihrem Versteck, »das ist eine kluge Frau, aber sie ist nicht so klug wie ich.«

Der wilde Hund kroch in die Höhle und legte seinen Kopf der Frau in den Schoß und sagte: »O Freundin und Frau meines Freundes, am Tage will ich deinem Mann jagen helfen, und nachts will ich deine Höhle bewachen.«

»Aha!«, sagte die Katze in ihrem Versteck. »Das ist ein zu blöder Hund.« Und sie wandelte zurück durch die nassen wilden Wälder, schwenkte ihren Schwanz und ging ihre eigenen wilden Wege. Aber sie erzählte niemandem ein Wort.

Als der Mann aufwachte, sagte er: »Was tut der wilde Hund hier?«

Und die Frau antwortete: »Er ist kein wilder Hund mehr, sondern unser bester Freund, denn er will für ewig und alle Zeit bei uns bleiben. Nimm ihn mit, wenn du auf die Jagd gehst.«

Am nächsten Abend schnitt die Frau auf den Wasserwiesen große grüne Büschel frisches und schönstes Gras ab, viele Armvoll, und trocknete es vor dem Feuer, dass es wie frisch gemähtes Heu duftete. Sie setzte sich an den Eingang der Höhle und flocht einen Halfter aus Pferdehaut und betrachtete wieder den Hammelknochen, den großen flachen Schulterknochen, und versuchte von neuem ihren Zauber. Dies war der zweite Zauber, der in der Welt geschah.

Draußen in den wilden Wäldern waren all die wilden Tiere besorgt, was wohl dem wilden Hund zugestoßen sein konnte, und schließlich stampfte das wilde Pferd mit seinem Huf auf und sagte:

»Ich will gehen und nachsehen und euch Bescheid sagen, warum der wilde Hund nicht wiedergekommen ist. Katze, begleite mich.«

»Nein, nein«, sagte die Katze, »ich pflege stets meine eigenen Wege zu gehen. Ich begleite dich nicht.« Aber trotzdem folgte sie dem wilden Pferd leise, ganz leise, und verbarg sich an derselben Stelle, wo sie alles genau hören konnte.

Als die Frau das wilde Pferd stampfen und über seine lange Mähne stolpern hörte, lachte sie und sagte: »Da kommt der Zweite. Wildes Tier aus wildem Wald, was willst du?«

Das wilde Pferd antwortete: »O Feindin und Frau meines Feindes, wo ist der wilde Hund?«

Die Frau lachte, nahm den Schulterknochen auf und sah ihn an und sprach: »Wildes Tier aus wildem Wald, du bist gar nicht wegen des wilden Hundes gekommen, sondern weil du dies herrliche Heu gewittert hast.«

Und das Pferd sagte stampfend und schnaubend: »Du hast recht – gib mir etwas davon.«

Die Frau sagte: »Wildes Tier aus wildem Wald, beuge dein stolzes Haupt und trage, was ich dir aufpacke, dann sollst du dreimal am Tage herrliches Heu von mir bekommen.«

»Aha!«, sagte die Katze in ihrem Versteck. »Das ist wirklich eine sehr kluge Frau, aber sie ist nicht so klug wie ich.«

Da beugte das Pferd sein stolzes Haupt, und die Frau streifte ihm schnell den Halfter aus Pferdehaut über, und das Pferd sagte, mit dem Kopf vor den Füßen der Frau: »O Herrin und Frau meines Herrn, ich will gerne dein Diener sein, wenn ich dies herrliche Heu immer bekomme.«

»Aha!«, sagte die Katze in ihrem Versteck. »Das ist ein zu albernes Ross!« Und sie wandelte nach Hause durch den nassen wilden Wald, schwenkte ihren Schwanz und ging auf ihren eigenen wilden Wegen. Wieder erzählte sie niemandem ein Wort.

Als der Mann und der Hund von der Jagd nach Hause kamen, sagte der Mann: »Was macht denn das wilde Pferd hier?« Und die Frau antwortete: »Es ist kein wildes Pferd mehr, sondern unser bester Diener, denn es wird uns für ewig und alle Zeit von Ort zu Ort tragen. Reite auf seinem Rücken, wenn du zur Jagd willst.«

Am nächsten Tag ging die wilde Kuh nach der Höhle. Sie hielt ihren wilden Kopf so hoch sie nur konnte, damit ihre wilden Hörner nicht im wilden Gebüsch hängen blieben, und die Katze folgte ihr und versteckte sich wie zuvor.

Und alles geschah ganz genau wie zuvor, und die Katze sagte genau dasselbe wie zuvor, und als die wilde Kuh versprochen hatte, der Frau jeden Tag ihre Milch zu geben, und die Frau versprochen hatte, dass die Kuh jeden Tag von dem herrlichen Klee bekommen sollte, der im Garten der Frau wuchs, da ging die Katze durch den wilden nassen Wald nach Hause und schwenkte ihren Schwanz auf einsam-wilden Wegen, genau wie zuvor. Und sie erzählte wieder niemandem ein Wort.

Als der Mann mit dem Pferd und dem Hund von der Jagd nach Hause kam und dieselben Fragen gestellt hatte wie zuvor, sagte die Frau: »Das ist jetzt kein wildes Tier mehr, sondern sie schenkt uns herrliches Essen. Für ewig und alle Zeit wird sie uns ihre warme weiße Milch geben, und ich werde für sie sorgen, während du mit deinem treuesten Freund und deinem besten Diener auf die Jagd gehst.«

Am nächsten Tag passte die Katze auf, ob wieder ein wildes Tier nach der Höhle gehen würde, aber nichts rührte sich im nassen wilden Wald. So ging die Katze ihre eigenen Wege, und sie sah die Frau die Kuh melken und sah den Feuerschein in der Höhle und roch die herrliche weiße Milch.

Die Katze sagte: »O Feindin und Frau meines Feindes, wo mag nur die wilde Kuh sein?«

Die Frau lachte laut und sagte: »Wildes Tier aus dem wilden Wald, geh nur wieder nach Hause, denn ich habe den Schulterknochen mit seinen Zauberkräften fortgelegt, weil wir keine Freunde oder Diener in unserer Höhle mehr brauchen können.«

Die Katze sagte: »Ich bin kein Freund, ich bin kein Diener, ich bin die Katze und gehe meine eigenen Wege, und ich wünsche in die Höhle gelassen zu werden.«

Die Frau sagte: »Warum bis du denn nicht mit unserem besten Freund in der ersten Nacht gekommen?«

Die Katze wurde sehr ungehalten und sagte: »Hat der wilde Hund mich etwa bei dir verklatscht?«

Da lachte die Frau und sagte: »Ich denke, du gehst deine eigenen Wege? Ich denke, du bist weder Freund noch Diener? Also bitte, begib dich auf deine eigenen Wege, wohin sie dich auch führen.«

Da tat die Katze so, als ob sie sehr traurig wäre, und sagte: »Darf ich wirklich nicht in die Höhle hinein? Darf ich niemals am warmen Feuer sitzen? Darf ich niemals warme weiße Milch trinken? Du bist so klug und schön. Du solltest zu einer Katze nicht so grausam sein.«

Die Frau sagte: »Ich weiß, dass ich klug bin, aber ich wusste nicht, dass ich schön bin. Ich danke dir für das Kompliment, und darum will ich ein Abkommen mit dir treffen. Wenn ich auch nur einmal von dir etwas Gutes sage, dann darfst du in die Höhle kommen.«

»Und wenn du es zweimal sagst?«, fragte die Katze.

»Darauf kannst du lange warten«, sagte die Frau. »Aber schön: Wenn ich zweimal von dir etwas Gutes sage, darfst du in der Höhle am Feuer sitzen.«

»Und wenn du es dreimal sagst?«, fragte die Katze.

»Unmöglich«, sagte die Frau. »Aber wenn ich wirklich drei gute Worte für dich übrig habe, bekommst du von mir auf ewig und alle Zeit dreimal am Tage die schöne weiße warme Milch zu trinken.«

Da machte die Katze einen Buckel und sagte: »Mögen denn der Vorhang am Eingang der Höhle und das Feuer am Ende der Höhle und die Milchtöpfe, die neben dem Feuer stehen, nie vergessen, was meine Feindin und Frau meines Feindes gesagt hat.« Und sie wandelte fort durch den nassen wilden Wald, schwenkte ihren wilden Schwanz und suchte sich ihre einsam-wilden Wege.

Als am Abend der Mann mit dem Pferd und dem Hund von der Jagd nach Hause kam, erzählte die Frau nichts von dem Abkommen, das sie mit der Katze getroffen hatte, weil sie Angst hatte, dass er sich darüber ärgern könnte.

Die Katze ging weit, weit fort und versteckte sich in den nassen wilden Wäldern auf den allereinsamsten Wegen für eine lange Zeit, bis die Frau sie und das Abkommen längst vergessen hatte. Nur die Fledermaus – die kleine Kopf-nach-unten-Fledermaus –, die sich im Inneren der Höhle aufzuhängen pflegte, wusste, wo sich die Katze versteckt hatte, und jeden Abend flog sie zur Katze und erzählte ihr, was sich Neues zugetragen hatte.

Eines Abends sagte die Fledermaus: »Sie haben ein Baby in der Höhle. Es ist rund und rosig und neu und winzig, und die Frau hat es sehr lieb.

»Aha!«, sagte die Katze. »Und wen hat das Baby lieb?«

»Das Baby hat alles lieb, was weich ist und kitzelt«, sagte die Fledermaus. »Es hält gern etwas Warmes im Arm, wenn es einschlafen will. Es hat sehr gern, wenn man mit ihm spielt.«

»Aha!«, sagte die Katze. »Dann ist meine Zeit gekommen.«

In der nächsten Nacht wanderte die Katze durch den nassen wilden Wald und versteckte sich nahe der Höhle, bis der Morgen kam und der Mann mit dem Pferd und dem Hund zur Jagd ging. Die Frau hatte an diesem Morgen gerade viel mit dem Kochen zu tun, und das kleine Kind schrie und störte sie unaufhörlich. Sie trug es vor die Höhle und gab ihm eine Handvoll schöne bunte Steine zum Spielen. Aber das kleine Kind schrie immer weiter.

Da streckte die Katze ihre weiche Pfote aus und streichelte dem Kind über die Backe, und das Kind quiekte vor Vergnügen. Dann rieb sich die Katze an seinen dicken Knien und kitzelte es mit dem Schwanz an seinem dicken Kinn. Und das Kind lachte. Als das die Frau hörte, lächelte sie.

Da sagte die Fledermaus, die sich im Inneren der Höhle aufgehängt hatte: »O gnädige Gastgeberin und Frau meines gnädigen Gastgebers und Mutter des gnädigen Sohnes meines Gastgebers, ein wildes Tier aus dem wilden Wald spielt ganz herrlich mit deinem Kind.«

»Tausend Dank dem lieben wilden Tier«, sagte die Frau und richtete sich von ihrer Arbeit auf, »denn ich hatte heute früh sehr viel zu tun, und es hat mir einen großen Dienst erwiesen!«

In derselben Minute und Sekunde fiel die getrocknete Pferdehaut, die mit dem Schwanz nach unten vor den Eingang der Höhle gespannt war, herunter – rrrups! –, denn sie erinnerte sich an das Abkommen, das die Frau mit der Katze getroffen hatte, und als die Frau die Haut wieder aufhängen wollte – sieh und staune! –, saß die Katze ganz gemütlich im Eingang der Höhle.

»O Feindin und Frau meines Feindes und Mutter meines Feindes«, sagte die Katze, »ich bin es nur, mit Verlaub. Du hast etwas Gutes über mich gesagt, und nun darf ich für ewig und alle Zeit in der Höhle sitzen. Aber ich bleibe trotzdem die Katze, die ihre eigenen Wege geht.«

Die Frau ärgerte sich, biss die Lippen zusammen, nahm ihr Spinnrad und begann zu spinnen.

Aber das Baby schrie, weil die Katze nicht mehr bei ihm war, und die Mutter konnte es nicht beruhigen. Es strampelte und schlug um sich und wurde ganz blau im Gesicht.

»O Feindin und Frau meines Feindes und Mutter meines Feindes«, sagte die Katze, »nimm einen Faden von dem Garn, das du gerade spinnst, und binde einen Stein daran und ziehe ihn über den Boden. Ich will dir einen Zauber zeigen, der dein Baby so laut lachen lässt, wie es jetzt weint.«

»Das will ich tun«, sagte die Frau, »denn ich weiß mir nicht mehr anders zu helfen, aber diesmal werde ich mich nicht bei dir bedanken.«

So band sie denn einen kleinen Stein an den Faden und zog ihn über den Boden, und die Katze sprang dem Stein nach, nahm ihn zwischen ihre Pfoten, ließ ihn los, kugelte kopfüber hinter ihm her, warf ihn sich über die Schulter, stieß ihn zwischen ihre Hinterbeine, tat so, als hätte sie ihn verloren, und dann sprang sie plötzlich mit einem Satz auf ihn drauf, bis das Baby so laut lachte, wie es vorher geweint hatte. Es reckte die Ärmchen nach der Katze und jubelte, dass die Höhle widerhallte, bis es müde wurde und sich zum Schlafen hinlegte – die Katze im Arm.

»Jetzt«, sagte die Katze, »werde ich dem Kind ein Lied singen, dass es eine Stunde lang schlafen soll.« Und sie begann zu schnurren, laut und leise, leise und laut, bis das Baby fest eingeschlafen war. Die Frau lächelte, als sie auf die beiden hinabsah, und sagte:

»Das hast du fein gemacht! Du bist wirklich sehr gescheit, liebe Katze.«

In dieser selben Minute und Sekunde kam der Rauch des Feuers in dichten Wolken vom Ende der Höhle herangequalmt – pfff! –, denn er erinnerte sich an das Abkommen, das die Frau mit der Katze getroffen hatte, und als sich der Rauch verzogen hatte – jetzt sieh und staune! –, saß die Katze gemütlich dicht beim Feuer.

»O Feindin und Frau meines Feindes und Mutter meines Feindes«, sagte die Katze, »du hast jetzt zum zweiten Mal etwas Gutes über mich gesagt, und jetzt darf ich neben dem warmen Feuer am Ende der Höhle für ewig und alle Zeiten sitzen. Aber ich möchte ausdrücklich bemerken, dass ich trotzdem noch meine eigenen Wege zu gehen gedenke.«

Da hat sich die Frau sehr, sehr geärgert, und sie warf mehr Holz auf das Feuer und suchte den großen flachen Schulterknochen des Hammels hervor und fing an, einen Zauber zu machen, der sie davor bewahren sollte, ein drittes Mal etwas Gutes über die Katze zu sagen.

Es war ein ganz stiller Zauber, und nach und nach wurde es so still in der Höhle, dass ein kleines Mäuschen aus einem Loch in der Ecke herauskam und über den Boden lief.

»O Feindin und Frau meines Feindes und Mutter meines Feindes«, sagte die Katze, »gehört diese kleine Maus auch zu deinem Zauber?«

»Huh, nein, ksch«, rief die Frau und legte den Schulterknochen nieder, so schnell sie konnte, und sprang auf den Schemel am Feuer, weil sie Angst hatte, dass die Maus ihr die Röcke hinauflaufen würde.

»Aha!«, sagte die Katze. »Dann wirst du wohl nicht böse sein, wenn ich die Maus fresse?«

»Nein«, sagte die Frau und hielt ihre Röcke hoch, »friss sie schnell, und ich will dir auch immer dankbar sein.«

Die Katze tat einen Sprung und fing die kleine Maus, und die Frau sagte: »Tausend Dank! Selbst unser treuester Freund, der Hund, ist nicht geschickt genug, um eine Maus so schnell zu fangen wie du. Du musst wirklich sehr schlau sein.«

In dieser Minute und Sekunde krachte der Milchtopf, der neben dem Feuer stand, in zwei Teile – kllkr! –, denn er erinnerte sich an das Abkommen, das die Frau mit der Katze getroffen hatte, und als die Frau von dem Schemel herabgesprungen war – sieh und staune! –, schleckte die Katze die warme weiße Milch, die in dem zerbrochenen Topf gewesen war.

»O Feindin und Frau meines Feindes und Mutter meines Feindes«, sagte die Katze, »jetzt hast du zum dritten Mal etwas Gutes von mir gesagt, und jetzt darf ich für ewig und alle Zeit die weiße warme Milch dreimal am Tage trinken. Aber trotzdem – merk dir das! – bleibe ich die Katze, die stets ihre eigenen Wege geht.«

Da lachte die Frau und stellte der Katze einen Napf mit schöner warmer Milch hin und sagte: »O Katze, du bist so klug wie ein Mensch, aber jetzt denke daran, dass du mit dem Mann und mit dem Hund kein Abkommen getroffen hast! Ich weiß nicht, was sie tun werden, wenn sie nach Hause kommen.«

»Was geht das mich an?«, sagte die Katze. »Wenn ich meinen Platz in der Höhle beim Feuer habe und meine Milch täglich dreimal bekomme, kümmere ich mich nicht darum, was der Mann und der Hund tun.«

Als an diesem Abend der Mann und der Hund in die Höhle kamen, erzählte ihnen die Frau die ganze Geschichte, während die Katze am Feuer saß und lachte. Da sagte der Mann: »Schön und gut, aber mit mir und allen richtigen Männern, die nach mir kommen, hat die Katze kein Abkommen getroffen.« Dann zog er seine schweren Stiefel aus und nahm eine kleine Steinaxt (das waren schon drei Gegenstände!), und schließlich holte er sich ein Scheit Holz und ein Beil (das waren alles in allem fünf Gegenstände!) und legte sie alle in eine Reihe und sagte:

»Jetzt wollen auch wir unser Abkommen treffen. Wenn du nicht für ewig und alle Zeit Mäuse fängst, werde ich mit diesen fünf Gegenständen nach dir werfen, sooft ich dich sehe, und so werden es alle richtigen Männer machen, die nach mir kommen.«

›Aha‹, dachte die Frau, ›die Katze ist wohl sehr klug, aber der Mann ist noch klüger.‹

Die Katze betrachtete sich die fünf Gegenstände (sie sahen recht kantig aus) und sagte: »Ich will für ewig und alle Zeit Mäuse fangen. Aber das sage ich gleich: Ich bleibe trotzdem die Katze, die stets ihre eigenen Wege geht.«

»Nicht, wenn ich da bin«, sagte der Mann. »Wenn du das jetzt nicht gesagt hättest, würde ich diese fünf Sachen für ewig und alle Zeit fortgelegt haben. Aber von nun an werde ich meine Stiefel und meine Axt nach dir werfen, sooft ich dich sehe.«

Darauf sagte der Hund: »Einen Augenblick, bitte. Die Katze hat mit mir noch keinen Vertrag gemacht, mit mir und allen richtigen Hunden, die nach mir kommen.« Er zeigte seine Zähne und fuhr fort: »Wenn du nicht nett zu dem kleinen Kind bist, für ewig und alle Zeit, werde ich dich jagen, bis ich dich packen kann, und wenn ich dich gepackt habe, werde ich kräftig zubeißen. Und das werden alle Hunde machen, die nach mir kommen.«

›Aha‹, dachte die Frau, ›die Katze ist schon recht klug, aber der Hund ist viel klüger.‹

Die Katze zählte die Zähne des Hundes (sie sahen recht spitz aus) und sagte: »Ich will nett zu dem Kind sein, solange es mich nicht zu arg am Fell rupft, für ewig und alle Zeit. Aber ich bleibe und bleibe trotz allem die Katze, die ihre eigenen Wege gehen wird!«

»Nicht, wenn ich in der Nähe bin«, sagte der Hund. »Wenn du das jetzt nicht gesagt hättest, würde ich dir für ewig und alle Zeit meine Zähne niemals wieder gezeigt haben; aber von nun an werde ich dich auf einen Baum hinaufjagen, sooft ich dich treffe.«

Dann warf der Mann seine zwei Stiefel und seine kleine Axt nach der Katze, und die Katze rannte aus der Höhle hinaus, und der Hund jagte sie auf einen Baum hinauf, und von jenem Tag an werfen drei richtige Männer von fünfen alles mögliche Zeug nach einer Katze, sooft sie eine treffen, und jeder richtige Hund jagt sie auf einen Baum. Aber die Katze hält ihr Abkommen auch. Sie fängt Mäuse und ist nett zu kleinen Kindern, sooft sie im Hause ist und solange sie ihr nicht das Fell zu sehr rupfen.

Aber danach, und auch zwischendrin, und wenn der Mond

aufgeht und wenn die Nacht kommt, dann geht die Katze auf ihren eigenen Wegen. Dann wandelt sie hinaus in den nassen wilden Wald oder klettert auf nasse wilde Bäume oder auf nasse wilde Dächer und schwenkt ihren wilden Schwanz auf einsam-wilden Pfaden.

Émile Zola

Das Paradies der Katzen

Eine Tante hat mir einen Angorakater vermacht, der wirklich das bornierteste Tier ist, das ich kenne. Was hier folgt, hat mir mein Kater an einem Winterabend am Kamin erzählt.

I

Ich war damals zwei Jahre alt und war bestimmt der fetteste und einfältigste Kater, den man sich denken kann. In jenem zarten Alter war ich noch so überheblich, dass ich das Behagen eines warmen Zuhauses verachtete. Dennoch musste ich der Vorsehung danken, dass sie mich bei Ihrer Tante untergebracht hatte. Die brave Frau liebte mich über alles. Ich hatte unten in einem Schrank ein richtiges Schlafzimmer mit Federkissen und drei Decken. Das Essen war ebenso gut wie das Lager; niemals Brot, niemals Suppe, nur Fleisch, gutes saftiges Fleisch. Trotzdem hatte ich inmitten dieses Wohllebens nur den einen Wunsch, nur den einen Traum, mich durch das halb geöffnete Fenster davonzustehlen und auf die Dächer zu flüchten. Die Liebkosungen fand ich fade. Mein weiches Bett widerte mich an. Ich war so fett, dass ich mich vor mir selbst ekelte. Und den ganzen Tag glücklich zu sein, langweilte mich maßlos.

Ich muss erwähnen, ich habe, als ich den Hals reckte, durch das Fenster das Dach gegenüber gesehen. An jenem Tage balgten sich dort vier Katzen mit gesträubtem Fell und hochstehendem Schwanz, wälzten sich in der Sonne auf den blauen Schiefern und stießen dabei Freudenschreie aus. Noch nie hatte ich ein so ungewöhnliches Schauspiel gesehen. Von da an stand eins für mich fest: Das wahre Glück war auf jenem Dach hinter dem Fenster, das man so sorgfältig schloss. Dass es so sein musste, bewies, dass man auch die Türen der Schränke verschloss, hinter denen das Fleisch versteckt war.

Ich gab meinen Fluchtplan nicht auf. Es musste im Leben noch etwas anderes geben als saftiges Fleisch. Dort war das Unbekannte, das Ideal. Eines Tages vergaß man, das Küchenfenster zu schließen. Ich sprang auf ein kleines Dach, das sich darunter befand.

2

Wie schön die Dächer waren! Breite Traufen säumten sie, aus denen köstliche Gerüche kamen. Mit einem Gefühl der Wollust lief ich durch diese Traufen. Meine Pfoten versanken in einem weichen Schmutz, der sehr feucht war und unendlich wohltat. Es war mir, als ginge ich auf Samt, und in der Sonne war es wunderbar warm. Eine Wärme, die mein Fett schmelzen ließ.

Ich will Ihnen nicht verhehlen, dass ich am ganzen Leibe zitterte. In meine Freude mischte sich Entsetzen. Ich erinnere mich vor allem an ein furchtbares Gefühl, das mich fast auf das Pflaster hinunterstürzen ließ. Drei Kater, die sich auf dem Giebel eines Hauses wälzten, kamen mit grässlichem Miauen auf mich zu. Und als ich fast ohnmächtig wurde, sagten sie, ich sei dumm, sie miauten nur zum Spaß. Woraufhin ich mit ihnen zu miauen begann. Es war entzückend. Die Spaßvögel waren nicht fett wie ich. Sie machten sich über mich lustig, als ich wie eine Kugel über die in der Sonne schmorenden Zinkplatten rollte. Ihr Anführer, ein alter Kater, befreundete sich besonders mit mir. Er erbot sich, mich zu unterweisen, was ich dankbar annahm.

Ach, wie weit weg war die behagliche Atmosphäre bei Ihrer Tante! Ich trank aus den Dachrinnen, und nie hat mir gezuckerte Milch so süß geschmeckt! Alles erschien mir gut und schön. Eine Katze kam vorüber. Eine bezaubernde Katze, deren Anblick ein ganz neues Gefühl in mir weckte. Nur in meinen einsamen Träumen hatte ich bis dahin jene herrlichen Geschöpfe gesehen, deren Rücken so wunderbar geschmeidig ist. Wir, meine drei Gefährten und ich, eilten auf sie zu. Ich war schneller als die anderen und war gerade dabei, der reizenden Katze Schmeichelhaftes zu sagen, als einer meiner Kameraden mich grausam in den Hals biss. Ich stieß einen Schmerzensschrei aus.

»Bah«, sagte der alte Kater, mich mit sich ziehend, »Sie werden noch viele ihresgleichen sehen.«

3

Nach einem einstündigen Spaziergang verspürte ich einen Riesenappetit. »Was isst man auf den Dächern?«, fragte ich meinen Freund, den Kater.

»Was man findet«, erwiderte er weise.

Diese Antwort verwirrte mich, denn soviel ich auch suchte, ich fand nichts. Schließlich bemerkte ich in einer Mansarde eine junge Arbeiterin, die ihr Mittagessen bereitete. Auf dem Tisch unter dem Fenster lag ein schönes, appetitliches rotes Kotelett.

Das wäre was für mich, dachte ich äußerst naiv.

Und ich sprang auf den Tisch und ergriff das Kotelett. Aber die Arbeiterin, die mich gesehen hatte, versetzte mir einen scheußlichen Schlag mit dem Besenstiel auf den Rücken. Ich ließ das Fleisch fallen und flüchtete laut fluchend.

»Sie sind wohl von gestern«, sagte der Kater zu mir. »Das Fleisch, das auf Tischen liegt, darf man nur von fern begehren. In den Regenrinnen muss man suchen.«

Nie habe ich begreifen können, dass das Fleisch in den Küchen nicht den Katzen gehört. Mein Bauch begann ernstlich wütend zu werden. Der Kater machte mich noch völlig verzweifelt mit der Bemerkung, man müsse abwarten, bis es Nacht sei. Wir würden dann auf die Straße hinuntergehen und in den Müllhaufen wühlen. Abwarten, bis es Nacht sei! Er sagte das mit der Ruhe eines abgebrühten Philosophen. Mir wurde schon allein bei dem Gedanken an dieses noch lange währende Fasten schwach.

4

Die Nacht kam langsam, eine neblige Nacht, in der ich Stein und Bein fror. Bald begann es zu regnen, ein feiner, durchdringender, von Windstößen gepeitschter Regen. Wir gingen die Treppe hinunter und durch eine Glastür hinaus. Wie hässlich mir die Straße vorkam! Nichts mehr von der wohligen Wärme, der strahlenden Sonne, den im Lichte gleißenden Dächern, auf denen man sich so köstlich sielen konnte. Meine Pfoten rutschten auf dem glitschigen Pflaster. Voller Bitterkeit dachte ich an meine drei Decken und mein Federkissen zurück.

Kaum waren wir auf der Straße, da begann mein Freund, der Kater, zu zittern. Er machte sich klein, ganz klein, schlich an den Häusern entlang und sagte mir, ich solle ihm schnellstens folgen. Als er an eine Toreinfahrt kam, verschwand er hastig darin, wobei er befriedigt schnurrte. Auf meine Frage, warum er sich dort hineingeflüchtet habe, antwortete er:

»Haben Sie denn nicht den Mann mit der Kiepe und dem Eisenhaken gesehen?«

»Doch.«

»Nun, wenn er uns bemerkt hätte, hätte er uns erschlagen, am Spieß gebraten und verzehrt!«

»Am Spieß gebraten und verzehrt!«, rief ich. »Aber gehört denn die Straße nicht uns? Man findet nichts zu fressen und wird gefressen!«

5

Inzwischen hatte man die Mülleimer vor den Türen entleert. Ich suchte verzweifelt in den Haufen, fand zwei oder drei magere Knochen, die in der Asche gelegen hatten. Da wurde mir klar, wie wundervoll eine frische Lunge schmeckt. Mein Freund, der Kater, durchsuchte behende die Müllhaufen. Bis zum Morgen musste ich mit ihm herumlaufen; er ließ keine

Straße aus und beeilte sich nicht im Geringsten. Fast zehn Stunden lang wurde ich vom Regen klatschnass, und mich fror zum Erbarmen. Verfluchte Straße, verfluchte Freiheit! Ach, wie sehnte ich mich nach meinem Gefängnis zurück!

Als es Tag geworden war, fragte der Kater, der mich schwanken sah, mit seltsamer Miene:

»Haben Sie genug?«

»Ja! Ja!«, antwortete ich.

»Wollen Sie nach Hause zurück?«

»Natürlich. Aber wie soll ich das Haus wiederfinden?«

»Kommen Sie. Als ich Sie heute Morgen herauskommen sah, wusste ich sofort, dass ein fetter Kater wie Sie für die bitteren Freuden der Freiheit nicht geschaffen ist. Ich weiß, wo Sie wohnen, und werde Sie dorthin bringen.«

Er sagte das ganz selbstverständlich, mein würdevoller Lehrer. Als wir am Ziel waren, verabschiedete er sich von mir kühl und sachlich.

»Nein«, rief ich. »So werden wir uns nicht trennen. Sie kommen mit mir mit. Wir werden Bett und Fleisch teilen. Meine Herrin ist eine brave Frau …«

Er ließ mich nicht ausreden.

»Schweigen Sie«, sagte er grob. »Sie sind ein Narr. Ich würde in Ihrer verweichlichten Welt umkommen. Ihr üppiges Leben ist gut für Katzen wie Sie. Die freien Katzen würden nie für Ihr Wohlleben und Ihr Federkissen in Gefangenschaft gehen … Leben Sie wohl.«

Und er kehrte auf seine Dächer zurück. Ich sah in der aufgehenden Sonne seine schlanke Gestalt vor Behagen zittern.

Als ich nach Hause kam, ergriff Ihre Tante die Klopfpeitsche und verabfolgte mir eine Tracht Prügel, die ich mit großer Freude empfing. Nur allzu sehr genoss ich das wollüstige Gefühl, es warm zu haben und verprügelt zu werden. Während sie mich schlug, dachte ich voller Wonne an das Fleisch, das sie mir danach geben würde.

6

»Wissen Sie«, schloss mein Kater – sich vor der Glut in meinem Kamin streckend –, »das wirkliche Glück, das Paradies, mein lieber Herr, ist es, in einem Zimmer, in dem Fleisch liegt, eingesperrt und verprügelt zu werden.

Das gilt für alle Katzen.«

Victor Auburtin

Die Dame mit der gestreiften Katze

In dem Abteil der Vorortbahn sitzen wie üblich acht oder zehn Personen, die mittags in die Stadt fahren, um die Theaterplätze zu besorgen oder um Geld von der Bank zu holen oder so etwas Ähnliches.

Die meisten lesen in ihren Zeitungen. Die anderen blicken mit jener hochmütigen Herablassung drein, die ein Zeichen guter Erziehung ist. Der Herr mit der Tiefquart und dem Tiroler Hut macht ein Gesicht, als wolle er uns allen, der Reihe nach, eine herunterhauen; der muss aus einem besonders vornehmen Hause sein.

Da betritt die Dame mit der gestreiften Katze das Abteil, und mit einem Schlage ändert sich die ganze Lage.

Die Dame mit der gestreiften Katze ist ein Fräulein, das offenbar an einem Wohnungsumzug beteiligt ist und die Aufgabe übernommen hat, die Hauskatze in unauffälliger Weise in das neue Heim zu befördern. Zu diesem Behuf hat sie die gestreifte Katze in einen Pompadour gesteckt, so dass die Katze sich nicht bewegen und nicht entkommen kann, sondern nur ihr Kopf freibleibt und an den Begebenheiten Anteil hat.

Es muss gesagt werden, dass die Katze sich in dieser schwierigen Lage vorzüglich benimmt. Sie ist offenbar noch nie auf der Vorortbahn gefahren, und man könnte erwarten, dass sie

Furcht empfindet vor den heftigen Geräuschen und Erschütterungen oder vor dem Phantom eines vorbeibrausenden Zuges; aber nichts dergleichen, sie betrachtet alles mit ruhiger Aufmerksamkeit, und kein Ruf des Schreckens oder Erstaunens kommt über ihre Lippen.

Was dagegen uns Fahrgäste anbetrifft, so sind wir mit dem Auftreten der Katze andere Menschen geworden.

Der Herr mit der Tiefquart und dem Tiroler Hut hat plötzlich vergessen, aus welch vornehmem Hause er stammt, und lacht die Katze vergnügt an. Eine dicke Dame, welche Brillantohrringe trägt, wackelt heimlich mit dem Finger, um die Aufmerksamkeit der Katze zu erregen oder ihr vielleicht gar ein Lächeln abzugewinnen. Und wir anderen haben unsere Zeitungen sinken lassen und betrachten gespannt dieses geheimnisvolle und kluge kleine Gesicht, auf dessen Stirn die dunkleren Streifen ein lateinisches ›M‹ bilden.

Und es ist, als sei mit der Katze etwas von verlorener Einfalt und von Paradiesestum zu uns hereingekommen; in das Abteil der Vorortbahn.

Lasst uns den Umgang mit Tieren pflegen, Freunde, damit wir unsere unsterbliche Seele nicht verlieren. Zu dem Tiere dürfen wir freundlich und menschlich sein, ohne uns unserer bürgerlichen Würde zu begeben. Vor dem Tiere können wir uns noch schämen; denn das Tier ist besser als wir, wozu ja allerdings meistens nicht viel gehört.

Erich Kästner

Meine Katzen

Da sitz ich nun, mit gespitztem Bleistift und blütenweißem Papier ausgerüstet, am Tisch in der frischgemähten Wiese hinterm Haus und will über Katzen schreiben. Nicht über die Götterkatzen und Katzengötter der Pharaonen. Nicht über die halbverwilderten und halbverhungerten Katzen in den Winkeln Venedigs oder über die im Reiseführer als römische Sehenswürdigkeit vermerkten Katzen des Pantheons. Nicht über Pickles, die diensttuende Katze im Tower zu London. Nicht über den Kater namens Tiger, der nachts die Rotationsmaschinen der *Times* beaufsichtigt. Nicht einmal über die schwarze Katze des Savoy Hotels, die, mit einer Serviette um den Hals, auf einem Stuhl neben Jimmy Edwards sitzen muss, falls er sonst bei Tisch der dreizehnte wäre.

Ich will nur über die vier Katzen schreiben, die seit Jahren mit uns leben. Denn nur über sie weiß ich ein wenig Bescheid. Ein klein wenig Bescheid. Ich bin ja kein Tierpsychologe, kein Verhaltensforscher und kein Veterinärarzt, sondern ein simpler »Katzenhalter«. Das Wort stammt nicht von mir, sondern aus Druckerzeugnissen sonst untadeliger Tierschutzvereine. Nun gibt es also außer Federhaltern und Büstenhaltern auch Katzenhalter, und ein solcher bin ich, ob mir das Wort gefällt oder nicht.

Während ich die ersten Sätze auf dem Papier überfliege, spür ich plötzlich, dass ich nicht mehr allein bin. Die vier Katzen, die zu halten und über die zu schreiben ich die Ehre und das Vergnügen habe, sind aufgetaucht. Sie kommen, wenn wir schreiben, überhaupt gerne in unsere Nähe. Das Thema ist ihnen gleichgültig. Dass sie diesmal selber an der Reihe sind, interessiert sie nicht weiter. Es geht ihnen ums Prinzipielle. Es tut ihnen wohl, wenn andere Leute arbeiten. Dann genießen sie ihr eigenes Nichtstun doppelt und dreifach. Vielleicht ist auch Mitleid im Spiele. Vielleicht denken sie: »Da rackert er sich nun ab, damit er für uns frisches Schabefleisch kaufen kann!«

Wie dem auch sein mag – die vier sind lautlos und »ganz zufällig« eingetroffen. Lollo, persisch-blau mit goldenen Augen, eine Prinzessin im Pelz, hockt auf dem vierten Betonpfosten des Lattenzauns zur Linken und starrt angelegentlich ins Gemüsebeet. Sie bezeugt ihre Aufmerksamkeit, indem sie von mir wegschaut. Das ist so ihre Art. Sie hat einen ausgeprägten Sinn fürs Kapriziöse. Es wäre aber auch möglich, dass sie mich nicht von der Arbeit ablenken will. Denn sie hat ein Stiefmütterchengesicht, vor dem man rettungslos dahinschmilzt, und sie weiß es. Vielleicht will sie also nur verhüten, dass mich mein Schönheitssinn überwältigt. Gesenkten Kopfes mustert sie die Möhren und den Sellerie. Schreiben soll ich, nicht bewundern.

Anna, die Jüngste und Kleinste, schwarz und weiß, mit rosafarbener Nasenspitze, hat wohl im Schatten der Fliederbüsche oder unter der Blautanne geschlafen. Jetzt sitzt sie, hast du nicht gesehen, am Bach und zählt die Forellen. Obwohl sie längst weiß, dass es nur zwei sind. Oder sie forscht nach der winzigen Ringelnatter, die sie gestern, stolz und unter spitzen Triumphschreien, apportierte. Es sah aus, als hielte sie zwei bis drei Paar schwarze Schnürsenkel zwischen den Zähnen, und die Nase glühte vor Eifer kirschenrot. Da sich die winzige Schlange totstellte, ließ Annas Interesse sehr bald nach. Was sich nicht bewegt, interessiert Katzen nicht. (Wenn das die Mäuse wüssten!) Ich trug die Ringelnatter, die das Abenteuer heil überstanden hatte, zum Wasser zurück, und schon schlängelte sie sich davon.

»Anna!«, ruf ich im Flüsterton. Sie blickt flüchtig herüber, wendet sich wieder ab und manikürt die linke Vorderpfote. Es sieht aus, als lache sie sich leise ins Fäustchen. Dass sie Lollos Tochter ist, glaubt nur, wer es weiß. Viel eher ähnelt sie nach Aussehen und Temperament dem Papa, einem durchaus unpersischen bunten Kater aus der Umgebung, den wir den »Pennäler« nannten und der sich nach der hitzigen Wiesenhochzeit mit Lollo nie wieder sehen ließ. Anna hat wie er kurze gekrümmte Fußballerbeine, klettert gern auf Bäume, beherrscht die viel schwierigere Kunst des Herunterkletterns meisterhaft, hält das Hausdach für ein an schönen Abenden erstrebenswertes Ausflugslokal, wird oft, aus Versehen, in Schränken eingeschlossen und hat auch sonst nichts Orientalisches oder gar Fürstliches an sich. Bis auf die Augen! Die geheimnisvoll goldenen Augen hat sie von der Mutter. Sie schauen aus dem schwarzweißroten lustigen Gesicht heraus, als säße in unserer Anna eine zweite, eine fremde und ganz andere Katze drinnen. »Anna!«, ruf ich noch einmal. Doch jetzt treibt sie Gymnastik, steckt ein Hinterbein kunstvoll hinter den Kopf, wäscht sich das weiße Frackhemd und hat keine Sprechstunde.

»... und hat keine Sprechstunde«, schreib ich eben, da streicht unterm Tisch eine große Katze an meinen Beinen entlang. Man könnte noch besser sagen, sie streichle sich entlang. Bevor sie weiterwandert, wartet sie gurrend, dass ich ihr einen zärtlichen Klaps gebe. Das gehört zum Zeremoniell. Sie kriegt ihren Klaps. Dann kommt sie unterm Tisch hervor und schlendert, angoraschwarz mit grünen Augen, in den noch ungemähten Teil der Wiese, wo sich, hinter hohen Halmen, Hahnenfuß und rotem Klee, ein von ihr geschätzes schattiges Grasbett befindet. Eine Höhle mit dem blauen Himmel als fernem Dach. Ein luftiges Ruhelager für die Siesta einer älteren Dame. Die Schwarze heißt Pola und lebt mit uns schon so lange zusammen, dass wir uns scheuen, ihr die Jahre nachzurechnen, die sie hinter sich und, der Wahrscheinlichkeit nach, noch vor sich hat. Wenn sie die Stiege im Haus herunterkommt, klingt es mitunter, als habe sie ein Holzbein. Wenn sie, im Luftsprung, Kohlweißlinge erlegt, wenn sie Mäuse abliefert oder gar, wenn sie sich, abends im Wohnzimmer, scheinbar längst vergessener Spiele aus ihrer Kinderzeit erinnert und sie uns und den drei jüngeren und staunenden Katzen vorspielt, dann ist sie nicht die älteste, sondern die jüngste der vier. Ihre Autorität wird trotzdem von den drei anderen nicht eine Sekunde angezweifelt. Anciennität und Rang sind in dem Quartett ein und dasselbe. Wer, gleichzeitig mit ihr, in die Küche einbiegt und fressen will, weiß, dass er vor den vier Tellern zu warten hat, bis sich Pola zu einem der Gerichte entschließt, »Mahlzeit!« sagt und zu fressen beginnt. Am leichtesten fällt den dreien der eingeborene Gehorsam, wenn auf einem der Teller grüne Bohnen serviert sind, Haricots verts, etwas für Feinschmecker. Grüne Bohnen sind ausschließlich Polas Spezialität.

Die einzige Katze, die, selten genug und auch dann nur für Augenblicke, Tradition und Respekt vergisst, ist unser einziger Kater. Er wiegt 15 Pfund, trägt wie Lollo einen blauschwarzen Pelz, heißt Butschi und ist Polas Sohn! Sein Vater war ein berühmter Perser, lebte in einem Zwinger am Starnberger See, empfing viel Damenbesuch und wurde eines Tages gekidnappt. Seitdem hat man nichts mehr von ihm gehört. Butschi seinerseits fiel einmal, als er noch ein sehr kleiner Junge war und niemand es sah, von unserem Schwabinger Balkon, verkroch sich unauffindbar unter einem Schuppen, litt ohne Laut und wurde von uns erst nach zwei Tagen und Nächten eifrigsten Suchens entdeckt. Da brüllte er vor Schmerzen wie ein Löwe. Er wurde wieder gesund. Er wuchs und wurde ein Riese. Aber ein Riese mit menschlichen Zügen, mit Anfällen von Zweifel an der ihm verliehenen Kraft und Größe. Nur manchmal besinnt er sich, fast abrupt, auf das Thema »Geschlecht und Charakter«, verteilt Ohrfeigen, faucht sogar Pola, seine Mutter, an und rebelliert gegen das Matriarchat. Butschis Putschversuche währen nicht lange. Die verwunderten Blicke, mit denen ihn die drei Katzen betrachten, irritieren und ernüchtern ihn. Manchmal läuft seine Mutter vor ihm davon und verkriecht sich. Ihre Angst ist pure Ironie. Das spürt er. Und dann fügt er sich wieder in sein Schicksal. Und wird der sanfte Riese, der er ist.

Eben hat er sich vom kühlen Gurkenbeet hochgeräkelt, passiert den schmalen Trampelpfad zwischen den hohen Büschen aus Esche und Faulbaum und bleibt vorm Tisch sitzen.

Er schaut mich an und wartet auf ein Wort. Er wartet aufs Stichwort. »Na, mein Dicker!«, sag ich, und schon sitzt er auf dem Tisch zwischen den Papieren, miaut und schnippt den Bleistift von der Tischplatte. Seine stille Leidenschaft für Schriftstellerei geht weit über das auch von anderen Katzen bezeugte Interesse hinaus. Deswegen nennen wir ihn auch »Sekretär«, manchmal sogar »Generalsekretär«, und er hört darauf wie auf seinen Rufnamen. Ich streichle ihn, während ich den Bleistift aufhebe. Und er stößt den Kopf in meine Handfläche. Er »gibt Köpfchen«, wie das neulich jemand genannt hat. Danach springt er vom Tisch und jagt Anna, über die Bachplanke hinweg, im Zickzack, Kapriolen schlagend und sich mit ihr überkugelnd, ins Haus. Zum zweiten Frühstück. Ich betrachte mein Manuskript. Die erste Seite hat Schaden genommen. Butschi, der Sekretär mit den gelben Augen und dem menschlichen Blick, hat Fingerabdrücke hinterlassen. Das Wort »Katzenhalter« ist noch lesbar.

Wenn mich neugierige Leute so ganz obenhin fragen, warum ich Katzen gern hätte, pflege ich zu antworten: »Weil sie nicht bellen!« Dann lächeln die neugierigen Leute mühsam, süßsauer und wechseln, wie die Erfahrung gezeigt hat, das Thema. Sie vermuten, ich wolle mit ihnen eher und lieber über abstrakte Kunst oder elektrische Rasierapparate reden als über Katzen. Damit haben sie recht. Oder sie halten meine Bemerkung für einen unfreiwillig schlechten Witz. Und damit haben sie unrecht.

Der Hund ist selbstverständlich ein ebenso liebenswertes Geschöpf wie die Katze. Wenn ich aber, statt mit vier Katzen, mit vier Hunden zusammenleben sollte, gäbe ich, spätestens am dritten Tage, dem Hund vom Dienst das für mehrere Monate nötige Verpflegungsgeld und zöge spornstreichs ins Hotel. Die Welt ist ohnehin so laut, so hastig und immerzu außerAtem. Sie dröhnt wie eine Maschinenhalle. Sie hämmert auf unser Trommelfell, als nahe das Jüngste Gericht wie ein Zirkus mit tausend Kapellen. Wo sonst, wenn nicht zu Hause, sollte man aufatmen und Atem holen? Wo sonst könnte man »mit der Seele baumeln«, wie Tucholsky das genannt hat? Es gibt freilich heute schon Hunde, die nur noch bellen, wenn man vorher ein schriftliches Gesuch eingereicht hat. Und nächstens wird man Hunde züchten, die nicht nur, was es ja bereits gibt, wie Schafe aussehen, sondern auch »Mäh« und »Bäh« sagen. Das wären keine Hunde mehr, sondern Nürnberger Spielzeug, das sich von selber aufzieht. Es gehört zum Hund, dass er den Herrn, der von der Reise heimkommt, mit Freudengebell empfängt, ihn umtanzt, anspringt und, wenn möglich, umwirft. Nun, wenn ich mit dem Koffer ins Haus trete, kommen die Katzen treppab, schauen mich kurz an und gehen mir, mindestens zehn Minuten lang, ostentativ aus dem Wege. Da ist kein »Herr« heimgekehrt, dem man die Hand küsst, sondern der Freund, der sie gekränkt hat. Das muss man ihm heimzahlen. Da muss man die Wiedersehensfreude verbergen, wenn auch nur für zehn Minuten. Dann erst kommt man *en passant* zurück, hilft beim Kofferauspacken und blickt dem geliebten Halunken ins Gesicht. Ernst und fragend. Und schweigsam. Den rabiaten Jubel und den Derwischtanz der Hunde verstehe ich wie die stummen Vorwürfe der Katzen. Doch diese Vorwürfe und das Wiedersehensglück, das noch nach Schmerz schmeckt, eh er in der Freude dahinschmilzt, das alles kann ich besser nachfühlen. Mein Verstand könnte schwanken. Meinem Gefühl bleibt keine Wahl. Sympathie ist Wahlverwandtschaft.

Alle beide, der Hund und die Katze, sind reich an Tugenden und Talenten, doch der Hund hat ein Talent zu viel: Er lässt sich dressieren. Und er hat eine Tugend zu wenig: Er ist ein Tier ohne Geheimnisse. Manchmal glaub ich fast, am liebsten wäre er ein vierbeiniger Mensch, uns möglichst ähnlich, nur schneller. Die Katze springt nicht durch Reifen und denkt nicht im Traum daran, uns zu Gefallen auf den Hinterbeinen herumzustelzen. Dergleichen ginge gegen ihre Würde, gegen ihren guten Geschmack und gegen ihre schönste Passion, den Freiheitsdrang. Zwang macht sie rasend. Zwang macht sie krank.

Manche Leute folgern aus der Undressierbarkeit der Katze, dass sie weniger intelligent sei als der Hund. Damit geben sie eine Kostprobe von ihrer eigenen Intelligenz. Sie schlafen mit offenen Augen, und wir wollen sie nicht wecken.

Die Katze ist ein geheimnisvolles Tier. Nur für uns? Oder ist sie sich zuweilen selbst ein Rätsel? Der englische Schriftsteller T. S. Eliot, ein Nobelpreisträger und Katzenhalter, hat sich ernsthaft, und das heißt humorvoll, mit dieser Frage beschäftigt. In dem Gedichtband *Old Possum' Book of Practical Cats,* der in der Bibliothek Suhrkamp deutsch erschienen ist. Eines der Gedichte hab ich übersetzt. Eliot sinnt darüber nach, worüber wohl die Katzen nachsinnen, wenn sie »in profund meditation« vor sich hinstarren. Das Gedicht gehört, finde ich, hierher:

Wie heißen die Katzen

Wie heißen die Katzen?, gehört zu den kniffligsten
  Fragen,
Und nicht die der Rätselecke für jumperstrickende
  Damen.
Ich darf Ihnen, ganz im Vertrauen, sagen:
Eine jede Katze hat drei verschiedene Namen.
Zunächst den Namen für Hausgebrauch und Familie,
Wie Paul oder Moritz (in ungefähr diesem Rahmen),
Oder Max oder Peter oder auch Petersilie –
  Kurz, lauter vernünft'ge, alltägliche Namen.
Oder, hübscher noch, Murr oder Fangemaus
Oder auch, nach den Mustern aus klassischen Dramen:
Iphigenie, Orest oder Menelaus –
Also immer noch ziemlich vernünft'ge, alltägliche
  Namen.
Doch nun zu dem nächsten Namen, dem zweiten:
Den muss man besonders und anders entwickeln.
Sonst könnten die Katzen nicht königlich schreiten
Noch gar mit erhobenem Schwanz perpendikeln.
Zu solchen Namen zählt beispielsweise
Schnurroaster, Tatzitus, Katzastrophal,
Kralline, Nick Kater und Kratzeleise –
Und jeden der Namen gibt's nur einmal.
Doch schließlich hat jede noch einen dritten!
Ihn kennt nur die Katze und gibt ihn nicht preis.
Da nützt kein Scharfsinn, da hilft kein Bitten.
Sie bleibt die Einzige, die ihn weiß.

Sooft sie versunken, versonnen und
verträumt vor sich hinstarrt, ihr Herren und Damen,
Hat's immer und immer den gleichen Grund:
Dann denkt sie und denkt sie an diesen Namen –
Den unaussprechlichen, unausgesprochenen,
Geheimnisvoll dritten Namen.

Colette

Katzen

Prrou

Als ich sie kennenlernte, wohnte sie in einem düsteren alten Garten, einem vergessenen Garten zwischen zwei Neubauten, schmal und lang wie eine Schublade. Sie ging nur nachts aus, denn sie fürchtete die Hunde und die Menschen, und dann wühlte sie in den Mülleimern. Wenn es regnete, schlüpfte sie hinter das Gitter eines Kellerfensters und drückte sich an die verstaubten Scheiben. Aber der Regen drang bald bis in ihre Zufluchtsstätte, und sie zog geduldig die Pfoten unter sich, die mageren Pfoten einer herrenlosen Katze, die fein und hart waren wie die eines Hasen.

So verharrte sie lange Stunden. Von Zeit zu Zeit hob sie die Augen gegen den Himmel oder gegen meinen hochgezogenen Fenstervorhang. Sie sah nicht bedauernswert und auch nicht verschreckt aus, denn ihr Elend war nicht die Folge eines unglücklichen Zufalls. Sie kannte mein Gesicht, aber sie bettelte nie. Aus ihrem Blick war nichts anderes zu lesen, als dass Hunger, Kälte und Nässe sie quälten und dass sie geduldig auf die Sonne wartete, die die verlassenen Tiere vorübergehend einschläfert und heilt.

Einige Male drang ich in den Garten ein, wobei ich mir zwischen den Brettern des alten Zaunes den Rock zerriss.

Die Katze floh nicht vor mir, aber sie entschlüpfte wie ein Aal, wenn ich sie berühren wollte. Nach meinem Abgang wartete sie heldenmütig darauf, dass der Luftzug in dem alten Garten meinen Geruch und den Widerhall meiner Schritte verwehe. Dann fraß sie das Fleisch, das ich neben das Kellerfenster gelegt hatte. Sie verriet ihre Gier nur durch ein Zucken des Halses und ein Zittern des Rückgrats.

Sie gab dem Schlafbedürfnis gesättigter Tiere nicht gleich nach, sondern versuchte erst, ein wenig Toilette zu machen. Ihr graues Kleid mit schwarzen Streifen, ein ärmliches, borstiges Kleid, war schwer in Ordnung zu bringen, denn wenn Katzen nichts zu fressen haben, mangelt es ihnen an Speichel, und sie waschen sich auch nicht …

Es wurde Februar, und der umgitterte alte Garten sah aus wie ein Käfig voll kleiner Raubtiere. Kater aus den Kellern und von den Dachgiebeln, von den Müllhaufen, von wüsten Plätzen, Kater mit krummem Rücken und schäbigem Hals, verhungerte Kater ohne Ohren und Schwanz, fürchterliche Rivalen der Ratten, Kater der Krämer und Milchfrauen, fett und schwer und schnell außer Atem, schwarze Kater mit seidenem rotem Halsband und weiße Kater mit blauem Perlenkollier …

Nachts hörte ich ihre Liebes- und Kampfgesänge … Zarte, melodische Klagen zuerst, langgezogen, sanft und fern. Dann ein ironischer Ruf, die Herausforderung an den Rivalen. Und sofort darauf die Antwort in gleichem Ton. Dies, um ein endloses Zwiegespräch einzuleiten, begleitet von keiner anderen Mimik als dem Spiel der bald aufgestellten, bald zurückgelegten Ohren, der nun geschlossenen, nun wieder geöffneten Augen und des ausdrucksvoll drohenden Lächelns mit gefletschten Zähnen. Zwischen zwei Schreien immer wieder ein lautes Schnauben … Plötzlich ein unvorhergesehenes fürchterliches Crescendo, ein Röcheln, das Gemisch zweier rasender Stimmen in den Lüften, der Stimmen zweier Dämonen, die – von einem Wirbelsturm ergriffen – dahingerollt werden … Dann Stillschweigen. Der nächtliche Wind in dem kleinen Garten, das Geräusch von Krallen, die sich an einem Baumstamm festhaken, und nun der sanfte Gesang einer Katze, der gleichgültigen, um derentwillen die Kater einander zerfleischt haben, die Stimme meiner mageren Katze, die ganz erschöpft ist von Liebe und Entkräftung …

Der tragische Sturm der Wollust ließ endlich nach. Ich sah die graue Katze wieder, ausgemergelt, glanzlos, scheuer denn je, beim leisesten Geräusch zusammenzuckend. In dem Sonnenstrahl, der mittags bis in den Grund des dunklen Gartens tauchte, schleppte sie sich dahin mit täglich schwerer werdenden Flanken, bis ich sie eines regnerischen Morgens entdeckte, wie sie erschöpft und fieberhaft fünf kräftige Kätzchen stillte, die gleich ihr auf nackter Erde geboren worden waren.

Ich hatte auf diese Stunde gewartet. Sie übrigens auch, denn ich brauchte die Kleinen nur in mein Kleid zu nehmen, und die Mutter folgte mir.

Sie heißt Prrou – beim Aussprechen des Namens rolle man die rr, bitte sehr. Sie hat uns nämlich ihren Namen gesagt. Sie schnurrt ihn den ganzen Tag rings um das schwarze Kätzchen, das wir ihr gelassen haben: »Prrou, prrou.«

Sie lebt in der Bretagne, auf der warmen Terrasse, am Rand der Wiese, die sich gegen den Strand hinzieht. Ihr Gebiet, das sie sich selbst abgegrenzt hat, reicht von der Terrasse bis zur blühenden Jasminhecke, hinter der sich eine Ziegelmauer verbirgt. Niemals geht sie weiter als bis zu den großen Linden, die mein Haus aus roten Backsteinen beschatten. Ob sie wohl weiß, dass unterhalb der Terrasse ein rastlos bewegtes Meer wogt, ein Meer von wechselnder Farbe, blau und grün im Sonnenschein, violett unter dem Gewitter, grau in der Morgendämmerung? Ich bezweifle es.

Unsere Prrou in ihrem bescheidenen Kleid, von der keiner etwas verlangt, hat es sich in den Kopf gesetzt, uns ein Vorbild der grauesten Tugenden zu sein. Sie ist sauber, sanft, demütig und erzieht ihren einzigen Sohn würdevoll. Sie kann noch mehr: Sie macht uns etwas vor. Mit reizendem Takt und stets wacher Schlauheit spielt sie immer noch die arme Katze, »die so unglücklich gewesen ist«. Fett und rund geworden, hat sie den Blick der hungrigen Katzen beibehalten. Die Köchin nennt sie »armes Tier«.

Sie schläft nun auf einem weichen Kissen, doch stets in der fröstelnden Stellung einer, die im Freien nächtigt. Sie macht uns Platz, wenn wir an ihr vorüber wollen, doch auch wir weichen zurück, das Herz von Mitleid zerrissen, und flehen sie an, sich um Gottes willen nicht stören zu lassen. Es geschieht manchmal, dass ihr jemand ganz leicht auf die Pfoten oder auf das Schwanzende tritt. Dann stößt sie einen kurzen, rauen Schrei aus, schnurrt aber gleich darauf stoisch, mit dem Ausdruck einer Märtyrerin, sodass wir zu klagen beginnen: »Armes Tier! Dass dir auch das noch geschehen musste, dir, die du so unglücklich gewesen bist!«

Vom niedrigsten Zweig einer Linde hängt an einem Bindfaden ein Kork herab und bewegt sich im Wind. Prrou belauert ihn, und manchmal stürzt sie verrückt, von Spiellust ergriffen, darauf los. Erblickt sie uns aber, so drückt ihr dreieckiges Gesichtchen sofort Entsagung und Bitterkeit aus: »Was tat ich? Zu welch leichtsinniger Handlung habe ich mich hinreißen lassen, ich, die ich so unglücklich gewesen bin? Solche Spiele passen nicht zu meiner gesellschaftlichen Stellung. Ach, fast hätte ich es vergessen!«

Ihren schlecht gekämmten und teuflisch schwarzen Sohn behütet sie mit leidenschaftlicher Zärtlichkeit, liebkost ihn und flüstert ihm unzählige Male das einzige Wort zu, das sie sagen kann: »Prrou, prrou...« Sind wir jedoch in der Nähe, setzt sie eine strenge Miene auf und verabfolgt ihm beim geringsten Anlass ein Dutzend heftiger Ohrfeigen: »So muss ein armes Findelkind erzogen werden!«

Bewundert, bitte, gleich mir die durchtriebene Prrou. Seht nur, wie ihr kurzhaariges Kleid die Farbe einer grauen Schnecke oder eines Nachtfalters nachahmt. Ein dreireihiges schwarzes Kollier ziert ihre Brust, der schlichte Schmuck einer würdigen Gouvernante. Schwarz sind auch die Armbänder an ihren feinen Pfoten, ebenso die doppelte Reihe regelmäßig verteilter Flecken, durch die das strenge Kleid am Bauch zugeknöpft zu sein scheint. Prrou ist trefflich gekleidet, oder richtiger gesagt, sie ist verkleidet.

Ihre Haltung ist so bescheiden, ihr Fell so schlicht gefärbt, dass ihr vielleicht gar nicht bemerkt habt, wie hart und grausam ihr Schädel ist, wie bedrohlich ihre kräftigen Pfoten, in denen sich gebogene Krallen verbergen, wohlgepflegt und kampfbereit, wie breit ihre Brust, wie beweglich ihre Lenden, kurz, dass ihr nichts von der verborgenen Schönheit dieses kraftvollen Tieres ahnt, das für Liebe und Kampf geschaffen ist...

»Dieses Tier hier? Selbstverständlich ist es ein Kater. Ich verkaufe nicht zum ersten Mal einen, wie Sie sich denken können. Sehen Sie nur den runden Schädel an und die abstehenden Ohren. Jetzt schon kann man das Löwenschnäuzchen erkennen. Und sehen Sie einmal die kräftigen Pfoten …«

Wir haben das alles gesehen. Wir haben wirklich alles gesehen – nur das nicht, worauf es ankommt. So gut hatten wir alles betrachtet, dass der kleine persische Kater, Schah genannt, sich nach vierzehn Tagen in eine Katze verwandelte. In eine Katze, zart graublau wie der aufsteigende Rauch einer Zigarette oder wie die silbrigen Blüten der Stranddistel.

»Und jetzt ist es eine Katze! Was sollen wir denn nur mit ihr anfangen?«

»Was wollten Sie denn mit einem Kater anfangen?«

»Das weiß ich eigentlich nicht recht … Nichts Besonderes … Wir wollten ihm ein grünes Halsband umbinden … und ihn sehr verwöhnen … Er sollte ein königliches Tier sein, müssen Sie wissen, und Schah heißen …«

»All das können Sie doch mit der Katze auch machen. Nennen Sie sie Schah, binden Sie ihr ein grünes Halsband um, und geben Sie ihr gezuckerte Milch zu trinken, bis sie dick wie ein voller Schlauch auf ihr gelbes Seidenkissen kriecht und dort einschläft.«

Schließlich fügt man sich in alles. Der Kater ist eine Katze, behält aber trotzdem den Namen Schah. Wir rufen zärtlich: »Schah, süße kleine Schah!«, loben begeistert ihre Schönheit: »Wie ist Schah doch entzückend!« – und alle vernünftigen Leute – das will sagen, jene, die weder Bullterrier noch

Collies noch persische Katzen besitzen – betrachten uns voll verächtlichen Mitleids.

Eine persische Katze ist das Tier wirklich. Das wenigstens stimmt. Jeder muss sehen, dass sie nicht von hier ist. Sie wächst sehr schnell, und zwar mehr in die Breite als in die Länge, hat geschickte, weiche Pfoten und einen buschigen Schwanz, der ebenso lang ist wie sie selbst, kurze Ohren und ein samtiges Stumpfnäschen.

Ihr Spiel ist ein wenig wild. Sie ist reizbar und scheint ihre Wut auszukosten wie ein Vergnügen. Die Augen geschlossen, die Zähne zusammengepresst, umklammert sie heftig ihre Beute. Sie wählt sich gerne das Gesicht des Gegners zum Ziel und wendet unter unserem Blick die Augen nicht ab – sanfte, drohende Augen, die graugrün sind wie die Blätter einer jungen Weide...

Fröhlich wühlt sie im dichten Fell der großen Colliehündin, so wie man Brotteig knetet. Wolfshunde und Doggen, ja selbst lärmende Kinder mag sie gern. Aber manche musikalische Klänge, gewisse heimtückische, kaum hörbare Geräusche machen sie rasend. Da sträubt sich ihr ganzes Fell, die Haare schließen sich zu starren Büscheln zusammen... Sie gähnt heftig, wenn man eine Schere vor ihr öffnet und schließt. Sie ist von orientalischem Aberglauben erfüllt: Streckt man zwei Finger wie Hörner vor ihr aus, so rennt sie schleunigst davon. Um sie von diesem Bann zu heilen, habe ich ein gabelförmiges kleines Korallenamulett an ihrem Halsband befestigt...

Sie ist eine vornehme Katze. Eine Haremsprinzessin, die nicht im Geringsten an Flucht denkt. Ein sehr weibliches Geschöpf, kokett, schamhaft und viel mit ihrer Schönheit beschäftigt, die von Tag zu Tag zunimmt. Hat es jemals eine prächtigere Katze gegeben? Am Morgen ist sie schiefergrau, mittags wird sie blau wie die Blüten des Immergrüns, und im Sonnenlicht schimmert sie wie eine Taube violett, perlgrau, silbern und stahlfarben. Abends wird sie zum Schatten, zu Rauch, zur Wolke. Als wäre sie körperlos, schwebt sie dahin, wirft sich wie eine durchsichtige Schärpe auf die Lehne eines Fauteuils. Sie huscht an der Mauer entlang wie der Reflex eines perlmutterfarbigen Fisches …

Das ist die Stunde, da wir hoffen, sie sei eine Fee, ein Kobold, ein Wicht, ein Geist … Im Stil literarisch überbildeter Leute bringen wir ihr kindische Huldigungen dar. Wir nennen sie Scheherazade. Aber die Zeit ist noch nicht erfüllt, noch wirft Schah ihr elektrisch knisterndes seidenes Gewand nicht ab, ebenso wenig ihre reiherartigen Schnurrbarthaare, ihren blauen Eichhörnchenschwanz noch ihre Krallen aus glatter Jade.

»Passen Sie gut auf! Öffnen Sie im Zug den Korb ja nicht!«

»Doch, doch, machen Sie den Korb auf, sowie der Zug fährt. Sonst bekommt Schah einen epileptischen Anfall.«

»Geben Sie ihr gleich ein bisschen Milch zu trinken.«

»Nein, nein, geben Sie ihr keine Milch unterwegs, sonst wird sie seekrank!«

»Und ins Freie dürfen Sie sie erst nach zwei Tagen lassen. Sonst läuft sie Ihnen davon, und Sie sehen sie niemals wieder.«

»Ach, Unsinn, glauben Sie das ja nicht. Sie können sie sofort ins Freie lassen, eine Katze findet immer wieder nach Hause zurück …«

Von Verantwortung beschwert, belastet mit so vielen einander widersprechenden Ratschlägen, nehmen wir unseren tyrannischen Hausdämon mit uns, dieses zerbrechliche Juwel, diese kostbare Katze, und führen sie dem graugrünen Meer entgegen, dem Frühling der Bretagne, der es so eilig hat, dass er zuweilen früher erscheint als der des Südens.

Der März hat kaum begonnen, und schon öffnet das Geißblatt, das oberhalb der weißen Wellenkämme an den Felsen emporklimmt, seine bräunlich-grünen Blätter wie lauschende kleine Ohren. Schon gibt es blassgoldene Primeln und stacheligen Mäusedorn mit roten Beeren. Es gibt Veilchen und rosafarbene Grasnelken, die wie Pfirsichblüten duften. Es gibt…

Es gibt auch einen Trupp Dachdecker auf dem Dach unseres Hauses und im Schlafzimmer halbnackte Parkettleger. Im Badezimmer sind zwei spöttisch-vergnügte Maurer damit beschäftigt, aus Kacheln ein blau-weißes Puzzle zu legen. Und im Hof gibt es ein Schmiedefeuer, und teuflische Jünglinge rühren da einen dicken milchigen Brei aus Kalk, eine bröckelige Creme aus Zement…

»Mein Gott, und Schah! Wenn Schah all diese Leute sieht! Sie wird weder fressen noch trinken können noch schlafen… Sie wird uns vor Angst sterben. Sie ist doch so empfindlich! Übrigens, wo ist die Katze? Wo ist Schah? Wo ist sie?«

Da haben wir es – jetzt ist sie verlorengegangen! Zunächst stimmen wir ein Klagelied an, dann laufen, fliegen, stürzen wir davon. Wir befragen den Brunnen, suchen im dunklen Wald, auf dem düsteren Dachboden, im schimmeligen Keller, im Stall, in der Garage, zwischen den Felsen am Meeresufer. Wir versprechen den Maurerjünglingen, die Mörtel mischen, eine hohe Belohnung. Wir beschuldigen den Wachhund und schicken den Bullterrier, der noch niemals eine Spur gefunden hat, auf Suche aus. Wir horchen auf den Wind, der unsere stummen Tränen trocknet. Wir machen unserem Kummer durch bittere Vorwürfe Luft:

»Habe ich es dir nicht gesagt? Man hätte sie eben nicht so bald ins Freie lassen dürfen!«

»Was nützt die Weisheit nun? Schah ist verloren. Übrigens hatte ich schon eine böse Ahnung, als wir hierherkamen … Sie hätte nicht von Paris weg sollen, diese edelrassige Katze, die so leicht Schaden nimmt, die kein grelles Licht vertragen kann, keinen Luftzug und keine laute Stimme … Dieses zarte Geschöpf, das aus einem feinen Porzellannapf fraß und aus einem venezianischen Kristall trank …«

»Genug der Worte. Gehen wir nach Hause zurück. Ich will Schah in aller Stille betrauern, meine schöne, schöne Schah!«

Wir gehen also nach Hause. Doch bei einer Biegung der Allee bleiben wir mit einem Male stehen und starren sprachlos auf das Bild, das sich uns bietet.

Inmitten eines Kreises von Arbeitern, die, auf der Erde lagernd, ihr Mittagsbrot verzehren – zwischen schmutzigen Stiefeln, kalkbespritzten Hosen und verblichenen blauen Arbeitskitteln – zwischen Most- und Weinflaschen, fettigem Papier und derben Taschenmessern –, sitzt sehr behaglich lächelnd, den Schwanz wie eine Kerze aufgestellt, den Schnurrbart halbmondförmig hochgezwirbelt, umschwirrt von Flüchen und von johlendem Gelächter – Schah, die göttliche Katze! Sie lässt sich mit Käserinden, ranzigem Speck und Wursthäuten füttern, schnurrt, hascht, sich im Kreise drehend, ihren Schwanz, spielt, um die Maurer zu bestricken.

Der Kater

»Ich hatte einen Namen, einen kurzen, klangvollen Namen, den Namen einer kostbaren Angorakatze. Aber ich habe ihn auf den Dächern gelassen, in den glucksenden Ecken der Dachrinnen, auf dem abbröckelnden Moos alter Mauern. Ich bin ›der Kater‹.

Was sollte ich mit einem anderen Namen? Dieser genügt meinem Stolz. Die Menschen, die mich seinerzeit Sidi nannten, rufen mich überhaupt nicht mehr, denn sie wissen, dass ich niemandem gehorche. Wenn sie unter sich von mir sprechen, sagen sie ›der Kater‹. Ich komme, wann es mir beliebt, und die Herren dieses Hauses sind nicht die meinen.

Ich bin so schön, dass ich fast niemals lächle. In meinem persischen Fell spielen die zartesten Farben: Silber, das Graulila von Glyzinen, die die Sonne gebleicht hat, das wilde Violett neuer Schieferplatten. Ein breiter, niedriger Schädel, die Backen eines Löwen und oh!, diese schweren Brauen über herrlichen Augen, rötlichen, düster ernsten! … Nur eines ist leichtfertig in dieser strengen Schönheit: meine zarte Nase, meine zu kurze Angoranase, feucht und blau wie eine kleine Pflaume …

Ich lächle fast nie, selbst wenn ich spiele. Zuweilen lasse ich mich herab, einen Ziergegenstand mit königlicher Pfote zu zerbrechen. Es sieht aus, als wollte ich ihn züchtigen. Und wenn ich diese schwere Pfote gegen meinen Sohn erhebe, das unehrerbietige Kind, dann ist es, als ob ich ihn zermalmen wollte… Habt ihr vielleicht erwartet, dass ich mich auf dem Teppich ziere wie Schah, meine kleine Sultanin, die ich vernachlässige?

Ich bin der Kater. Ich führe das unruhige Leben derer, die die Liebe für ihren harten Dienst geschaffen hat. Ich bin einsam, bin dazu verdammt, ohne Unterlass zu erobern. Blutgier ist mir angeboren. Ich kämpfe, wie ich fresse, mit regelmäßigem Appetit, und gleich einem trainierten Athleten besiege ich meinen Gegner ohne Hast und Wut.

Erst am Morgen kehre ich zu euch zurück. Wenn die Dämmerung beginnt, lasse ich mich, bläulich schimmernd wie sie, vom höchsten Wipfel eines kahlen Baumes herabfallen, wo ich eben noch einem Vogelnest im Nebel glich. Oder ich schlüpfe über das schiefe Dach bis zu eurem Holzbalkon und setze mich auf das Brett eures halb geöffneten Fensters, als wäre ich ein winterlicher Blumenstrauß. Der Duft der Dezembernacht, der Duft eines eiskalten Friedhofs entströmt mir. Nun werde ich sogleich schlafen, werde erhitzt und fiebrig nach bitterem Buchsbaum riechen, nach getrocknetem Blut und wildem Moschus…

Denn ich blute unter der seidigen Scharpie meines Fells. Eine Wunde brennt an meinem Hals, und ich nehme mir nicht einmal die Mühe, die zerrissene Haut meiner Pfote zu lecken. Ich will nur schlafen, schlafen! Will die Lider über meinen schönen Nachtvogelaugen zusammenpressen und, ganz gleich wo, schlafen. Auf die Flanke hingestreckt wie ein Landstreicher, will ich leblos daliegen, von Erdkrumen bedeckt und dürren, kleinen Zweigen und trockenen Blättern. Schlafen, schlafen wie ein gesättigter Faun …

Ich schlafe, schlafe. Zuweilen durchzuckt mich ein elektrischer Schlag – ich richte mich auf, grolle dumpf wie ferner Donner und falle dann wieder zurück … Selbst gegen das Ende des Tages, zur Stunde, da ich völlig erwache, bin ich abwesend und in Träume versunken. Den Blick auf das Fenster gerichtet, horche ich gegen die Tür hin …

Flüchtig gewaschen, von Gliederschmerzen erstarrt, überschreite ich die Schwelle. Alle Abende zur selben Stunde entferne ich mich mit gesenktem Kopf, weniger ein Auserwählter denn ein Verdammter … Schwankend wie eine schwere Raupe entferne ich mich zwischen gefrierenden Wasserlachen, die Ohren im Wind zurückgelegt. Den Schnee missachtend, gehe ich dahin. Ich halte einen Augenblick inne, nicht weil ich zögere, sondern weil ich die geheimen Geräusche meines Reiches behorche. Ich schnuppere in die dunkle Luft hinaus. Feierlich und klagend lasse ich dann immer wieder den Ruf des kampfbereit umherwandernden Katers ertönen. Als ob der Klang meiner Stimme mich rasend gemacht hätte, springe ich plötzlich los … Man erblickt mich eine Sekunde lang auf einer Mauer, mit gesträubtem Fell, undeutlich verschwebend wie eine leichte Wolke. Und dann sieht man mich nicht mehr …

Es ist die wilde Jahreszeit der Liebe, die uns jeglicher anderer Freuden beraubt und die Scharen unserer abgemagerten Weibchen in den Gärten teuflisch vermehrt. Nicht nach der weißen Schlanken gelüstet es mich, auch nicht nach jener anderen dort noch nach dieser hier, die orange und braun gestreift ist wie eine Tulpe, ebenso wenig nach der Schwarzen, die glänzt wie ein feuchter Aal … Ach!, diese und jene und noch andere auch … Wenn nicht ich sie niederwerfe, so werden meine Rivalen sie nehmen. Ich will sie alle, ohne eine zu bevorzugen, ohne sie voneinander zu unterscheiden. Das Schluchzen jener, die meiner grausamen Umarmung unterliegt, höre ich schon nicht mehr. Ich horche in den Wind hinaus auf die Stimme der Unbekannten, die mich jenseits der Dächer ruft.

Wie schön ist sie, die unsichtbare Geliebte, die in der Ferne klagt! Umgebt sie mit Mauern, verschließt sie lange vor mir, auf dass nur ihr Duft und ihre Stimme zu mir dringen! … Ach, es gibt für mich keine unerreichbare Geliebte! Auch diese wird über die Mauer springen, um zu mir zu gelangen. Vielleicht werden meine Zähne unter dem dichten Fell ihres Nackens die Narben meiner Bisse vom vorigen Jahre wiederfinden …

Die Nächte der Liebe währen lange … Ich bleibe auf meinem Posten, immer bereit, zuverlässig und verdrossen. Meine verlassene kleine Gattin schläft in ihrem Haus. Sie ist sanft und blau und gleicht mir zu sehr. Hört sie in ihrem parfümierten Bett die Schreie, die zu mir aufsteigen? Hört sie meinen Namen, den ein verletzter Gegner in wildestem Kampfe hinausbrüllt, meinen Tiernamen, den die Menschen nicht kennen?

Ja, diese Liebesnacht währt lange. Ich bin traurig und fühle mich einsamer denn ein Gott … Ein unschuldiger Wunsch beschleicht mich, indes ich beharrlich wache, der Wunsch nach Licht, Wärme und Ruhe … Wann will die Morgendämmerung endlich grauen, die das Gezwitscher der Vögel erwachen lässt und den Sabbat toller Katzen beendet? Seit vielen Jahren herrsche ich, liebe ich, töte ich. Lange Zeit schon bin ich schön … Zu einer Kugel zusammengerollt, träume ich auf der Mauer, die eisiger Tau bedeckt … Ich fürchte, ich könnte alt aussehen.«

Die Katzenmutter

»Eins, zwei, drei, vier … Nein, ich irre mich. Eins, zwei, drei, vier, fünf, sechs … Nein, fünf. Wo ist das sechste? Eins, zwei, drei … Mein Gott, ist das ermüdend! Jetzt sind es nur vier. Ich werde noch verrückt darüber. Kinder! Kinder! Wo sind meine Söhne und Töchter?

Wer von euch jammert dort zwischen der Mauer und der Geranienkiste? Er schreit schon gut, muss ich sagen, der Kleine. Wirklich, ich bilde mir das nicht nur ein, weil er mein Sohn ist. Außerdem schreit er nur zum Vergnügen, denn er kann sich da ganz leicht befreien, wenn er einige Schritte rückwärts macht. Die anderen? … Eins, zwei, drei … Ich falle um vor Schlaf. Die Kinder haben getrunken und dann geschlafen, und jetzt sind sie lebendiger als ein Wurf Ratten. Ich bin schon ganz heiser von all dem Rufen, aber sie gehorchen mir nicht. Bei dem fortwährenden Suchen sehe ich sie schließlich überhaupt nicht mehr, oder ich sehe vor Aufregung etliche doppelt. Gestern habe ich in meiner Verstörtheit ihrer neun gezählt. Dieser Garten ist ein Verhängnis.

Nimm dich in Acht, du dort drüben! Man darf niemals unter dem Gitter der Hundehütte durchkriechen. Wie oft soll ich dir das noch sagen? Wann wirst du endlich einsehen, du Kind der Gosse, du instinktloser Bastard, wessen diese Hündin fähig ist? Sie lauert auf euch hinter den Stäben und würde dich wie eine Maus verschlucken, nur um nachher zu sagen: ›Ach, das war ein Kätzchen? Wie schade! Da habe ich mich geirrt!‹ Sie hat sanfte Augen, wie orangefarbener Samt sehen sie aus, aber merkt es euch: Ihr dürft ihrem Lächeln nicht trauen! … Hingegen erlaube ich euch allen gern, dass ihr eure kindlichen Krallen, die noch biegsam und durchsichtig sind, an den zähen Lenden und der Schnauze der Bulldogge versucht. Obgleich sie hässlich ist – ich schäme mich für sie, wenn ich sie ansehe! –, würde sie doch keiner Fliege etwas zuleide tun. Das ist wörtlich zu verstehen, denn die Fliegen spielen um ihr stets offenstehendes Riesenmaul, das immer wieder ins Leere schnappt. Zu ihr könnt ihr ruhig hingehen, könnt euch unter ihren Beinen zusammenrollen, unter ihrem Bauch liegen bleiben, eure Krallen an ihrem Fell wie an einem Teppich schärfen. Wärmt euch nur an ihrem übelriechenden Körper. Sie ist eure Sklavin, ist die schwarze Kinderfrau meiner fürstlichen Babys.

Kinder! Kinder! … Eins, zwei, drei … Ich wünschte wahrhaftig, ich wäre zwei Monate älter oder drei Wochen jünger. Vor zwanzig Tagen hatte ich sie noch alle sechs in meinem Korb, blind und wollig. Sie konnten nur kriechen und sich wohlig winden wie Blutegel, während sie an meinen Zitzen hingen. Ein leichtes Fieber täuschte mich über meine Erschöpfung hinweg. Ich war eine sanfte, blöde Maschine, die unablässig schnurrte und mit borniertem Eifer leckte und stillte, fraß und trank. Wie war das so einfach! Jetzt sind sie fürchterlich. Sooft ich sie strafen sollte, bin ich entwaffnet, wenn ich sie nur ansehe. Nichts auf der Welt ist mit ihnen zu vergleichen. Trotz ihrer Jugend sieht man ihnen doch schon die Reinrassigkeit an, erkennt klar, dass sie keiner Mesalliance entsprossen sind. Schon stellen sie den kräftigen Schwanz, fleischig am Ansatz wie der eines jungen Lammes, kerzengerade in die Höhe. Sie schimmern bläulich, haben niedrige Beine und ein kurzes Kreuz, sind munter, wenn sie umherlaufen, und melancholisch, wenn sie sitzen – ganz wie ihr wunderbarer Vater. In vierzehn Tagen werden ihre vorläufig blauen Augensterne goldig zu schimmern beginnen, sich mit feinen Streifen von gelblichem Grün durchziehen. Sie werden einander nicht mehr gleichen; selbst das stumpfe Auge der Menschen wird die breiten Schädel der jungen Kater und die schmaleren Nacken und feineren Backenknochen der Katzen unterscheiden können. Die naiven kleinen Weibchen werden bereits unausstehlich gegen mich sein, ebenso übrigens auch ich gegen sie … Von ihrem Fell will ich gar nicht reden, ich müsste mich sonst selbst loben. Vier dunklere Streifen sind in den graublauen Flaum ihrer Köpfe gezeichnet und glänzen wie die schimmernden Wellen eines dunklen Samtes je nach der Beleuchtung bald hell, bald matt …

Wo aber sind sie? Wo sind sie? Eins, zwei … Nur zwei! Und die vier anderen? Antwortet doch, ihr zwei kleinen Idioten! Da sitzt das eine und frisst einen Bindfaden! Und das andere will in eine Kiste schlüpfen, die keine Öffnung hat! Natürlich habt ihr nichts gesehen und nichts gehört, hässliche kleine Eulen, die ihr seid mit euren runden Augen!

… Weder in der Küche noch in der Holzkammer! Vielleicht im Keller? Ich laufe, ich stürze hinunter, ich schnüffle …

Nichts ... Eilig renne ich wieder nach oben, und nun blendet mich das Licht im Garten ... Wo sind die beiden, mit denen ich eben gezankt habe? Sind die nun auch verlorengegangen? Meine Kinder! Oh, meine Kinder! Zu Hilfe, ihr Zweifüßler, kommt herbei, ich habe alle meine Kinder verloren! Eben spielten sie noch dort im Dickicht der Spindelbäume. Ich habe sie nicht allein gelassen, habe mich nur eine Minute lang dem Vergnügen hingegeben, eine Lobeshymne auf ihre Schönheit zu singen, eine Lobeshymne in der verliebten, bilderreichen Sprache, die mir infolge meiner persischen Abstammung eigen ist... Gebt sie mir wieder, oh, ihr mächtigen Zweifüßler, die ihr gezuckerte Milch und Sardinenschwänze auszuteilen vermögt! Sucht mit mir, spottet nicht über meinen Jammer, sagt nicht, dass ich mein geliebtes Sextett hundertmal am Tage verliere und wiederfinde! Ich ahne ein Unglück, das schlimmer ist als der Tod. Ihr wisst doch, dass mein Mutter- und mein Katzeninstinkt mich doppelt unfehlbar machen! ...

Ei, wo kommst du denn her? ... Meiner Treu, das ist mein schwerfälliger Erstling, der rundliche Kerl. Und ihm folgt sein gutmütiger Bruder. Und woher kommt dieses unverschämte kleine Weibstier, das es jetzt schon wagt, mir zu trotzen, das sich schon untersteht, zu fauchen und zu fluchen? ...

Eins, zwei, drei ... Drei, vier, fünf ... Komm, mein Sechstes, Zartestes und Schwächstes! Du bist auch zärtlicher als die anderen, und ich habe dich mehr geleckt. Du kriegst immer die eine von meinen beiden schwersten Zitzen, die unerschöpfliche, in dem weichen Nest aus blauem Flaum, das meine Hinterbeine dir formen ... Vier, fünf, sechs ... Genug!

Genug! Ich will ihrer nicht mehr! Kommt alle in den Korb im feinen Schatten der Akazie. Wir wollen schlafen, oder ihr dürft wieder trinken, damit ich eine Stunde lang Ruhe habe – aber Ruhe habe ich ja nie, denn selbst im Schlaf bleibe ich rettungslos wachsam. Selbst im Traum suche ich euch noch und zähle euch: eins, zwei, drei, vier …«

Luigi Malerba

Der faule Kater

Einen so faulen Kater wie Baffo hat es noch nirgends auf der Welt gegeben. Er fing keine Mäuse, weil ihm das Laufen zu mühsam war, er fraß nicht, weil ihm das Kauen zu mühsam war. Das Einzige, was er gerne tat, war schlafen. Im Schlaf träumte er, dass er Mäuse jagte, und dann träumte er, dass er sie fraß, und dann leckte er sich den Schnurrbart, so als hätte er sie wirklich gefressen.

Einmal an einem sehr heißen Tag ging Baffo in den Keller, um sich ein wenig abzukühlen. Dort sah er ein Stück Käse in einer Mausefalle, aber da er noch nie eine Falle gesehen hatte, langte er nach dem Käse und blieb mit der Pfote in der Falle stecken. Er begann zu miauen wie am Spieß, während aus allen Ecken die Mäuse hervorsprangen und anfingen, wie die Verrückten zu lachen, ihn zu verspotten und im Reigen um ihn herumzutanzen. »Ist das vielleicht ein blöder Kater!«, riefen sie. Schon hatten die übermütigsten Mäuse sich darangemacht, an seinem Schwanz und an seinen Beinen zu knabbern und ihn am Schnurrbart zu ziehen, da betrat Gatta Rossa, die wildeste Katze im ganzen Viertel, den Keller und veranstaltete ein Gemetzel. Dann befreite sie Baffos Pfote, verband sie und schenkte ihm zwei Mäuse, die schon ein wenig vorgekaut waren.

Baffo fraß die beiden Mäuse und leckte sich dann den

Schnurrbart, wie er es so oft im Traum getan hatte. Die Mäuse schmeckten ihm so gut, dass er sich noch am selben Tag in Gatta Rossa verliebte, welche glücklich war, für Baffo Mäuse zu fangen und sie ihm dann ein wenig vorgekaut zu schenken – denn auch sie hatte sich verliebt.

Eva Demski

Galerie der Katzen

Eigentlich hatte ich die Absicht, eine hochelegante Geschichte über zwei Kater zu schreiben, die Fortuny und Fabergé heißen und Inhaber eines Partyservice sein sollten. Aber immer wieder drängten sich die wirklichen Katzen meines Lebens in meinen Text, und die waren und sind weder hochelegant, noch wären sie literarisch brauchbar, schon gar nicht in Verbindung mit einem Partyservice.

Meine erste Katze hieß Fräulein Doktor Christlieb (nach meinem Großvater, bei dem wir damals lebten und der sich nicht viel aus ihr machte), ich war etwa vier Jahre alt und nannte sie Maunzi. Katzen können mit Kindern nicht viel anfangen (es gibt Ausnahmen) – im Allgemeinen aber gehen Katzen Kindern nicht so auf den Leim, wie es Hunde tun. Katzen beherrschen alle Tricks, mit denen auch Kinder arbeiten, deshalb fühlen sich Kinder von Katzen gelegentlich durchschaut, und das mag niemand. Wenn mir jetzt einer mit den Katzen im Puppenwagen kommt, Decke drüber und Häubchen auf – war das nicht niedlich? –, kann ich nur sagen, dass sich keine Katze dadurch gedemütigt fühlt – entweder ist sie von Natur aus so faul, dass sie die Haube für die warm verpackte Spazierfahrt in Kauf nimmt – Güterabwägung, darin sind sie groß, kein Tier kann so genau das Gleichgewicht zwischen Geben und Nehmen halten wie die

Katze –, oder es kommt einfach nicht zur Puppenspielerei. Drei ausgewachsene Männer können eine Katze nicht in einen Puppenwagen bringen, wenn sie nicht will. Also Maunzi: Ich war ein von Erwachsenen umstelltes Einzelkind mit allen Verhaltensweisen, die sich als brauchbar erwiesen hatten, und das Tier kriegte das ziemlich schnell spitz. Wir waren keine Verbündeten, sondern Konkurrenten. Irgendwann – es war noch in der »schlechten Zeit«, Lebensmittelmarken und Sardellenpaste samt Malzkaffee, aber so schlimm war es bei uns zu Hause nicht, und gefeiert wurde ganz ordentlich; wenn ich mich recht erinnere, hatte Fräulein Doktor Christlieb eine Platte mit Häppchen abgeleert, und dann kam sie aus dem Haus, zu netten Leuten, wie man mir versicherte. Ich kannte die Leute, ob sie wirklich nett waren, weiß ich nicht, aber sie pflegten Fräulein Doktor Christlieb Postkarten aus dem Urlaub zu schicken, konnten also so übel nicht sein. Ich war wieder konkurrenzlos und vermisste Maunzi furchtbar.

Später lernt man dann, mit dem Schmerz umzugehen, wenn sie einen verlassen. Insofern war die Entrückung der Katze Maunzi noch gnädig, sie bekam dadurch eine Art ewiges Leben und ist tatsächlich, glaube ich, sehr alt geworden.

An meinem zehnten Geburtstag, das war schon in Frankfurt, sah als große Überraschung ein rattendünner dunkler Schwanz mit einem kleinen Knick unter der Heizung hervor, daran hing ein sehr kleiner Kater mit blauen Augen, Angkor. Er hatte die unglaublichsten Augen, die ich je gesehen habe, und er ist mit mir erwachsen geworden. Die entscheidenden Jahre, die man mittendrin natürlich nicht zur Kenntnis nimmt, weil einen jeder Erwachsene damit nervt, dass er sagt, das seien die entscheidenden Jahre, die zwischen zehn und achtzehn, habe ich mit ihm verbracht, mit diesem liebenswürdigen siamesischen Schreihals. Ich führte ihn an der Leine, wir fuhren mit ihm in Urlaub, wir zogen zweimal mit ihm um; als ich sitzengeblieben war, heulte ich ihm zornig ins Fell, und er heulte mit. Eigentlich war er immer dabei, und einmal brach ihm ein Junge unabsichtlich beim Spielen ein Bein. Er sei nicht zu retten, meinte ein Idiot von Tierarzt. Mein Vater schiente ihn mit einem Schullineal. Er hinkte später nicht einmal.

Es ist ja viel Schmeichelhaftes über Katzenhalter und ihre besondere psychische Feinfädigkeit geschrieben worden, und ich glaube nicht einmal einen Bruchteil davon. Wir Menschen neigen dazu, für jede Annehmlichkeit, die wir uns gönnen, eine schwergeistige Erklärung zu konstruieren, auch wenn die Annehmlichkeit vier Beine hat und ihre Befindlichkeit der unseren oft über Gebühr anpassen muss.

Ob der Kater, mein Jugendkater, mein Freund, Tröster und nun doch Verbündeter gegen den widerwärtigen Pragmatismus der Erwachsenen, sein Leben genossen hat, ob es nach ihm eingerichtet war oder vielleicht doch nach uns? Ich habe damals darüber nicht nachgedacht. Es ging ihm ja, verglichen mit anderen menschennahen Tieren, sehr gut. Und er hatte die Menschenliebe, jenes, wie wir immer noch meinen, kostbarste zu vergebende Geschenk. Wie viele Jahre ich das geglaubt habe!

Ich stand kurz vor dem Abitur, als der Kater krank wurde. Ausgerechnet eines seiner wunderschönen Augen verlor die Farbe, schwoll an, es musste operiert werden. Alles, was damals möglich war, wurde für ihn getan, aber er überlebte die Narkose nicht. Wir haben ihn im Garten begraben, im Garten des neuen Hauses. Die Kindheit war vorbei.

In einem jener nichtswürdigen Tierläden sahen wir, mein Vater und ich, ein undefinierbares Wesen. Es saß in einem Vogelkäfig, hatte einen aufgetriebenen Bauch und streichholzdünne Beine, auf denen es nicht stehen konnte, ebenfalls blaue Augen und war, behauptete der Verkäufer, ein Siamese von Geblüt. Mein Vater, der in solchen Fällen kein friedfertiger Mensch war, brachte den Verkäufer zum Erbleichen, und wir nahmen das Ding mit nach Haus, wo indessen schon zwei andere, durchaus ausgewachsene Katzen jener Art wohnten.

Wir haben einander immer versichert, dass uns die sogenannte Rasse einer Katze vollständig egal sei, und dass wir – meine Eltern – immer wieder bei Siamesen gelandet sind, liegt vielleicht an einer gewissen Schuldbewusstheit den Katzen als solchen gegenüber: Die Siamesen sind ein strenges Glück. Man muss gute Nerven haben, und sie lassen einem wenig durchgehen. Sie sind Katzen, denen man dient und damit ein wenig von der uralten Schuld des Menschen den Tieren gegenüber abträgt. Amu und Michi waren also schon im Haus, Nachfolger des unvergesslichen Katers Angkor. In zwei, dachten wir, wird die Liebe ökonomischer und weniger schmerzlich investiert. Wie wir uns irrten!

Und nun noch jenes arme, fast ausgelöschte Stückchen Elend, das ich mit nach Mainz, wo ich studierte, nahm, auf dass es von den älteren Katzen nicht versehentlich gefressen werde.

Das Leben geht weiter, o banalster aller Sätze: Und doch

ging das Leben mit jenem Katerchen, für den kein Tierarzt auch nur einen Pfifferling geben wollte, weiter.

Ich wohnte damals in einem neun Quadratmeter großen Zimmer im sechsten Stock eines alten Hauses, das genügte für den lebenssüchtigen Kater, der laufen lernen musste wie ein Kind und den ich jede Stunde fütterte. In einem viereckigen Deckelkorb reiste er mit zur Universität, er hörte Hegel und Nicolai Hartmanns Ethik, Kafka, Benn und die althochdeutschen Übungen, die allerdings selten, da wir sie oft verschliefen.

Weil ich mich nicht traute, ihn mit dem Namen des von mir angebeteten Knaben zu rufen, nannte ich ihn Thymian, das klang so ähnlich. Mit seinem Gesundheitszustand besserte sich auch sein Appetit, aber für diesen Kater hätten wir alle gehungert und gestohlen: Lilo, meine Freundin, die in der nächsten Dachkammer wohnte, Klaus, Ulrich, vielleicht sogar Berthold. Nein, der nicht, obwohl ich nie wieder ein charmanteres und fröhlicheres Tier getroffen habe als Thymi, der wegen unserer gemeinsam verbrachten unschuldigen Bohèmezeiten immer ein bisschen mein Kater blieb.

Nachdem er erwachsen, wehrhaft und ein richtiger Kater geworden war, viele Feste mitgefeiert und mehrere Scheine in expressionistischer Lyrik, Mittelhochdeutsch und Ethik erworben hatte, lebte er bei meinen Eltern und den beiden anderen Katzen, und meine Mutter pflegte die düsteren Prophezeiungen der Tierärzte, dieses Tier werde nie normal laufen lernen, fröhlich zu bestätigen, indem sie sagte, der Kater könne fliegen. Immer höher und dichter wurde unser Gartenzaun, immer erfinderischer der Kater, was die Überwindung aller Hindernisse betraf.

Ihr Kater sitzt auf unserem Hühnerhaus!, sagten vorwurfsvolle Stimmen am Telefon, oder: Ihr Kater ist bei unseren Tauben!

Thymi, seine schwere Kindheit hatte ihn nicht misstrauisch oder misanthropisch gemacht, Thymi war der freundlichste und heiterste Kater, den es gab. Er überlebte Amu und Michi und wurde fast dreiundzwanzig Jahre alt. Seine letzten Jahre verschonten ihn nicht mit den Schwierigkeiten des Alters, er sah aus wie E.T., war taub und steifbeinig, aber er schien auch an diesem reduzierten Leben eine entschlossene Freude zu empfinden.

Als er starb, hatte sich in der hinteren Gartenecke schon ein kleines Friedhöfchen angesiedelt, das bleibt im Lauf der Jahre nicht aus. Denn ich hatte in der Zwischenzeit nicht mehr mit den elterlichen Katzen mein Leben geteilt, sondern eigene, das ist ja ganz normal. Da waren Jule und Bümsi, eine gescheckt, die andere schwarz, aus der Gärtnerei nebenan als zehnwöchige Kätzchen mitgenommen und in die erste eigene Wohnung gebracht, jetzt war ich also verheiratet und hatte zwei eigene Katzen. Immerhin konnten sie trotz der revolutionären Zeiten ein recht konservatives Leben führen, mit regelmäßigem Futter und sauberer Kiste, Ausflüge aufs Dach gaben eine kleine Ahnung von Freiheit.

In der Rückschau glaube ich, dass wir damals alle nur Ausflüge aufs Dach gemacht haben, aber hinterher ist leicht reden. Dann, eines Tages, bat uns die Mutter eines Freundes, ihre kleine Katze in Pflege zu nehmen. Sie hatte sie während eines Skiurlaubs gefunden, im Schnee ausgesetzt, und nun wollte sie wieder in Urlaub fahren.

Wenn zwei Menschen und zwei Katzen auf siebenundvierzig Quadratmetern leben können, geht das auch mit drei Katzen, außerdem war in diesen goldenen Zeiten (katzengold, aber auch das wussten wir erst später!) die gegenseitige Hilfsbereitschaft ziemlich ausgeprägt. Wir holten also diese Katze samt Zubehör, erfuhren, dass sie Nofretete heiße, und verfielen ihr vom ersten Tag an. Den prätentiösen Namen halbierten wir erst einmal, Tete war's egal, sie verstand sich mit den anderen beiden, sie verstand sich mit allen, mit der ganzen Welt. Sie hätte ein Krokodil oder den Chef der Deutschen Bank zum Lächeln bringen können.

Erbitterte Katzenhasser legten sich auf den Boden, um ihr nah zu sein, jene Genossen, die das Haustier als solches wegen der verhungernden Kinder in der Dritten Welt oder wegen der damit verbundenen seelischen Schlamperei ablehnten, bekamen einen völlig unmarxistischen Blick in die Augen, wenn sie unsere Tete sahen oder gar von ihr durch Kopfreiben begrüßt wurden. In einer Erzählung von Robert Musil, in der *Portugiesin,* stellt der Dichter die nur scheinbar blasphemische Frage, ob denn nicht Gott, wenn er denn schon als Mensch sich manifestiert habe, sich nicht auch als Katze (vielleicht sogar glaubwürdiger) ins irdische Leben begeben könne. Wer unsere Katze Tete kannte, fand dieses Gedankenspiel nicht mehr abwegig.

»Unsere« Katze: Wir hatten einige Wochen den Termin verdrängt, an dem die wahre Besitzerin wiederkommen würde. Reiner war damals gerade Rechtsreferendar, und nur so ist es zu erklären, dass er auf eine besorgte Frage von mir kurz und bündig erklärte: »Sie soll sie herausklagen!«

Es ging dann weniger martialisch über die Bühne, denn die Besitzerin gestand uns, dass sie die Katze, wenn sie zur

Arbeit ging, immer ins Badezimmer sperrte, damit sie nichts kaputtmachen könnte. Nun war auch ich finster entschlossen, den Rechts- oder Unrechtsweg zu beschreiten, egal – sie gab sie uns dann freiwillig, mit einiger Erleichterung sogar. Nun waren es drei, und mehr sollten es nicht werden, trotz vieler vorübergehend aufgenommener Sozialfälle, verlassene, weggeworfene, verletzte Katzen, wie es halt so kommt. Tete behielt ihr Wesen. Reiner und ich trennten uns, aber die Katzen (er soll sie nur rausklagen!!) blieben bei mir. Ich zog in eine andere Wohnung (noch heute erzählen Menschen, die das beobachtet haben, von dem erbarmungswürdigen Anblick einer Frau mit drei Körben in den Händen, aus denen es jämmerlich plärrte) – nur Tete plärrte nicht, sie war auch die einzige Katze, die ich kannte, die gern Auto fuhr. Die neue Wohnung war in jeder Hinsicht neu: Sie hatte einen Garten. Zum ersten Mal konnten die drei raus, und ich verlor erst spät die Angst vor den Gefahren der Freiheit. Ganz habe ich sie übrigens bis zum heutigen Tag nicht verloren, aber ich würde nie wieder eine Katze einsperren, wenn die Umstände es nicht wirklich erzwingen.

Grade gestern ist der Kater Fritz, ein jetziger Bewohner meines Lebens, nach Hause gekommen und sah sich gar nicht mehr ähnlich, gesenkt die Ohren, sein beträchtlicher weißer Bauch verdreckt, der Hals zerbissen, im Blick die Trübheit des Unterlegenen.

Aber da muss er durch und ich auch, schließlich kriegt er sein Futter auch nicht mit Petersilie garniert. Es sind vier, mittlerweile. Von den Katzen der jungen Jahre lebt keine mehr, und die erste, die ich verlor, war Tete. Ich habe sie noch gar nicht beschrieben: Sie war wohl eine Kartäuserin, rund

und silbergrau, mit dicken Bäckchen und kurzen, stämmigen Beinen. Sie konnte schnurren wie ein Trafohäuschen und bei Liebeskummer trösten, wie der beste Psychologe es nicht kann. Als ich die Geschwulst bei ihr fühlte, nahm ich einen sinnlosen Kampf auf, Operationen, Spritzen, diese ganze traurige Technikinszenierung, die wir denen angedeihen lassen, welche wir angeblich am meisten lieben.

Damals, als es dann vorbei war, dachte ich zum ersten Mal, dass vielleicht nicht diese selbstsüchtige und fordernde Liebe so heiliggesprochen werden sollte, sondern dass der Respekt auch einen Platz braucht, sogar einen großen, in der Beziehung zwischen Mensch und Tier.

Ich habe danach, trotz aller Trauer, nie mehr eine Katze zum Leben um jeden Preis gezwungen. Mit den Abschieden leben zu lernen war nicht leicht und ist es auch jetzt nicht, wenn ich auch nie mehr einen so verzweifelten und wütenden Schmerz dabei empfunden habe wie bei Tete. Sie hat mir zum Schluss alles verziehen, was ich ihr angetan hatte – so freundlich war sie. Die beiden anderen, denen ich hier nicht gerecht werde, weil Gerechtigkeit bei der Galerie der Tiere nicht erreichbar und auch nicht notwendig ist, lebten weiter bei mir, wurden älter, machten, dass ich mich nie allein gefühlt habe. Als Jule dann allein übriggeblieben war, fing für sie das Leben offenbar erst an. Sie, die eine Langsame war und kein besonders bemerkenswertes Tier – verzeih mir, Jule, das ist unverschämt, aber so schien es mir damals in meiner Liebesverbohrtheit –, wurde zur nettesten alten Katze, die man sich denken kann. Sie hatte sich zeitlebens aus ihren Mitkatzen nichts gemacht und war nur zu freundlich gewesen, um es deutlich zu sagen. Jule ist siebzehn Jahre alt geworden. Damals, übrigens, lebte der Katzengreis Thymi noch lange, all die später Geborenen sind ihm vorausgegangen. Ohne Katzen ging es nicht, und wie mit Angkor die Kindheit zu Ende war, hatte Jules Tod auch eine Kerbe in mein Leben geritzt, doch, das tat schon weh. Aber es findet sich ja immer wieder etwas, wie gesagt, es sind vier, Charlie, die misstrauische Zähe, die sich mit der Liebe gar nicht aufhält, weil sie nicht an sie glaubt, ihre Tochter Liesel, eine schöne, schrägäugige Pragmatikerin, die für ein weiches warmes Bett auch etwas Gestreichel zu dulden bereit ist, Fritz, der schon Genannte, ihr Sohn – ein typisches Mamakind –, und Lulu, die aus dem Tierheim kommt und von der ich gottlob keine Ahnung habe, wie alt sie ist. Was mich mit ihr verbindet, beschreibe ich hier nicht, ich bin abergläubisch. Ja, so sind sie gewesen, die Katzen, die mit mir gelebt haben. Keine soll vergessen sein. Keine glich der anderen. »Ihre Seelen sind eingebunden in das Bündelein der Lebenden.«

Raymond Chandler

Taki

Ein Mann namens Engstead hat vor einiger Zeit für *Harper's Bazar* ein paar Fotos von mir aufgenommen (warum, ist mir bis heute schleierhaft), und eins davon, das mich mit meiner Sekretärin auf dem Schoß zeigt, ist wirklich gut gelungen. Wenn das Dutzend Abzüge da ist, das ich bestellt habe, bekommen Sie einen. Die besagte Sekretärin, das sollte ich vielleicht hinzufügen, ist eine schwarze Angorakatze, 14 Jahre alt, und ich nenne sie so, weil sie, seit ich mit dem Schreiben angefangen habe, um mich gewesen ist. Gewöhnlich saß sie auf dem Papier, das ich grad benutzen wollte, oder auf dem Manuskript, das ich überarbeiten wollte; manchmal lehnte sie sich an die Schreibmaschine, und manchmal blickte sie auch nur ruhig von einer Ecke des Tisches aus dem Fenster, so als wollte sie sagen: »Das Zeug, was du da machst, ist reine Zeitverschwendung, mein Lieber.«

Sie heißt Taki (ursprünglich Take, aber wir kriegten es satt, immer wieder zu erklären, dass das ein japanisches Wort sei, das Bambus bedeute und zweisilbig gesprochen werden müsste), und sie hat ein Gedächtnis, wie es sich noch kein Elefant auch nur erträumt hat. Sie ist gewöhnlich höflich distanziert, aber von Zeit zu Zeit hat sie einen polemischen Anfall, und dann kriegt man geschlagene zehn

Minuten lang was zu hören. Ich gäbe einiges drum, wenn ich wüsste, was sie einem dann sagen will, aber ich fürchte, es läuft am Ende alles auf eine sehr sarkastische Version des Satzes »Das hätte ich nicht von dir gedacht!« hinaus.

Ich bin mein Leben lang ein Katzenliebhaber gewesen (ohne damit etwas gegen Hunde zu haben, außer dass sie so viel Unterhaltung beanspruchen), und doch war ich nie richtig imstande, sie zu verstehen. Taki ist ein vollkommen ausgeglichenes Wesen und weiß immer, wer Katzen mag; mag einer sie nicht, so kommt sie nie auch nur in seine Nähe, und mag sie einer wirklich, so geht sie stracks auf ihn zu, ganz gleich, ob sie ihn erst seit kurzem kennt oder gar überhaupt nicht … Sie hat noch eine andere sonderbare Eigenart (die selten sein mag oder auch nicht), die nämlich, dass sie niemals etwas tötet. Sie bringt, was sie gefangen hat, lebendig an und lässt es sich dann wegnehmen. Sie hat schon mehrmals Tiere ins Haus gebracht, eine Taube etwa, einen blauen Sittich und einen großen Schmetterling. Der Schmetterling und der Sittich waren völlig unverletzt geblieben und flogen alsbald weiter, wie wenn gar nichts geschehen wäre. Die Taube hatte ihr ein bisschen Schwierigkeiten gemacht und infolgedessen einen kleinen Blutfleck auf der Brust, aber wir brachten sie zu einem Vogelmenschen, und schon ganz bald ging es ihr wieder gut. Bloß ein bisschen gedemütigt wirkte sie.

Mäuse findet Taki langweilig, aber sie fängt sie, wenn sie's denn partout nicht anders wollen, und dann muss ich sie umbringen. Ein gewisses müdes Interesse bringt sie Goffern entgegen, und ein Gofferloch nötigt ihr durchaus einige Aufmerksamkeit ab, aber Goffer beißen, und wer, zum Teufel will schließlich überhaupt einen Goffer haben? Also gibt sie sich einfach nur den Anschein, als könnte sie jederzeit einen fangen, wenn ihr danach wäre.

Wenn wir eine Reise machen, geht sie immer mit, egal, wohin, behält alle Orte, an denen sie schon gewesen ist, im Gedächtnis und fühlt sich normalerweise überall wie zu Hause. Nur ein oder zwei gehen ihr gegen den Strich – ich weiß nicht, wieso. Sie hat sich da einfach nie eingewöhnen wollen. Nach einiger Zeit wussten wir genug, um den Wink zu verstehen. Es besteht die Möglichkeit, dass da einmal ein Axtmord verübt worden ist, und wir wären anderswo viel besser aufgehoben. Der Kerl könnte wiederkommen. Manchmal sieht sie mich mit einem ganz eigenartigen Ausdruck an (sie ist die einzige Katze meines Bekanntenkreises, die einem gerade und offen in die Augen sieht), und dann habe ich den Verdacht, dass sie ein Tagebuch führt, weil der Ausdruck zu besagen scheint: »Bruder, du glaubst wohl, du bist die meiste Zeit ziemlich gut, was? Ich überlege, wie dir wohl zumute wäre, wenn ich mich entschlösse, mal was von dem Zeug zu veröffentlichen, das *ich* so gelegentlich zu Papier gebracht habe.«

Zu bestimmten Zeiten hat sie die Angewohnheit, eine Pfote locker in die Höhe zu halten und sie grübelnd zu betrachten. Meine Frau glaubt, sie will uns damit zu verstehen geben, dass sie eine Armbanduhr haben möchte; zwar hat sie die praktisch nicht nötig – ihr Zeitgefühl ist besser als meins –, aber schließlich muss man ja auch etwas Schmuck haben.

Ich weiß gar nicht, wieso ich das alles hier schreibe. Es muss wohl daran liegen, dass ich im Moment an schlechthin nichts anderes denken konnte, oder – also jetzt wird die Sache doch unheimlich – bin überhaupt nicht ich es, der es schreibt? Könnte es sein, dass – nein, es muss doch ich sein. Sagen Sie, dass ich es bin. Mir wird bange.

Ingrid Noll

Alles für die Katz

Wenn ich früh am Tag – noch im Morgenrock – unsere Zeitung aus dem Briefkasten hole, treffe ich oft einen gut genährten Stubentiger.

»Guten Morgen, Katzmarek«, begrüße ich ihn. Seinen wahren Namen kenne ich nicht.

Anscheinend hat er schon auf mich gewartet, denn er stellt sich sofort in Positur. Mit sanftem Druck streiche ich mit Zeige- und Mittelfinger sein Rückgrat hinunter, mindestens dreimal vom Nacken bis zur Schwanzwurzel. Wenn Katzmareks Wollust hiermit befriedigt ist, führt er mir vor, wie man unseren Fliederbaum in einen Zottelbär verwandeln kann. Er bearbeitet einen dicken, schrägen Ast so ausgiebig, bis sich Baststreifen ablösen. Nach dieser Vorführung verabschieden wir uns, und jeder geht seines Weges.

Im Laufe meines langen Lebens lernte ich viele Katzen kennen. Die erste hieß Minne-Minne und war ein roter Wildfang. Meine Schwestern und ich haben Minne-Minne zwar nicht direkt gequält – das hätten unsere Eltern nie zugelassen –, doch leider wie eine lebendige Puppe behandelt. Zum Beispiel feierten wir ihren Geburtstag mit einem Kuchen aus Sand und Zahnpasta, bekränzten sie mit Gänseblümchen, spielten Friseur und kürzten ihre Barthaare oder tauften sie mit Regenwasser. Es ist erstaunlich, dass sie trotz aller ungestümen Liebkosungen oder gar Demütigungen unsere Nähe suchte. Minne-Minne ließ es sich sogar gefallen, dass wir ihr Kleider anzogen, sprang dann allerdings schnell aus dem Puppenwagen und kletterte auf einen Baum. Wie ein Zirkusäffchen blieb sie in rotem Rock und Häubchen dort oben hocken, bis es uns zu langweilig wurde. Was aus Minne-Minne geworden ist, kann ich nicht mehr sagen. Irgendwann verschwand sie von der Bildfläche.

Das Aussitzen eines Problems – wie es auch Politiker zuweilen tun – habe ich noch Jahrzehnte später bei vielen Katzen beobachtet. Wenn unser Hund eine Katze aus dem Garten jagen wollte, saßen die Dachhasen im Nu auf einem hohen Ast, darunter der ungeduldige Hund. Aus luftiger Höhe wurde miaut, tiefer unten gejault. Im Allgemeinen gab der Hund als Erster auf.

Vor allem unser Mischling Jacobowsky hielt es für seine Pflicht, Eindringlinge aus seinem Terrain zu verscheuchen. Mitunter glückte das recht schnell. Doch wenn ein wehrhafter Kater einfach stehen blieb, die Krallen ausfuhr, traute sich Jacobowsky keinen Zentimeter näher heran und versuchte erfolglos, den Störenfried durch Kläffen in die Flucht zu schlagen.

Im Inneren aber war besagter Jacobowsky, ein hochbeiniger Halbdackel, trotz seines Namens eine Hündin mit mütterlichen Instinkten. An einem warmen Sommerabend wurde bei uns gegrillt, der Geruch von gebratenem Fleisch lockte ein winziges Kätzchen aus der näheren Umgebung heran. Das kleine Ding war noch so jung, dass es nichts von der uralten Feindschaft zwischen Hund und Katz ahnen konnte. Furchtlos, neugierig näherte es sich unserem Jacobowsky, der ein wenig ratlos und verlegen reagierte. Einen solchen Dreikäsehoch konnte er beim besten Willen nicht unter lautem Gekläff davonjagen.

Aus dieser ersten Begegnung entwickelte sich eine rührende Tierfreundschaft. Jacobowsky pflegte sein adoptiertes Baby immer wieder gründlich abzuschlecken. Unsere Kinder nannten das Kätzchen *Tamerlan,* und seit sie den Zeichentrickfilm *Aristocats* kannten, war klar, dass Katzen viel Musik brauchen. Also sangen wir ein Lied, dessen Text von Tucholsky stammt:

> Tamerlan war Herzog der Kirgisen,
> Und jeder Mensch in Asien wusste, wo er war.
> Tamerlan ritt über grüne Wiesen
> Und wo der Junge einmal hintrat, wuchs kein Gras …

Unser Kirgisenherzog schien dieses Lied zu lieben. Im Gegensatz zu seinem Namensgeber war er feinsinnig – und nicht mehr heimatlos. Die Nachbarn, denen Tamerlan ursprünglich gehörte, sahen bald ein, dass es keinen Zweck hatte, seine Anhänglichkeit zu unterbinden. Jacobowsky und Tamerlan lagen einträchtig auf unserem Sofa, teilten sich Katzen- oder Hundefutter und vergnügten sich in unserem und anderen Gärten. Nach etwa einem Jahr wurde Tamerlan überfahren, das traurige Los vieler frei herumlaufender Katzen. Jacobowsky vermisste seinen Augapfel, das Fressen schmeckte ihm nicht mehr. Eine Zeitlang war er untröstlich, benahm sich fortan aber nachsichtiger im Umgang mit streunenden Katzen.

Schon früher hatte ich einträchtiges Zusammenleben von Hund und Katze beobachten können.

Als ich ein Teenager war, schenkte man meinen Eltern zwei kleine Siamkätzchen, unzertrennliche Brüder. Wir nannten sie Mao Zedong und Dschingis Khan, kurz Mao und Dsching. Als die Zwillinge bei uns einzogen, besaßen wir bereits einen Jagdhund, Katzenfeind von Berufs wegen. Es war eine umständliche Prozedur, den Hund an die neuen Familienmitglieder zu gewöhnen. Täglich gab es eine Stunde Unterricht: vom bloßen Anschauen bis zum Beschnüffeln, anfangs mit Maulkorb und Leine. Nach ein paar Wochen waren alle drei gute Freunde. Leider fand diese rundum harmonische Zeit ein trauriges Ende: Der inzwischen stattliche Dsching sollte Vater werden und wurde zu diesem Zweck ausgeliehen. In den frühen 50er Jahren waren reinrassige Siamkatzen mit blauen Augen noch eine Rarität. Nach erfolgreicher Tat brachte man Dsching wieder heim, doch von da an war es um die innige Zuneigung der Brüder geschehen. Sie bissen sich so heftig und ausdauernd, dass wir Dsching weggeben mussten. Mao freundete sich dafür immer enger mit dem Jagdhund an; sie schliefen zusammen in einem Korb, fraßen aus einem Napf wie Jahre später unser Jacobowsky und Tamerlan. Als Mao viele Jahre später starb, war die Trauer des Hundes besorgniserregend.

Bei einem Urlaubsaufenthalt in den 90er Jahren lernten mein Mann und ich einen deutschen Schriftsteller kennen, der ganzjährig auf Mallorca lebte. Anfangs hatte seine Frau nur eine einzige Katze gefüttert, die herrenlos und hungrig um ihr Haus strich. Mit der Zeit war die Zahl der Asylanten immer größer geworden. Jeden Abend klopfte mein Kollege mit einem Holzlöffel auf einen Kessel und rief mit lauter Stimme wie im Märchen vom Kleinen Muck: »Kommt alle herbei, gekocht ist der Brei!«, und aus den Büschen, unter parkenden Autos, zwischen Beeten und Müllcontainern huschten die Gäste hervor und fraßen gierig aus den vielen aufgestellten Schüsseln und Näpfen. Mit der Zeit wurden die Katzen zutraulicher und bekamen für Regentage auch ein Quartier angeboten. Unter der Pergola türmten sich bald Schuhkartons, ausrangierte Einkaufstaschen, Pappschachteln, zerlöcherte Körbe und andere ausgepolsterte Schlafgelegenheiten. »Not macht erfinderisch« – es war ein kunterbuntes Durcheinander wie in einer brasilianischen Favela.

Um die Zahl der Tiere in Grenzen zu halten, fuhr die Frau des Schriftstellers regelmäßig den einen oder anderen Schützling zum Tierarzt und bezahlte die Sterilisation oder Kastration. Ein Fass ohne Boden, denn es kamen immer neue Zuwanderer. Was man auch versuchte – es war alles für die Katz.

Ebenfalls auf Mallorca erfuhren wir mit leichtem Befremden, wie rassistisch Katzen sein können. Da gab es einen kleinen Kater, der von den anderen nicht an die Futterquelle herangelassen wurde. Der abgemagerte El Negro stellte sich bettelnd bei uns ein und wurde natürlich aufgepäppelt. Er war der einzige völlig Schwarze unter der getigerten und gefleckten Schar; offenbar hatte man in der mallorquinischen Katzenwelt noch nichts vom Ende der Apartheid gehört.

Als meine jüngste Schwester erfuhr, dass sie nicht mehr lange zu leben hatte, wünschte sie sich ein Haustier zum Schmusen; die Wahl fiel auf eine Kartäuserkatze. Es sollte kein junges, verspieltes Tier sein, sondern eines von zurückhaltendem Temperament und mit dem Bedürfnis nach Ruhe und Zärtlichkeit. Der Züchter empfahl eine ältere Mieze, die von ihren Genossen nicht gut gelitten wurde. Bei Einzelhaltung würde sie mit Sicherheit aufblühen.

Diese Kartäuserin war bildschön und hochgradig neurotisch. Die ersten Wochen lebte Mielchen unter einem Schrank und kam nur nachts zum Toilettengang oder Fressen heraus. Von Knuddeln, Kraulen und Streicheln konnte keine Rede sein. Durch die Geduld ihrer Herrin taute sie nach längerer Zeit immer mehr auf, aber Besucher bekamen sie nie zu Gesicht. Manchmal sah ich einen grauen Schatten blitzschnell irgendwo verschwinden, das war alles. Aber meine Schwester hatte mit viel Liebe und Zuwendung ihr Ziel erreicht: die Freundschaft und Gesellschaft eines spinnenden Kätzchens an ihrem Krankenbett.

Meine Schwester starb. Sie lag friedlich im Bett und sah aus, als schliefe sie. Nachdem ich Abschied genommen hatte und die Tote, meinen Schwager und meinen Neffen verlassen wollte, tauchte Mielchen plötzlich auf und setzte sich vor mich auf einen Sessel. Ich redete leise auf sie ein, wollte sie trösten, konnte aber letzten Endes nur schluchzen. Die Katze hörte sehr aufmerksam zu, ließ mich näher kommen, ließ sich hinter den Ohren kraulen und begann sanft zu schnurren. Es schien, als wolle sie sagen: Ich weiß genau, dass etwas sehr Trauriges geschehen ist.

Mein Schwager war fassungslos über die Reaktion der Katze, die sich einer fremden Person bisher noch nie gezeigt hatte, geschweige denn sich von ihr anfassen ließ. Die Antennen dieser kleinen Raubtiere sind wohl sensibler, als es sich unsere Schulweisheit träumen lässt. Und Empfindungen wie Liebe, Eifersucht, Schmerz oder Trauer sind bei ihnen sicherlich ebenso intensiv wie bei uns Menschen.

Patricia Highsmith

Mit Katzen leben

Müsste ich den Satz »Ich mag Katzen, weil ...« beenden, wäre meine Antwort vielleicht nicht gerade preiswürdig, aber ich weiß, was ich an ihnen mag und warum. Ich mag Katzen, weil sie anmutig und leise und dekorativ sind – halbwegs zähmbare kleine Löwen in unseren Wohnungen. Im Allgemeinen machen sie wenig Lärm, obwohl rollige Siamesen alles andere als leise sind. Ich glaube, dass Katzen leichter zu halten sind als Hunde, muss aber einräumen, dass man mit Hunden besser verreisen kann.

Zur Entkräftung der üblichen Einwände, dass Katzen Möbel verkratzen und im Haus ihre Duftmarken hinterlassen, kann ich sagen, dass ich in dieser Hinsicht Glück hatte, denn ich kenne menschliche Behausungen, in denen Katzen die Oberhoheit an sich gerissen haben. In meinem Fall befindet sich in der Haustür eine ovale Katzentür mit Plastikvorhang, und meine zwei Siamesen verrichten ihre Notdurft lieber im Freien als in ihrem sogenannten Katzenklo, obwohl ich sie in jungen Jahren mit diesem Hygieneartikel vertraut gemacht habe. Sobald sie konnten, zogen sie das Leben in freier Wildbahn vor. Ich lebe auf dem Land, und mein Garten ist eingezäunt, was ihnen und mir das Leben erleichtert. Der Vorstellung, einen Hund mehrmals am Tag auszuführen, ob es regnet oder schneit, kann ich nicht viel abgewinnen.

Und das Problem mit dem Kratzen habe ich auch pragmatisch gelöst, indem ich einen Fußabstreifer an ein Brett genagelt habe, oben und unten mit breiten Gummibändern befestigt; diese Konstruktion lehnt an einer entlegenen Wand in der Toilette im Erdgeschoss, und die Katzen schlagen ihre Krallen mit Genuss hinein, weil es so schön knistert. Die schräge Neigung der Fußmatte lockt sie an, ganz anders als die lotrechten Kratzbäume mit ihrem künstlichen Geruch, die für teures Geld in Tierhandlungen verkauft werden.

Während ich mir gut vorstellen könnte, dass Hunde ähnlich naiv denken wie Sherlock Holmes' Faktotum Dr. Watson, halte ich Katzen für raffinierter. Hunde und Katzen sind von ihrem Geruchssinn weit abhängiger als von ihrem Gesichtssinn, aber einem Hund ist zuzutrauen, dass er sich für etwas interessiert, was ihm zufällig vor die Nase kommt, während eine Katze nur gelangweilt einen Bogen um das übelriechende Etwas machen würde. Ich war noch nie versucht, in einem Buch eine Katze eine Leiche entdecken oder jemanden feindselig anfauchen zu lassen, aber ich muss gestehen, dass die Raubtiernatur unserer Stubentiger mich einmal dazu verführt hat, zu schildern, wie eine Katze zwei Finger, die noch durch die zerschmetterten Knöchel verbunden sind, durch ihre Katzentür ins Haus bringt, während im Wohnzimmer Scrabble gespielt wird.

Eigenbrötler sind nicht die einzigen Katzenfreunde. Meiner Meinung nach neigen Eigenbrötler sogar eher zur Hundehaltung, weil sie Schutz suchen. Raymond Chandler sah es am liebsten, wenn seine fette Katze auf dem Schreibtisch schlief. Simenon sieht man auf vielen Fotos mit einer seiner Katzen, meist einer schwarzen. Katzen verschaffen Schriftstellern etwas, was menschliche Gesellschaft ihnen nicht geben kann: unaufdringliche und anspruchslose Kameradschaft, friedvoll und unstet wie ein ruhiges Meer. Mein junger siamesischer Kater ist so höflich zu antworten, wenn ich ihn anspreche. Wenn ich ihn frage, ob es ihm gutgeht, kann die Antwort lauten: »O ja!« oder: »Na ja.« Bei der Arbeit stört er mich nur, wenn er Hunger hat, und das mit einem unverkennbaren Maunzen, und da er weder gefräßig noch übergewichtig ist, tue ich ihm den Gefallen, ihn zu füttern.

Katzen haben den Schalk im Nacken, auch wenn man ihnen das nicht ansieht. Beide meiner Katzen habe ich dabei beobachtet, wie sie Besuchern auf den Schoß gesprungen sind, die eine Katzenallergie haben oder Katzen nicht ausstehen können. Und Katzenliebhaber können Katzen schrecklich auf die Nerven gehen. Semyon, mein junger Siamesenkater, äußert sich unmissverständlich, wenn neben ihm das Telefon klingelt; meine ältere Katze, ein Weibchen, nutzt es gerne aus, wenn ich am Telefon bin, um so zu tun, als kratze sie an einem alten samtbezogenen Stuhl, und wenn ich dann einen Schuh nach ihr werfe, amüsiert sie sich königlich.

Das Leben, das ich führe, wäre wahrscheinlich sogar vielen Schriftstellern zu eintönig. Ich habe keinen Fernsehapparat, obwohl ich ständig versucht bin, mir einen zuzulegen. Ich lese viel Zeitung. Bis auf Kurzgeschichten kann ich keine Literatur lesen, während ich an einem Roman schreibe. Zur körperlichen Ertüchtigung mache ich mir im Garten zu schaffen. Ich bezeichne es nicht als Gartenarbeit, damit es nicht wie echte Arbeit klingt, obwohl es das ist. Indem ich es anders nenne, nehme ich der Arbeit ihren Schrecken, und so geht es mir auch mit Problemen oder Katastrophen anderer Art: Ich gebe ihnen einen anderen Namen, nehme eine andere Haltung ein, und schon ist die Sache nur noch halb so schlimm.

Dass ich zusammen mit Edgar Allan Poe am 19. Januar Geburtstag habe, freut mich sehr. Er gehört zu den Nicht-Eigenbrötlern, die Katzenliebhaber waren. Die Tigerkatze des Ehepaars Poe wärmte die kranke Virginia, auf deren Füßen sie lag, als die beiden zu arm waren, um ihr Häuschen zu heizen.

Hunde sind stark und können einschüchternd wirken; in eine Geschichte lässt sich das gut einbauen. Aber Geschichten sind Geschichten und nicht die Wirklichkeit, und Schriftsteller sind Leute, deren geistige Beweglichkeit oder Verstörtheit sie mehr oder weniger dazu prädestiniert, Katzen als Gefährten zu halten. Außerdem sind Katzen ein wandelndes, schlafendes und ständig wandelbares Kunstwerk. Hunden kann man Befehle geben, Katzen nicht. Ein Bild an der Wand oder ein Beethoven-Konzert kann man so wenig »benutzen« wie eine Katze; dennoch können sie für das Leben eines Individuums lebensnotwendig sein.

Nachweis

Victor Auburtin (5. September 1870, Berlin – 28. Juni 1928, Garmisch-Partenkirchen)
Die Dame mit der gestreiften Katze. Aus: Victor Auburtin, *Pfauenfedern*. Verlag Das Arsenal, Berlin, 1994

Italo Calvino (15. Oktober 1923, Santiago de las Vegas – 19. September 1985, Siena)
Der Garten der eigensinnigen Katzen. Aus dem Italienischen von Nino Erné, Heinz Riedt und Caesar Rymarowicz. Aus: Italo Calvino, *Marcovaldo oder Die Jahreszeiten in der Stadt.* Copyright © 1988 by Carl Hanser Verlag, München Wien

Karel Čapek (9. Januar 1890, Malé Svatoňovice – 25. Dezember 1938, Prag)
Die unsterbliche Katze. Aus: *Die schönsten Katzengeschichten*. Ausgabe von 1973. Diogenes Verlag, Zürich, 1973

Raymond Chandler (23. Juli 1888, Chicago – 26. März 1956, La Jolla)
Taki (Titel des Herausgebers). Aus dem Amerikanischen von Hans Wollschläger. Aus: Raymond Chandler, *Die simple Kunst des Mordes*. Copyright © 1975 by Diogenes Verlag, Zürich

Sidonie-Gabrielle Colette (28. Januar 1873, Saint-Sauveur-en-Puisaye – 3. August 1954, Paris)
Katzen: Prrou, Schah, Der Kater und *Die Katzenmutter*. Aus dem Französischen von Erna Redtenbacher und Helene Maria Reiff. Aus: *Friede bei den Tieren.* Copyright © 1953 by Paul Zsolnay Verlag, Wien

Eva Demski (*12. Mai 1944, Regensburg)
Galerie der Katzen. Aus: Eva Demski, *Katzenbuch.* Copyright © 1992 by Frankfurter Verlagsanstalt, Frankfurt am Main

Brüder Grimm
Der gestiefelte Kater. Aus: *Die schönsten Märchen der Brüder Grimm*. Diogenes Verlag, Zürich, 2005

Elke Heidenreich (*1943, Korbach)
Liebe Klara. Aus: *Lesebuch für Katzenfreunde*. Herausgegeben von Manuela A. Heise. Copyright © 1992 by Rowohlt Verlag GmbH, Reinbek bei Hamburg

Ernest Hemingway (21. Juli 1899, Oak Park/Illinois – 2. Juli 1961, Ketchum/Idaho)
Katze im Regen. Aus dem Amerikanischen von Annemarie Horschitz-Horst. Aus: Ernest Hemingway, *Die Stories. Gesammelte Erzählungen*. Copyright © 1966, 1977 by Rowohlt Verlag GmbH, Reinbek bei Hamburg

Patricia Highsmith (19. Januar 1921, Fort Worth/Texas – 4. Februar 1995, Locarno)
Mings fetteste Beute. Aus dem Amerikanischen von Melanie Walz. Aus: Patricia Highsmith, *Kleine Mordgeschichten für Tierfreunde / Kleine Geschichten für Weiberfeinde*. Copyright © 2004 by Diogenes Verlag, Zürich
Mit Katzen leben. Aus dem Amerikanischen von Melanie Walz. Aus: Patricia Highsmith, *Katzen*. Copyright © 2005 by Diogenes Verlag, Zürich

Erich Kästner (23. Februar 1899, Dresden – 29. Juli 1974, München)
Meine Katzen. Aus: *Oh diese Katzen*. Herausgegeben von Bernd Lohse mit einer Einleitung von Erich Kästner. Umschau Verlag, Frankfurt am Main, 1959. Copyright © Thomas Kästner

Gottfried Keller (19. Juli 1819, Zürich – 15. Juli 1890, ebenda)
Spiegel, das Kätzchen. Aus: Gottfried Keller, *Die Leute von Seldwyla*. Diogenes Verlag, Zürich, 1993

Rudyard Kipling (30. Dezember 1865, Bombay – 18. Januar 1936, London)
Die Katze geht ihre eigenen Wege. Aus dem Englischen von Hans Rothe. Aus: Rudyard Kipling, *Gesammelte Werke*. Copyright © für die deutsche Übersetzung Paul List Verlag, München, 1986

Donna Leon (*28. Sepember 1942, New Jersey)
Gastone, der Arbeitskater. Aus dem Amerikanischen von Thomas Bodmer. Aus: Donna Leon, *Über Venedig, Musik, Menschen und Bücher.* Copyright © 2005 by Diogenes Verlag, Zürich

Hugo Loetscher (22. Dezember 1929, Zürich – 18. August 2009, ebenda)
Der Kater in der Mainacht. Aus: Hugo Loetscher, *Die Fliege und die Suppe.* Copyright © 1989, 1997 by Diogenes Verlag, Zürich

Luigi Malerba (11. November 1927, Berceto – 8. Mai 2008, Rom)
Der faule Kater. Aus dem Italienischen von Iris Schnebel-Kaschnitz. Aus: Luigi Malerba, *Taschenabenteuer.* Copyright © 1985 by Verlag Klaus Wagenbach, Berlin

Ian McEwan (*21. Juni 1948, Aldershot)
Der Kater. Aus dem Englischen von Hans-Christian Oeser. Aus: Ian McEwan, *Der Tagträumer.* Copyright © 1995 by Diogenes Verlag, Zürich

Ingrid Noll (*29. September 1935, Shanghai)
Alles für die Katz. Aus: *Katze liebt Frau liebt Katze.* Herausgegeben von Ruth Rybarsky. Residenz Verlag, St. Pölten – Salzburg 2011. Copyright © 2011 by Diogenes Verlag, Zürich. Abdruck mit freundlicher Genehmigung der Autorin.

Juan Carlos Onetti (1. Juli 1909, Montevideo – 30. Mai 1994, Madrid)
Der Kater. Aus dem Spanischen von Jürgen Dormagen. Aus: Juan Carlos Onetti, *Willkommen, Bob.* Copyright © 1999 by Suhrkamp Verlag, Zürich

Edgar Allan Poe (19. Januar 1809, Boston – 7. Oktober 1849, Baltimore)
Die schwarze Katze. Aus dem Amerikanischen von Gisela Etzel. Aus: Edgar Allan Poe, *Die schwarze Katze.* Diogenes Verlag, Zürich, 1984. Copyright © für die deutsche Übersetzung Ullstein Verlag, Berlin

Jules Renard (22. Februar 1864, Châlons-du-Maine – 22. Mai 1920, Paris)
Der Kater. Aus dem Französischen von Christel Gersch. Aus: Jules Renard, *Histoires naturelles.* Éditions Gallimard, Paris 1984. Copyright für die deutsche Übersetzung © 2011 by Diogenes Verlag, Zürich

Saki (18. Dezember 1870, Akjab/Burma – 14. November 1916, Beaumont-Hamel/Frankreich)
Tobermory. Aus dem Englischen von Günter Eichel. Aus: Saki, *Meistererzählungen.* Copyright © 1993 by Diogenes Verlag, Zürich

Kurt Tucholsky (9. Januar 1890, Berlin – 21. Dezember 1935, Göteborg)
Brief an einen Kater. Aus: Kurt Tucholsky, *Gesammelte Werke in 10 Bänden.* Rowohlt Verlag, Reinbek, 1985

Robert Walser (15. April 1878, Biel – 25. Dezember 1956, bei Herisau)
Das Kätzchen. Aus: Robert Walser, *Das Gesamtwerk* II, *Kleine Dichtungen, Prosastücke, Kleine Prosa*. Copyright © 1978 by Suhrkamp Verlag, Frankfurt

P. G. Wodehouse (15. Oktober 1881, Guildford – 14. Februar 1975, Southhampton / New York)
Der Katzenhasser. Aus dem Englischen von Günter Eichel. Aus: P. G. Wodehouse, *Der Pennymillionär*. Copyright © 1964 by Diogenes Verlag, Zürich. Copyright © by The Trustees of the Wodehouse Estate, veröffentlicht mit Genehmigung Nr. 69.068 der Paul & Peter Fritz AG, Zürich

Émile Zola (2. April 1840, Paris – 29. September 1902, ebenda)
Das Paradies der Katzen. Aus dem Französischen von Barbara Klau und Hansjürgen Wille. Aus: *Die schönsten Katzengeschichten*. Ausgabe von 1973. Diogenes Verlag, Zürich, 1973

Bitte beachten Sie
auch die folgenden Seiten

Raymond Chandler im Diogenes Verlag

Die Philip-Marlowe-Romane
in sieben Bänden in Kassette. Alle Bände auch als Einzelausgaben:

Der große Schlaf
Roman. Aus dem Amerikanischen von Gunar Ortlepp
Auch als Diogenes Hörbuch erschienen, gelesen von Christian Brückner

Lebwohl, mein Liebling
Roman. Deutsch von Wulf Teichmann

Das hohe Fenster
Roman. Deutsch von Urs Widmer

Die Tote im See
Roman. Deutsch von Hellmuth Karasek

Die kleine Schwester
Roman. Deutsch von Walter E. Richartz

Der lange Abschied
Roman. Deutsch von Hans Wollschläger
Auch als Diogenes Hörbuch erschienen, gelesen von Gert Heidenreich

Playback
Roman. Deutsch von Wulf Teichmann

Außerdem liegen vor:

Mord im Regen
Frühe Stories. Mit einem Vorwort von Philip Durham. Deutsch von Hans Wollschläger

Erpresser schießen nicht
und andere Detektivstories. Mit einem Vorwort des Verfassers. Deutsch von Hans Wollschläger
Daraus die Story *Nevada-Gas* auch als Diogenes Hörbuch erschienen, gelesen von Günter Lamprecht

Der König in Gelb
und andere Detektivstories. Deutsch von Hans Wollschläger
Daraus die Stories *Spanisches Blut* und *Zierfische* auch als Diogenes Hörbücher erschienen, gelesen von Günter Lamprecht

Gefahr ist mein Geschäft
und andere Detektivstories. Deutsch von Hans Wollschläger
Daraus die Story *Gefahr ist mein Geschäft* auch als Diogenes Hörbuch erschienen, gelesen von Günter Lamprecht

Notizbücher
Drei Geschichten und Parodien, Aufsätze, Skizzen und Notizen aus dem Nachlaß. Mit Zeichnungen von Edward Gorey, einer Erinnerung von John Houseman und einem Vorwort von Patricia Highsmith. Deutsch von Wulf Teichmann und Hans Wollschläger (vormals: *Englischer Sommer*)

Die simple Kunst des Mordes
Briefe, Essays, Notizen, eine Geschichte und ein Romanfragment. Herausgegeben von Dorothy Gardiner und Kathrine Sorley Walker. Deutsch von Hans Wollschläger

Meistererzählungen
Deutsch von Hans Wollschläger

Frank MacShane
Raymond Chandler
Eine Biographie. Deutsch von Christa Hotz, Alfred Probst und Wulf Teichmann

Die schönsten Tiergeschichten im Diogenes Verlag

Die schönsten Tiergeschichten

Lasst die Tiere los! Dieses Buch traut sich – mit spannenden, humorvollen, ungewöhnlichen Tiergeschichten von Donna Leon, John Irving, Martin Suter, Haruki Murakami, Patrick Süskind und vielen anderen. Ein Buch, das vor Artenreichtum nur so strotzt und mit Kängurus, einem Elefanten, Affen und einer Wildkatze aufwartet, ebenso wie mit Hunden, Hamstern, Tauben und anderem Federvieh. Etwa mit einem Huhn, das sich in einen Rasenmäher verliebt, oder einer Ente, die einem Kriminellen bei seiner Flucht vor der Polizei hilft. Und sogar so unscheinbare Kreaturen wie Ameisen, die Hausspinne oder schlicht die Fliege in der Suppe geben Anlass zu packenden Geschichten. Ein literarisches ›Bestiarium‹, das uns zwar nicht als Zoologen die letzte Seite zuschlagen lässt, aber uns die Tierwelt näherbringt.

Die schönsten Pferdegeschichten

»Ein Pferd! Ein Pferd! Mein Königreich für ein Pferd!«, ruft der verzweifelte Richard III. bei Shakespeare. Nicht nur ein Pferd, sondern eine ganze Herde galoppiert durch diese literarische Anthologie: ein rotes Pony, ein brauner Wallach, ein Schecke namens Leinwandmesser, das kirgisische Prachtpferd Gülsary, ein altes Jagdpferd, das eine späte Blüte erlebt, ein wertvolles Rennpferd, das gestohlen werden soll, sogar ein Zauberpferd und viele mehr. Und auch das allerwichtigste Ross fehlt natürlich nicht: Pegasus – das geflügelte Pferd der dichterischen Inspiration, das Autoren wie Leo Tolstoi, Charles Dickens, Anton Čechov, John Steinbeck, Patricia Highsmith, Dick

Die schönsten Katzengeschichten

»Alle Dichter haben Katzen geliebt«, behauptete Guy de Maupassant. Sehr viele Schriftsteller haben jedenfalls über sie geschrieben. In diesem Band sind die schönsten klassischen Katzengeschichten der Weltliteratur vereint mit modernen Katzengeschichten von Bestsellerautoren wie Patricia Highsmith, Ingrid Noll, Elke Heidenreich, Ian McEwan oder Donna Leon. Geschichten, die poetisch, anschmiegsam, eigensinnig, anmutig, geheimnisvoll, wild oder kratzbürstig sind – wie die schnurrenden und fauchenden Helden, von denen sie erzählen.

Die schönsten Hundegeschichten

Was für eine Meute von unterschiedlichen Hunden: Ein Wolfshund aus Alaska kämpft ums Überleben, während ein apartes Boxerhündchen oder ein Pudel mit edlem Stammbaum herumstolziert und eine wilde Promenadenmischung für Aufsehen sorgt. Donna Leon schwärmt für einen Sprengstoffspürhund, der gewissenhaft seinen Dienst tut; John Irving erzählt von dem Klavier spielenden Hund von Thomas Manns Tochter, und Loriot lässt seinen berühmten sprechenden Hund auftreten. Und welche Namen: Oblomow, Claudio, Krambambuli, Macho und Klara, der Baron, Brandy, Victor, Hendrikus, Kaschtanka, Blitz – so heißen nur einige der vierbeinigen Helden, die um Aufmerksamkeit hecheln, bellen und wedeln. Und auch die Namen der literarischen Herrchen und Frauchen lassen sich sehen: Patrica Highsmith, T.C. Boyle, Martin Suter, Leon de Winter und viele mehr liefern eine abenteuerliche und sympathische Porträtgalerie vom besten Freund des Menschen.

Patricia Highsmith im Diogenes Verlag

Im Frühling 2002 hat der Diogenes Verlag eine Werkausgabe von Patricia Highsmith mit weltweit unveröffentlichten Stories aus dem Nachlass und mit Neuübersetzungen ihres zu Lebzeiten erschienenen Werks gestartet (u.a. von Nikolaus Stingl, Melanie Walz, Irene Rumler, Christa E. Seibicke, Dirk van Gunsteren, Werner Richter und Matthias Jendis). Alle Bände in neuer Ausstattung, kritisch durchgesehen nach den Originaltexten und mit einem Nachwort zu Lebens- und Werkgeschichte. Die Edition macht sich erstmals die Aufzeichnungen der Autorin zur Entstehungsgeschichte einzelner Werke, zu Plänen und Inspirationsquellen zunutze und informiert über den schöpferischen Prozess und über die Lebenszusammenhänge, wie sie sich aus den Notiz- und Tagebüchern der Autorin rekonstruieren lassen.

Werkausgabe in 32 Bänden. Herausgegeben von Paul Ingendaay und Anna von Planta in Zusammenarbeit mit Ina Lannert, Barbara Rohrer und Kate Kingsley Skattebol. Jeder Band mit einem Nachwort von Paul Ingendaay.

Bisher erschienen:

Zwei Fremde im Zug
Roman. Aus dem Amerikanischen von Melanie Walz

Der Schrei der Eule
Roman. Deutsch von Irene Rumler

Das Zittern des Fälschers
Roman. Deutsch von Dirk van Gunsteren

Die stille Mitte der Welt
Stories. Deutsch von Melanie Walz

Lösegeld für einen Hund
Roman. Deutsch von Christa E. Seibicke

Der talentierte Mr. Ripley
Roman. Deutsch von Melanie Walz

Ripley Under Ground
Roman. Deutsch von Melanie Walz

Die Augen der Mrs. Blynn
Stories. Deutsch von Christa E. Seibicke

Der Schneckenforscher
Stories. Deutsch von Dirk van Gunsteren
Eine Story auch als Diogenes Hörbuch erschienen: *Als die Flotte im Hafen lag*, gelesen von Evelyn Hamann

Ripley's Game oder Der amerikanische Freund
Roman. Deutsch von Matthias Jendis

Ediths Tagebuch
Roman. Deutsch von Irene Rumler

Tiefe Wasser
Roman. Deutsch von Nikolaus Stingl

Die zwei Gesichter des Januars
Roman. Deutsch von Werner Richter

Der süße Wahn
Roman. Deutsch von Christa E. Seibicke

Die gläserne Zelle
Roman. Deutsch von Werner Richter

Leise, leise im Wind
Stories. Deutsch von Werner Richter
Zwei Stories auch als Diogenes Hörbuch erschienen: *Der Mann, der seine Bücher im Kopf schrieb*, gelesen von Jochen Striebeck

Der Junge, der Ripley folgte
Roman. Deutsch von Matthias Jendis

Venedig kann sehr kalt sein
Roman. Deutsch von Matthias Jendis

Kleine Mordgeschichten für Tierfreunde/ Kleine Geschichten für Weiberfeinde
Stories. Deutsch von Melanie Walz
Ausgewählte Stories auch als Diogenes Hörbuch erschienen: *Kleine Mordgeschichten für Tierfreunde*, gelesen von Alice Schwarzer

Elsies Lebenslust
Roman. Deutsch von Dirk van Gunsteren

Ripley Under Water
Roman. Deutsch von Matthias Jendis

Salz und sein Preis
Roman. Deutsch von Melanie Walz (vormals: *Carol.* Roman einer ungewöhnlichen Liebe)

Keiner von uns
Stories. Deutsch von Matthias Jendis

Der Stümper
Roman. Deutsch von Melanie Walz

Ein Spiel für die Lebenden
Roman. Deutsch von Bernhard Robben

Nixen auf dem Golfplatz
Stories. Deutsch von Matthias Jendis

›Small g‹ – eine Sommeridylle
Roman. Deutsch von Matthias Jendis

Der Geschichtenerzähler
Roman. Deutsch von Matthias Jendis

Leute, die an die Tür klopfen
Roman. Deutsch von Manfred Allié

Geschichten von natürlichen und unnatürlichen Katastrophen
Stories. Deutsch von Matthias Jendis

In Vorbereitung:

Materialienband
(vorm.: *Patricia Highsmith – Leben und Werk*)

Suspense oder Wie man einen Thriller schreibt
Werkstattbericht

Ian McEwan im Diogenes Verlag

»Ian McEwan hat sich endgültig in die englische Literaturgeschichte eingeschrieben.«
Martin Ebel / Tages-Anzeiger, Zürich

»McEwan ist unbestritten der bedeutendste Autor Englands.« *The Independent, London*

Der Zementgarten
Roman. Aus dem Englischen von Christian Enzensberger

Erste Liebe – letzte Riten
Erzählungen. Deutsch von Harry Rowohlt

Zwischen den Laken
Erzählungen. Deutsch von Michael Walter und Bernhard Robben
Daraus die Erzählung *Psychopolis* auch als Diogenes Hörbuch erschienen, gelesen von Christian Ulmen

Der Trost von Fremden
Roman. Deutsch von Michael Walter

Ein Kind zur Zeit
Roman. Deutsch von Otto Bayer

Unschuldige
Eine Berliner Liebesgeschichte. Roman. Deutsch von Hans-Christian Oeser

Schwarze Hunde
Roman. Deutsch von Hans-Christian Oeser

Der Tagträumer
Erzählung. Deutsch von Hans-Christian Oeser
Auch als Diogenes Hörbuch erschienen, gelesen von Anna König

Liebeswahn
Roman. Deutsch von Hans-Christian Oeser

Amsterdam
Roman. Deutsch von Hans-Christian Oeser

Abbitte
Roman. Deutsch von Bernhard Robben

Saturday
Roman. Deutsch von Bernhard Robben

Letzter Sommertag
Stories. Deutsch von Bernhard Robben, Harry Rowohlt und Michael Walter

Am Strand
Roman. Deutsch von Bernhard Robben
Auch als Diogenes Hörbuch erschienen, gelesen von Jan Josef Liefers

For You
Libretto für eine Oper von Michael Berkeley. Zweisprachige Ausgabe. Deutsch von Manfred Allié

Solar
Roman. Deutsch von Werner Schmitz
Auch als Diogenes Hörbuch erschienen, gelesen von Burghart Klaußner